中小企業相談センター事件簿

森 建司

目次

これらの物語はフィクションであり、登場人物、団体名、事件等は全て架空のものです。

古稀の家

寒かった冬も過ぎ、四月も半ばとなると朝の冷気はあるものの、明るい日差しが差し込み、身も心も温められる日がある。

「孝治さん、暇やったら花見に行かんか。車でわしら夫婦で行くさかい、道子さんも一緒に四人でどうや」

朝食を食べているところへ、隣の前田勇が誘いに来た。

永井孝治は五年前に「永井建設株式会社」の社長を息子の肇に譲った。ところが、肇は昨年の夏に都市開発への投資に失敗して、会社を倒産させてしまった。孝治夫妻は住むところをなくし、アパートでも借りようとしていたが、孝治の元市会議員仲間の勇が旧宅を安い家賃で貸してくれて助かっている。それ以来孝治夫妻が付き合っているのは、その前田家の人たちだけであった。

「いやぁ、うれしいね。道子、連れて行ってもらおうや。ご迷惑でなけりゃ」

「花見いうても軽四輪で奥琵琶湖ドライブウェーを回るだけやで。なんにも持たずに手ぶらで行って、弁当も食べとなったら行ったところで買ういうことや。九時ごろの出発でどうやろ」

「ありがとう。いい天気だし、気晴らしにありがたいね！」

孝治夫婦はこの年齢になって突然、未知の集落に越してきて年金生活をしているので退屈だった。集落の老人会から勧誘もあったが、とても入会する気にはなれなかった。

今はある家具会社の内職をしている。組み立て家具に使うビスを種類別に数えて袋に入れる仕事である。夫婦で月に五万円ほどにしかならない。それと二人の年金が総収入だ。

朝食を急いで片付けて道子は化粧にかかる。孝治もカッターシャツを着てネクタイを結んだ。

「おじいさん、奥琵琶湖の花見にネクタイは要らんのと違いますか」

「たまの外出や、誰に会うや分からん。鏡台、空いたら代わってくれ、ヘアスタイル直さんとあかん」

「はいはい、どうぞおめかししてください」

道子もご機嫌である。最近少しは慣れてきたとはいうものの、去年の会社倒産以来、地獄の生活だった。今も息子の肇はサラ金の取り立てから逃げて、浜松で一人暮らしをしている。裁判で自己破産にはなっていたが、嫌がらせは続いていた。肇の嫁、百合は孫二人を連れて実家に帰り、形の上では離婚の手続きを取っていた。一家はばらばらである。幸い孝治の年金は以前の収入にあわせて多少高額であったが、家計は苦しかった。そのうちから生活費の一部を肇に送り、肇は子どもの養育費を百合に送っている。

表でクラクションの音がした。

「おじいさん、来てくれはりましたで。早よしとくなはれ」

勇の軽四輪車だった。

「ちょっと狭いけど辛抱してや。後ろへ二人並んで乗って」

「ほんまにすみませんなぁ。お二人のお出掛けに便乗させてもろて」

「孝治さん、こんな小さい車に乗るのは初めてでっしゃろ」

「いやいや。二人並んで仲良うできてうれしいですわ」

実際、孝治も道子も軽四輪の後部座席に乗るのは初めてだった。

「テレビで奥琵琶湖の桜満開って出てましたから。ばあさんとドライブに行こういうことになって」

「お誘いしてご迷惑やなかったですか。よろしおしたか」

勇夫婦は気を遣っていてくれた。

車は湖岸道路を北へ向かって走り続けた。湖面は青空を映して、キラキラ輝いていた。

道路わきにもところどころ満開の桜があった。

「久しぶりの琵琶湖。ほんとに綺麗！」

道子も感動していた。

「毎年、家族で行ってはったんと違いますか」

喋りだす勇の脇を嫁の智津がつついた。

「ああ、……」

言われなくても、孝治夫婦は去年の花見を思い出していた。やはり琵琶湖一周をした。そのときは家族六人皆一緒だった。肇と百合、孫の淳也と奈緒そして孝治夫妻。歌をうたったり、ふざけあう子どもを叱ったり、賑やかなドライブだった。

(あれが、最後やったなぁ)

隣の道子の顔を覗き込むと、道子も目を潤ませて孝治の顔を見た。

孝治は思わず道子の手を握った。

奥琵琶湖ドライブウェーは山越えの旧道を改良したものである。カーブが多かったが山間を縫って走る景観は変化に富んでいた。濃い緑の木々の間にも、桜が咲いていた。何種類かの形や色の違う桜もあるようだ。峠を越えて下っていくと湖は近づいてくる。なだらかになって景色の開けたところに展望台があった。そこで降りた。植樹された桜がここも満開である。

道子は車を降りると売店に駆け込み、お茶と花見団子とを買ってきた。

「あら、すみません。お金を払わないと……」

智津が気にするのに、

「乗せていただいてガソリン代も使ってもらってるのに、こちらで払わせてください」

二つのベンチに、それぞれが腰を掛け花見団子を食べた。

（あの子らも花見してるかしら）

道子の頭の中はいつも孫のことでいっぱいである。

（もう一緒に暮らすことはないのかなぁ）

半ば覚悟してはいたが。

「……なかなか景気も良くならんようですな。私の前に勤めていた機械の部品の下請け工場も大変みたいですわ」

「そうでしょうな。原料は上がるし、売値は下がるし、大変みたいですな」

孝治は、自分の会社が倒産して食べていけるかどうかの毎日になり、世間のことにはほとんど無関心になっていた。

だから、孝治夫妻と喋ろうとする人は、話題に困るのだ。

「前田さんは退職してから、ずっと農業とボランティア活動ですか」

「どれも中途半端なことばかりで、田んぼを機械でする仕事は人にしてもらって、自分で作ってるというのもおかしいですが、一応田んぼを三反ほどと畑で食べるだけの野菜を作ってます。それに老人会の役員が当たって、あと二、三年は忙しいですな。……孝治さんも毎日どうしてはるのですか」

「いやぁ、恥ずかしいですが、何もしてません。何もしていないけど頭の中はいっぱいという感じで、何かする気にもなれないし困ってます。そのうちに諦めもついて落ち着くんでしょうけど。……ま、今は内職を少ししてますが」

花見は奥琵琶湖から湖岸を通り海津大崎へ出て、ところどころ寄り道をしながら湖西まで行き、そこからUターンをして帰路についた。食事は普通の道路沿いのレストランで済ませた。

家に帰りついたのは三時過ぎだった。

「前田さん、奥さん、本当に今日はありがとうございました。とても花見なんかできる状態でないのに、ほんとに楽しい思いをさせてもらいました」

道子も、

「ほんと、久しぶりに命の洗濯をさせてもらいました。寿命が延びました」

夫婦で礼を言った。

「いやぁ、付き合っていただいて、ありがとうございました」

孝治らにとっては、事情を知った上で気軽に付き合ってくれる、勇の好意がうれしかったのだ。

「さ、おじいさん、あした納期の仕事、手つかずで残ってますよ。着替えて頑張りましょ」

鍵を開けて道子が先に家に入ったが、孝治は郵便受けに手紙が来ているのを見つけた。裏を返すと住所は書かずに「永井肇」と書かれている。

「ばあさん、肇から手紙が来てるぞ」

「えっ、肇さんから。珍しい、なんやろう」

久ぶりの便りに懐かしさ半分、心配半分、である。


「お父さん、お母さん、お元気ですか。ご無沙汰しています。小生もこの冬は風邪を引いたりして大変でしたが、ようやく暖かくなって直りました。

相変わらず六畳と三畳のぼろアパートですが、仕事のほうも少しは慣れてきました。昨年の末からある宗教団体の仕事をしています。礼拝会の時や、宗教機関誌の購読者に、霊験あらたかな金属製のつぼを売る仕事です。

あまり感心した仕事ではありませんが、自己破産者であり、この歳で妻子のない暮らしではいい就職先はありません。また一日も早く百合や子どもたちを引き取って一緒に暮らしたいので、少しでも手取りの良い仕事を選びました。営業の仕事は長年やってきたので、まあ得意とするところです。おかげさまで先月もそこそこの収入になりました。毎月、年金の中から送金していただきありがとうございます。

ところで、一度そちらへ帰りたいと思います。サラ金の連中も、もう大丈夫と思いますが、そのときにできたら百合や子どもたちに会いたいと思っています。近くでは危ないので、彦根の駅前のホテルなんかで会うことにしたいと思います。この後手紙を書くつもりです。

そのときにお目にかかれるのを楽しみにしています。

どうかお体を大切にしてください」

「肇が来るそうや」

孝治が読み終わると、ひったくるように道子が手紙を取る。一気に読み、また読み返している。

「肇さん、大丈夫やろか」

「仕事のことか」

「仕事のことも、百合さんのことも」

孝治は、

「う……ん」

と目を宙に浮かせた。

かつての永井建設は、年商六十億円ほどのこの地方の中堅企業であった。孝治が代表取締役社長を降りたころはバブル最盛期であり、それまでも金融機関などが盛んに薦めに来ていたが、一切、孝治は投機的な事業には手を出してこなかった。

孝治の言葉では「身の程をわきまえよ」ということである。あるいは「腹八分目」という言葉もある。住宅団地の開発やマンション建設の計画なども進められたが、受注生産しかしなかった。常に施主である「客と一体になってする仕事」にこだわっていた。見方によると孝治の慎重な経営方針は臆病で甲斐性なし、つまり孝治は経営者としての能力が低いと見られてもいた。少なくとも息子の肇はそう思っていた。

その孝治が六十五歳になったとき、薦められて山西市の市会議員に立候補するチャンスがあった。孝治も戦後、父親から会社を引き継ぎ、建設業でやってきたが、潜在的には政治の世界に魅力を感じていた。官からの受注もあり、市会議員になるためには建設会社の代表は辞めなければならなかったが、青年のころの夢が忘れられず、当時三十代後半の肇に社長を代わり、代表権のない取締役会長になって、立候補に踏み切った。

当選した孝治は会社経営に賭けた情熱を市政改革に注力した。山西市は県内では最小規模で人口は三万人余りである。過去、企業の誘致合戦も奮闘はしたが、地理的要因もあって産業開発は活性化せず、税収も雇用もいま一つである。山西市の財政は逼迫していた。市の財政立て直しは喫緊の課題であったが、行政の施策は依然として中央の補助金頼りの公共投資が中心で、既得権をもつ建設業界の一部によって動かされていた。

孝治は同じ業界にいて市政の裏事情にも通じていた。財政再建を果たすには、市政の方向を観光開発でいくのか、農業を含む地場産業の育成なのか、企業誘致なのかなどを市民とともに検討し、決断して決めなければならないことを力説した。その結果、企業誘致を図ることを第一目標として工業団地の造成に取り掛かったものである。

孝治は議員の中では、正論を吐きなかなか譲らない闘士であった。しかし私生活では温厚な人柄が評価されていた。

一期を無事に務め終え、二期目の選挙も全市議の中で二位の得票数で当選し、議長に推され就任した。いわば順調な滑り出しであったが、既にその当時、永井建設は危機的状況に突っ込んでいたのだ。

当時はバブル経済がにわかに影を潜め、高騰していた土地も暴落し、産業界も倒産が続出し始めていた。

その時期にあって永井建設の肇社長は市の開発計画にあわせ、地元の信用金庫の支援を得ながら、山西ビジネスパークプロジェクトを立ち上げていた。大規模な工業団地に隣接してセンタービルをつくり、その周辺をビジネスゾーンと斬新な住宅団地が取り囲むという計画である。センタービルの近隣には公園も配置され、山西市の未来を考える青年たちにとって理想的な街づくり計画になっていた。プロジェクトの座長は国立大学の教授である。永井肇はこのプロジェクトの推進役、というより提案者として積極的に活動していた。また、彼のロマンには共鳴する青年経営者たちも大勢いた。

孝治は肇の計画には「身の程をわきまえない」と大反対であった。彼は市会議員として新しい街づくりを提案していたが、その計画に輪を掛けた大型プロジェクトを建設業の息子がやるというのは、利権行為にとられかねないということもある。それでもプロジェクトの信望者たちに囲まれた肇社長は耳を貸さなかった。

総事業費百億円以上の「山西ビジネスパーク事業」はスタートした。地権者を集めて用地買収の交渉には市の土地開発公社が当たった。その土地の一部を永井建設がセンタービル建設用地として自ら購入した。彼がこの計画の中核となるセンタービルの経営に乗り出すことによって、全体の計画推進に拍車を掛けようとしたのである。

工業団地の造成と、新しく設立された第三セクターのビジネスパーク株式会社が担当する住宅団地の造成が、並行して進められた。土地造成が終わり見事な敷地が出来上がったが、すぐに建物の建設に掛かったのは永井建設センタービルだけだった。あとは長い間、空地のままになっていた。

　そのころ、マスコミはバブル崩壊後の惨憺たる状況を日夜報じるようになっていた。

　結局、「山西ビジネスパーク事業」は失敗に終わった。団地造成そのものは長期的に見て完全に失敗かどうかは結論が出せないが、少なくとも公社から民間が払い下げを受けて造成した住宅団地も二、三軒が売れただけで終わっている。まだ倒産こそしていないが、第三セクターのビジネスパーク株式会社は借金が返せず、事実上の銀行管理である。

　惨めだったのは永井建設であった。センタービルの入居者を募集したが、応募は一軒もなかった。融資をはじめ立案から関わってきた信用金庫は、一階に支店を出したがそれだけであった。土地とともに三十億円を掛けたセンタービルの借金は返せない。しかも、永井建設の一般の建設部門も、バブルがはじけた後は企業の設備投資はもとより、住宅もアパート、マンションに至るまで、発注はほとんど止まってしまっている。毎月の資金繰りができなくなってきていた。それが孝治の二期目の選挙の終わったころの状況だった。

　肇社長は、永井建設がいつ不渡りを出すことになるか分からない状態になっていることを、孝治には隠していた。資金繰りのためにも会社挙げて受注に奔走し、入札には原価を割って応じてきていた。そのしわ寄せも溜まってきている。そんな中で肇は当選祝いとして二百万円を孝治に渡した。

「選挙資金も掛かったやろし、収めといてください」

肇は笑いながら小切手の入った祝儀袋をくれたのである。

「大丈夫か？　こんなことしてくれて」

孝治は会社の資金繰りもなんとかなっているらしいと、少しは安堵の気分で受け取った。

しかしその小切手は、万一のことを考えて現金に換えて箪笥預金にしておいた。


その祝儀袋を受け取って二ヶ月ほど後に、議会で遅く帰った孝治に肇が、

「どうしても今晩、会長に聞いてもらいたいことがあるんや」

と言って、孝治夫婦のいる離れにやってきた。

「もう遅いから、おじいさんも疲れてはるやろし、明日ではあきませんの」

言いながら道子も、血相を変えている肇の顔を見て息をのんだ。

「なんや、肇。なんかあったんか」

着替えを終わってテーブルの前に座った孝治に、肇は両手をついて土下座をした。

「申し訳ない！　今月末の手形が落ちません。どうしても資金繰りができん……」

「なに！　手形が落ちん？　不渡りか⁉　銀行はどう言うているんや！」

「銀行は先月からだめだった。なんぼ頼んでもあかん」

「お前が駄目でも、わしが支店長に頼んだる。道子、そこの電話もってこい」

「おじいさん、もう十二時過ぎてますよ。いくらなんでも明日にしてください」

「会長、なんぼ頼んでもあかん思います。バブルの事後処理で不良債権の圧縮とかで……」

「そんな一般論は聞いてない。うちが生きるか死ぬかの問題やないか」

翌朝、孝治は永井建設の社長室に飛び込んだ。総務部長の深川昭市が帳簿を持ってきていた。

「今月末の資金繰表は？」

「これです」

月々の必要資金とその調達方法が書かれていた。資金繰りは毎月赤字である。売上の絶対額が足りないのだ。赤字の金額の下に、資金を調達した金融機関が書かれている。

「これはなんだ！」
四、五ヶ月前から調達先に銀行名や信用金庫の名前のほかに、一見して分かるサラ金の名前が入ってきている。それもだんだん件数が増えてきていた。孝治はこんな資金繰表を見るのは初めてだった。資金の不足額は増額してきている。それに対して売掛金の減少が激しく、今までの半額にも満たない月があった。

「サラ金に借りてます」

昭市は孝治の甥である。肇社長の従兄弟であった。

「こんなになるまでに、なんで言うてこなかったのや。なんじゃこれは！」

孝治の前でじっとうなだれている肇と昭市を怒鳴りつけて、資金繰表を投げつけた。

「一般の業績はバブルの崩壊で駄目だったんですが、センタービルの売却にすべてを賭けていました」

昭市が答える。

「そんな可能性があったのか」

「はい、総合商社と大手の建設会社からと……たとえ十億にでもなればと期待していたんですが」

「どうなったんやそれは」

「まだ決まりません。このところの不景気で後退しているようです」

「買掛先の債務一覧はあるのか。金融機関の債務も」

「今月末の予測をすぐにまとめます」

昭市は黙っている肇社長を見て何か言いたそうだったが、言葉を呑んで部屋を出て行った。

「肇、えらいことをしてくれたな。わしも任せていて悪かったが、なんということっちゃ！　永井家もこれで終わりやな。ああ……」

孝治は声に出して溜息をついた。

肇が搾り出すように言う。

「……俺もできるだけの事は全力を挙げたんや。命を縮めるほど。この責任は俺にあるのやけど、親父、あんたも政治にかまけていて、ぜんぜん会社のことは口出ししなかったやないか」

「役員会もせんと馬鹿なことを言うな！　相談にも来ずに口が挟めるか！」

「ああ、こうなったのは俺の責任や、ちゃんと尻拭いて始末つける。親父は帰ってくれ！　あとは弁護士に相談してけり付ける」

肇は膝に置いた両手を握り締め震えていた。

「深川部長に債務一覧と、去年のものでいいから貸借対照表を持って、うちに来るように言ってくれ」

孝治はそれだけを言うとソファから立ち上がったが、足元がふらついた。テーブルにちょっと手をついて、口を真一文字に結んで部屋を出て行った。

肇が来た日、道子は張り切って料理を作るはずだったが、肇の希望で昼は手巻き寿司、夜は焼肉と決まった。手巻き寿司も焼肉も全員がテーブルを囲んで、欲しいだけ取って食べる。子どもたちは好きなものを取り合い、大人が仲裁に入る、家族揃っての楽しい会食の思い出があった。

この正月はサラ金が危ないということで帰郷せず、一足早く年末に一泊で帰ってきた。そのとき以来である。肇は背広の下に柄のカッターを着込み、派手なネクタイをピンで止めていた。髪も撫で付けピカピカにしている。社長時代とは品性を落としていた。

「どう、なんとかうまくやってる?」

道子はそれが聞きたくて仕方がない。

「なんとかね。新興宗教の手伝いだよ。しかし、ぼろい商売もあるものだと驚くなあ」

「食べていくために仕方がないかも知れんけど、あんまり無理はせんといてね。あんただけが頼りなのやから」

「肇、百合さんには会うことにしたのか」

「それが……こんな手紙が来て、一巻の終わりや。頭にくる!」

肇はカバンから手紙を取り出し、孝治に渡した。

「肇さん、お久しぶりです。お元気のご様子なによりと存じます。

当方はみな元気に過ごしていますので、ご休心ください。子どもたちもそれなりに頑張っています。

ところで今度お帰りのときに会いたいとのことですが、申し上げにくいのですが、お断りします。肇さんも将来こちらで暮らすということはできないでしょうし、子どもたちも倒産騒ぎからやっと落ち着いて、こちらの転校先で頑張っています。私も子どもたちの面倒を実家の両親に見てもらいながら、近くのスーパーマーケットへ働きに出ています。今更子どもたちを連れて、そちらに行ってあなたと暮らすということは考えられません。

肇さんとは籍も抜いていることですし、どうか、そちらで新しい人生を切り開いてください。

子どもの養育費は従来どおりお願いいたします。私のことは先の離婚のときにいただいていますので結構ですから、この手紙を最後ということで、ご縁を切らせていただきたいと思います。

子どもたちにも今日はっきりと申し伝えます。

お義父さん、お義母さんではなく、孝治様、道子様にもよろしくお伝えください。

長い間、いろいろとありがとうございました」

孝治は黙読して、不快な表情で道子に渡した。道子は老眼鏡を取ってきて手紙を開けた。真剣に目を近づけて読んでいる。

「そういうことなの」

道子は長い溜息をつき、手紙を放り出した。

「百合さんの気持ちも分からんではないけど……」

しばらく沈黙が続いていたが、

「百合に預けた財産がある。それをどうやって取り返すかやな」

孝治は腕組みをして言った。

「離婚のときいただいたもので結構ですとは、あの時百合の名前で定期にして預けた、あの金のことを言うとるのやろ。あれは預けた金や、百合にやった金やないから取り返さんといかん。肇の立ち直りの資金や。肇、お前も百合に預けたものがあるやろ。それはどうするのや」

「そんなこと、今言われても答えようがない。これからの問題や」

「百合さんも水臭い。こんなときにこそ助け合うのが夫婦いうものやのに。とにかく肇さん、一度本人に会うて話し合わんとあかんよ。このままでは。……一時的な気の迷いいうこともあるさかい」

「子どものこともあるし、一方的なことを言われても納得できるものではない。充分話し合え、いいな肇」

「……」

その日の焼肉の夕食には、深川昭市も呼んだ。昭市は近い親戚でもあり、総務部長として永井建設に最後まで骨を埋めてくれた仲間だ。

昭市は会社の清算についていては、弁護士とともに最後まで見届けた。命取りになったセンタービルも金融機関の抵当物件となり売却先を探している。聞くところによるとそのビルの管理も昭市が任されているとのことだ。

その日、彼は意外なことを言った。孝治や肇が住んでいた家ももちろん抵当物件であるが、一番抵当権を持っている信用金庫から、この家の処分について相談があったという。なにぶんサラ金にまで抵当権がついている以上、競売に掛けても相当の困難が予想されるので、できれば昭市に条件のいい買い手を捜してくれないかと頼まれたという。近隣では目立った建物であったが、中古住宅の資産価値はゼロである。売却するとなると建物を壊して裸地にして土地価格だけで処分することになる。建物を少しでも評価して住んでくれる人に直接売りたいということだ。

「それで、会長、あの家を私に買わせていただいてはと思うのですが……。もちろん、あの家は会長ご一家にとっても歴史の詰まった思い出の家ですから、赤の他人に渡るより、都合によってはまた住んでいただくことも可能ですし、どうでしょうか」

「ほほう……いくらくらいの評価なんや」

「まだ先方と話はできていませんが、先方の希望価格は五千万円強ということです」

「そうか。まあ、値打ちのある買い物には違いないから、うちが買い戻せるときがあるかないかは分からんが、昭市に持っていてもらえばうれしいね」

夕食は焼肉である。道子が奮発して上等の肉を買ってきている。

「さ、食べてください。昭市さんも遠慮せずに。昭市さんにはほんとに面倒を掛けました。ささやかなお詫びの印に、どうぞ」

会社の整理が始まって、一般の債権者は、弁護士や社長の肇、経理担当の昭市の対応で事は進んでいったが、やくざと組んで取り立てにやってくる街の金融業者には泣かされた。会社の債権者会議でも弁護士の進行で進められている席で暴言を吐き、椅子に座らず床に土下座して謝っている孝治や肇の背中を土足で踏みつけたり、唾を吐き掛けたりした。そして自宅にも押し掛け脅しを掛けてくる。百合は子どもを連れて、めぼしい財産をもって実家に帰っていて、直接は被害にあわなかったが、道子は裁判所の差し押さえのあと整理をしているところへ強面《こわもて》の男たちに怒鳴り込まれた。さすがに暴力はなかったが、散々脅され恐怖の極限を経験していた。

そのとき様子を見に来た昭市が、

「待ってください！　奥さんには関係ありません。これは会社のことですし、家の物もこうして差し押さえられているのですから、ここには何もありません。堪忍してください！」

と叫ぶのに、

「うるさい！　お前が代わって払う言うのか。どやねん！」

髪をつかんで引っ張りまわされ、

「お前が身体で払う言うのなら相談に乗ってもいいぞ。全身に刺青して働かしたる」

結局その場で脅されても払う金などはないので、彼らも諦めて捨て台詞を残して帰っていった。

「いいか、配当以外に裏で払わんかったら、連れて帰って身体で払わすからな！」

道子にしてみれば、昭市を命の恩人のように感じている。震えの止まらない道子を昭市は自分の車に乗せて、彼女の実家まで送り届けてくれたのである。

「昭市さんには、とことん付き合っていただいたから、婚期を遅らせてしもたんと違うやろか。まだ結婚のお相手はありませんの」

昭市に酒を注ぎながら道子が尋ねる。

「いやぁ、結婚は考えていませんよ。そのうちに惚れてくれる殊勝な女性が現れるとは信じているんですがね。まだ巡り会えません」

「きっと素晴しい人が現れますよ。昭市さんは魅力的な男性ですもん」

「昭市、いま収入はどうしてるんや」

孝治はそれを心配している。

「今は親掛かりです。まあそのうちになんとかなるでしょう」

「昭市にはほんまに迷惑を掛けたな」

肇は会話に入らず、黙々と食べていたが突然、

「君は百合に会うことはないか」

「特別ありませんが、元気にやってはるようですよ。私の母親の里（実家）が百合さんの実家のそばなので、ときおり情報は入りますが……何かお伝えしましょうか」

「いや、別に。元気にやっとるならいい。こちらも連絡先も教えずに別れたきりやから」

「養育費なんか払てはるんでしょう」

「一方的に振り込むだけの付き合いや」

「じゃ、私が一度訪ねておきますよ。子どもさんも大きくなってはるやろし。それより社長が直接会いはったらいいのと違いますか」

「うん。いいかも分からんが、まだ子どもたちに迷惑が掛かってもいかんしな」

肇はまた無口になってしまった。一座も肇の心境は理解して黙ってしまう。

昭市は一時間余りいて、

「大変ご馳走になりました。皆さんのお元気なお姿を見て安心しました」

と言って帰っていった。

昭市が帰ると、肇はごろりと横になった。

「肇さん、疲れてるんでしょ。お風呂、沸いてるから先に入って。よかったら今夜は早寝して身体を休めてちょうだい」

「ああ、そうしろ。早く寝ろ」

せっかく用意した焼肉は、ほとんど残ってしまった。

道子は後片付けをしながら、

「百合さんはどういう人やろ。肇の会社が倒産したのは大変やったのは分かるけど、あの子らには辛い思いささんように一生懸命してきたのに、その気持ちは分かってないのやろか。もう私らは孫にも会えんのやろか……肇も立ち直る励みになれへんがな」

とぼやいてしまう。

「助け合わなあかんときに身勝手なことをする奴や。このままでほっとくわけにはいかん。

なんとかせんとあかん……」

同じ部屋に肇が寝ている。寝付けないらしく寝返りを打って壁のほうを向いた。

翌日、肇は午前中、家でごろごろしていた。昼に道子は、

「昨日の残りでいいから」

という肇の注文で肉丼にした。

それを食べてすぐ、

「また来るから」

と、肇は立ちかける。

「肇さん、これからはもっとたくさん帰ってきてよ。あんたの顔を見ることだけが私たちの生き甲斐なんやから。身体、壊さんようにして元気に帰ってきてね。……そして、一日も早く一緒に暮らしたいのやから……」

道子は、あとは言葉にならず涙で見送った。

肇が帰った後も、孝治は何もできなかった。

ただ、昭市には、彼が元の孝治の家を買ったことを報告に来たときに、百合のことを話した。

「肇と別れたいという百合の気持ちは、あんまり酷い。身勝手な言い草や。子どもの養育

費も肇が払ってきてるし、今残ってるうちの財産は全部百合に預けてるんや。その金で最初はアパートでもいいから一緒に暮らして、なんとか永井家を立て直してほしいと思ってるのに、がっかりさせよる」

昭市に言ってもどうなるものではないことは分かっていながら、愚痴話は長くなる。

「おじいさん、昭市さんに愚痴言うても仕方ないでしょ。ご迷惑ですよね」

見かねて道子が言う。

「誰かに聞いてもらわんと、腹の虫が治まらんのや。肇はどうしよったかな、百合と話してるんやろか」

昭市は黙って孝治の話を聞いていた。

「会長のお話は分かります。なんとかなるといいですがねぇ」

昭市は孝治のことをまだ会長と呼び、肇を社長と呼んでいた。

「会長のお宅はきちんと掃除も草むしりもしておきますから、またお越しになってください」

そう言うと手土産に持ってきた菓子箱を置いて、そそくさと帰っていった。

梅雨の季節も終わりに近づき、激しい雨が降る六月の終わりごろである。内職を黙々としている孝治夫婦のところへ一本の電話が掛かった。

道子が電話に出たが、怪訝そうに孝治を呼んだ。

「浜松のなんとかいう警察の人らしいけど、永井肇さんのおうちの方ですかって言うのよ……」

道子は悪い予感に青ざめて、震える手で受話器を孝治に渡す。

孝治の顔からも血の気が引いた。

「もしもし、永井肇の父親ですが。……はい、そうですが。ええっ！　なんですて！　肇がどうしたんですか、ち、ちょっと、も一度言ってください。……肇が……肇がですか！」

「お父さん、お父さん！　肇が、肇になんかあったんですか！」

道子もいたたまれず、悲鳴に近い声を出す。

「それで、どこへ行けばいいのですか。えっ、……はい、分かりました。すぐに行きます」

「お父さん！　何があったんですか？」

「肇が死んどったそうや」

孝治は腰が抜けたようにぺたんと座った。

「どういうことです！　それは！」

「アパートで死んどったのが、見つかったそうや」

「えーっ！　肇が……」

道子もへたり込んで動けなくなってしまった。

「とにかく、すぐ来いいうことや。行ってこなあかん。道子、用意せい」

「ど、どこへ行くのですか」

「肇を迎えに行くのや。決まってるやろ」

「私は、私は行けません。よう行きません。お父さん、お願いします」

そう言うと道子は泣き出した。すすり泣いていたのが、声を上げての大泣きになった。

「そんなわけにはいかんやろ。肇をちゃんと迎えに行ってやらんと、道子！」

と叱るが泣きやまない。

結局、深川昭市に電話をして同行を頼み込み、その日の午後、二人で浜松へ出掛けた。家のほうは、昭市の母親夏江が来て道子の面倒をみたり、葬式の準備などしてくれる手はずである。

浜松までは昭市の車で三時間は掛かった。途中ほとんど二人は喋らなかった。

「……百合さんには知らせんとあきませんね」

「とにかく浜松警察署に着いてから考える」

浜松警察署に着いたのはもう夕方だった。受付で言うとすぐ面談室に入れられた。

「遺体は浜松医科大学の付属病院の方にあります。一週間ほど経過していますので、遺体はかなり傷んでいます。まずご遺体の確認をお願いして、その後、お尋ねしたいこともありますからすぐに行きましょう。パトカーに同乗してください」

担当官はてきぱきと進める。

「息子さんは一人暮らしだったのですか」

パトカーに乗ってからも話し掛けてきた。

「そうです。実はいろいろと事情がありまして、肇の住んでいる場所も知らないのですが」

「病院で確認していただいた後、そちらへ回りますから。荷物の整理もありますしね。大変ですな」

病院は大学に隣接する大きな建物だった。

「こちらへ」

受付に呼ばれた職員に連れられて、いくつか棟を通り過ぎて、遺体処理や遺体の保存場所の地下にたどり着いた。かなり強い消毒臭と、遺体の臭いが鼻を突く。

(道子を連れて来なくて良かった……)

肇を亡くした悲しみも、この雰囲気にのまれて、瞬間的には消えていた。

遺体安置室のベッドに肇はいた。

遺体の顔の布を取ると、既に肉はくぼみ骨の間に沈み込んでいた。色もこげ茶と黒である。しかし間違いなく肇であった。自分の息子ながら近寄り難い光景である。

「肇……お前は……なんということを」

「永井肇さんに間違いありませんか。まず、お父さん」

「はい、……間違いありません」

「そちらの方」

「間違いありません」

「あなたのお名前とご関係は」

昭市が答えている。

あと、検死と解剖を担当した医師から説明があった。首のところがひどく傷つき皮が剥けているようだった。

「鴨居に首をくって、ぶら下がっておられたようです。ほぼ一週間ぐらい経過しています。したがって死因は窒息死です」

警官も説明する。

「無断欠勤が続くので勤務先から見に来て発見されました。後でお渡ししますが、遺書もありますので、自死であると判断しました。遺体はどうされますか」

孝治は青い顔をして、昭市を振り返る。

「どうしょう……できればここで火葬を頼みたいと思いますが。葬儀社をご紹介していただけますか」

「分かりました。そうしましょう」

医師と警官は部屋を出て行った。ベッドのすみに椅子が一脚ある。

「会長、掛けてください」

昭市が椅子をベッドの肇の顔に近いところに置いた。孝治はもう一度変わり果てた肇の顔をまじまじと見て、布を掛けた。

しばらくして葬儀社が来た。ここに遺体をいつまでも置いておくわけにはいかないので、葬儀社で納棺して夜伽をすることになった。葬儀は骨を持って帰って家で営むことにする。

「昭市、お金、持って来てるか」

孝治は昭市に小声で尋ねた。

「ええ、十万ほど持ってます」

「ありがと。頼む、立て替えといてくれ」

「もちろんです」

その後、孝治と昭市は警察署に立ち寄り、肇の自殺に至る動機などについて事情を聴かれた。そして肇の住んでいたアパートへたどり着いたのは夜であった。

アパートは裏通りの寂れた場所にあった。管理人を訪ねると、自殺者を出して大変迷惑したことで散々苦情を言われた。早く荷物を出して消えてくれと言わんばかりである。

狭い部屋には荷物らしいものはほとんどなかった。衣類を入れたカラーボックスが二本と小さな食卓が一脚に、段ボールケースが数個あるばかりだ。柱に鏡が掛けてあり、その上に写真を入れた額があった。孝治夫妻と肇の一家六人の入った写真だ。いわば全盛時代のものであり、皆が笑っていた。正月に撮ったものらしい。

(毎日、これを見ていたのか)

孝治は写真を見て、肇の思いを垣間見たような気がした。思わず泣いてしまった。

管理人に詫びを言い、慌てて荷物を乗用車の後部座席やトランクに満杯にしてアパートを後にした。


翌日、肇の遺体は葬儀をしないまま霊柩車で運ばれ骨になった。孝治も昭市も昨晩は葬儀場の通夜室で過ごしてほとんど寝ていなかった。孝治はその間、道子に電話をしている。道子は思ったより元気だった。

「肇はどうでした」

「こちらで火葬してもらったよ。葬式は骨箱を持って帰るから家でやろう。前田さんに事情を話してどこかお坊さんを頼んでもらってくれ。明日の夕方帰るから明後日の適当な時間でいいから頼みます、と言ってな。……道子、お前は大丈夫か」

「ええ、なんとか。夏江さんに来てもらってますし。……そちらへ行かずにごめんなさい」

「こちらも昭市と一緒やから、なんとかなっている」

「あなた、お金は都合ついてるの」

「昭市から借りた。道子ももう過ぎたことやから落ち着けよ。身体こわしたらなんにもならん……あとは、お前と二人しかいないのやから」

「あなたこそ……お願いします」


家では前田夫妻が取り仕切って、永井家の菩提寺の住職に頼み本通夜をした。

「とにかく孝治さんや昭市さんは少しでも寝てください。道子さんは大丈夫ですか。……どこか知らせるとこがあったら知らせないといけないし」

前田勇が気配りをしてくれる。

「百合さんや子どもらには知らせないといかんやろね」

と道子。

「知らせても来るかな。……ま、一応は知らせるか。昭市、百合の家連絡できるかな」

「できると思います。一度帰って手配してきます」

「明日、十時にご住職が来られる。それから葬式をしてもらって、お昼を食べていただく、そんな順序やから」

「分かりました」

葬儀に百合は子どもたちを連れずに来た。孝治には、

「この度はとんでもないことで……」

と一応挨拶らしいことを言ったが、道子には、

「お義母さん！　……肇さんが……こんなことになってしもて」

百合は泣き出してしまった。道子も思わず百合の肩をつかんで泣いた。二人とも声を上げて泣いた。孝治は、

（お前の手紙が肇を殺したんだ。お前がやったことやないか！）

と、怒鳴り付けたいところだったが、目の前にしてみると百合も犠牲者なんだと思う。一緒に泣き出したいのをじっと堪えた。

あとは昭市の兄夫婦と夏江、前田夫妻そして百合の両親たちが参列して寂しい葬儀は終わった。勇が近所の仕出し屋で仕出し弁当をとってくれて食事をした。

「百合さん、子どもらは元気にしてるか」

「ええ、今日は学校なんで連れて来られませんでしたけど、元気にしてます」

「また連れて来てね。淳也君に奈緒ちゃん。会いたいわぁ。お父さんはこんなことになったけど、私たちにとっては大事な可愛い孫たちやから、どうかときどきは顔を見せてね」

「ええ、お義母さん、ありがとうございます」


肇の葬式を終えて、孝治は毎日をぼんやりと過ごしている。内職の仕事も道子は熱心にやっていたが、孝治はほとんど見ているだけだ。生活は肇への仕送りがなくなって、なんとか年金でやっていける。仕事をすると思うと馬鹿馬鹿しくなってする気がしない。庭の草むしりも道子がしているのだ。盆栽も以前はしていたが、まったくする気がしない。どうせしばらくして自分も死んでいくのだ。誰のために何を残すのか。道子も同じで後に残っても、いずれすぐ死んでいく。

道子も葬式のあとしばらくはまったく無口で、表情まで失っていた。黙々とすることはしていたが、突然涙がこみ上げてくると泣き出した。涙が出るとじっとしていられなくて、仕事に夢中になるという感じである。孝治はそれを横目に見て、どうしてやることもできない自分がなお嫌になった。

しかし、立ち直りは道子のほうが早かった。どうも、きっかけは前田勇の細君の智津に誘われてお寺参りをするようになってからのようである。前田家の菩提寺で、その寺の永代供養の法事などに参り、お説教を聴くうちに少しずつ悟っていったようだ。ほかの寺でも説教があるごとに誘われていた。

八月の盆供養のときは、葬式に来てくれた住職に頼み、その寺にある永井家の墓地に納骨をした。倒産して家屋敷を失った惨めな姿を過去の隣人たちには見せたくはなかったが、やむを得ず夫婦で出掛けて、墓の前でお経もあげてもらった。

その後は一応するべきことはしたという安堵感はあった。

相変わらずエアコンもない暑い家の中で、道子は手先を器用に動かしながら、種類別にビスの本数を数え袋に詰めている。それが近ごろは生き生きとした顔でしている。最近までの顰め面とは違っていた。

「道子、どうした。最近、機嫌が直ったようやないか。泣いてばかりのときもあったのにな」

「そうですか。お坊さんの説教が効いてきたのかな」

「お寺参りで何を聞いてきたんや」

「とにかく自分を、我を捨てなさいということを聞いてきました。我を捨ててお念仏を唱えて、何もかも阿弥陀様にお任せする。お念仏さえ唱えていれば、きっとお救いくださる。あの世へ行けばお浄土へ連れて行ってくださる。恨みや、後悔や、欲望や、そんな煩悩捨てて、阿弥陀様にお任せして生きていくこと。なかなかできないことやけど、そう思って暮らすようにしています」

「お念仏か……長い間、忘れていたな」

「肇のことも、会社のことも、市会議員のことも、もうどうでもよろしいがな、みんな忘れてお念仏で生かさせてもらいましょ」

孝治も真宗門徒の家に生まれて、子どものときから祖父母や両親からも聞いてきた。日曜学校も休まずに通った。また寺の門徒総代の役職も何回もしてきている。今の道子の話は、耳にたこができるほど聞いていたはずだ。

「それを忘れていたな。確かにお念仏があったんやな」

「そうですよ、おじいさん」

そう言って道子は笑った。

「分かった、分かった」

孝治も笑った。二人とも久しぶりの笑顔だった。

「その日その日を……お念仏でか、なるほどなあ」

その後も学校の休みときは、孝治夫婦を慰めようと百合は淳也と奈緒を連れて、ときどき遊びに来るようになった。淳也は三年生、奈緒は一年生である。狭い家で遊ぶところもないが、孝治夫婦も内職の手を止めて相手をした。事前に知らされているときは、チョコレートなど子ども向きの菓子を買うことも忘れなかった。ときには百合の運転する車で外食をすることもある。

久しぶりに帰ってきた家族の幸せに夫婦は酔いしれた。百合に預けた財産を返せなど、とても言えなかった。

道子も、

「財産のことは、私たちもなんとかやっていけるので言わないでおきましょ。淳也や奈緒が使ってくれたらよろしいがな」

孝治も同感になってきた。

その年の秋口、道子が風邪を引いた。季節の変わり目である。高い熱が一週間ほど続き、特に咳が止まらなくなった。それでも寝込んだのは二、三日だった。食事の支度や掃除は続けていた。しかし、身体を動かすことは大儀そうだった。

最初のうちは、隣の前田家からおかずの頂き物をよくしたが、老人家庭向けにおかずを配達している業者があるので、そこに注文をするようにした。そのころには道子は食欲もなく熱も咳も止まらなかった。

休みの日に百合の車を頼んで市民病院まで診察を受けにいった。その結果、急性肺炎ということであった。しかも、肺結核もずいぶん進んでいるとのことである。

「すぐ入院してください。かなり重篤ですよ」

と言われた。とりあえず、道子の希望で一度家に帰り支度をして翌日入院した。

そのときは既に道子はひどく苦しみだしていた。我慢強い道子のその苦しみようはただ事ではなかった。呼吸も困難で、

「苦しい、苦しい」

と言い続ける。病院では点滴と呼吸器を付けて、あとは眠った。病院にいる間、孝治は道子の手を握っていた。一、二度、道子は目覚めて孝治の顔を見た。そして、瞳で何回か頷いた様子だ。孝治は思わず、

「道子、お浄土で先に行って待っていてくれ。わしもすぐに行くからな」

それを聞くと安心したようにまた眠ってしまった。

そしてその翌日、道子は荒い呼吸をはじめ、たぶんそれが断末魔の苦しみだったのか、

息を引き取った。

そのときばかりは、孝治は道子にすがりついて、離れられなかった。医師や看護婦に強く言われて離れたが、大声で泣いた。肇との別れとはまったく違っていた。

孝治は自分が死んだのと同じ、あるいは身体の半分が死んでしまったとしか思えなかった。病院で誰かに支えられなければ、立つこともできなかった。そして必死になってお念仏を唱えた。何も考えまいとした。

道子の葬儀には、孝治はまったく役に立たなかった。すべてを昭市の家族と前田夫婦、そこへ子どもを親元に預けた百合が手伝いに来て、済ませてくれた。

今は道子の骨箱が仏壇の前に置かれている。孝治は道を歩いていても花を見つけると、必ず切ってきて供えていた。花を摘み取るナイフを持ち歩いていた。骨箱の後ろの道子の写真は微笑んでいた。それを見ると、

「道子！　道子！」

呼び掛けてしまう。一週間分の惣菜を届けてくれる給食業者と、ときおり来る前田夫妻だけが孝治にとって世間のすべてだった。

百合も道子の葬儀の後、何回かは子どもを連れてやってきたが、孝治が喜ばないのを見て取ると来なくなってしまった。孫の淳也も奈緒も小学生になり孝治に甘えてくることは

なくなっている。それでも道子は可愛くて仕方がなかったようだ。孝治は孫に掛ける言葉も見つからず、百合が薄情に肇と縁を切ったということが脳裏から離れず、喋りたくもなかった。

孝治は以前、浜松に肇がいると思うだけで浜松が懐かしかった。仕事以外で行くこともなかったところだが、孝治夫妻にとっては心の支えのように、その地名は聞こえた。今もそんな気がすることがある。

（そうか、もう浜松は誰もいない無関係の町なんだ）

と、自分に言って聞かせる。

そして、わが家のイメージは道子だけだった。外にいるときは、道子の仕草が一部始終目に浮かんだ。家の中にいても、

（道子は？）

と、自分に尋ねてしまう。

（俺は一人ぼっちか。肇も道子もあの世に行ってしまったんだ。死んだらあの世で会える）

言い聞かせてみるが、

（……そんなことはもう絶対ない……俺はなんのために、なにを楽しみに、なぜ生きているのか）

そんな疑問が毎日、休みなく胸を締めつける。

（百合に預けた財産を取り返して使いまくるか。海外旅行や夜の街、相手になってくれそうな女。……それも……もう、わしには要らん）

配達される惣菜をレンジにかけて食事を済ませ、トイレをして、ときどき掃除をして、新しい花を切ってくる。その日その日の天気も季節も変わっていくが、そのときの暑さ寒さに対応するだけで、なんの変わりもない。道子の写真の前も、絶対に本物の道子が帰って来ることはないことが分かって、あまり座らなくなった。

孝治はだんだんと老人ボケの状態になっていった。前田勇が来てもまじまじと顔を見てそのまま横を向いてしまうことがある。その回数が増えてきている。それでも表を歩いて花が咲いていると、それを切ってきて道子の骨箱に供えることは欠かさなかった。ところが日が経つにしたがって、花がただの葉っぱや枯れ枝になることもあった。あとは部屋のすみでじっと俯いている。テレビを見ることもほとんどなくなっていた。

いつの間にか年の瀬になっていた。冬休みで子どもたちが遊ぶ声が聞こえる。家々では掃除や片付けものをしている様子だ。

「孝治さん、明日、燃えるゴミを焼却場へ出しにいくが、一緒に出すものがあったら持っていくよ」

勇が声を掛けてくれた。

「ゴミ？　ああ、ありがと。見とくよ」

その日はまともな反応をする孝治だったが、ズボンの前も留めずジャンバーを羽織っただけの、ひきこもりの老人そのものである。

「古いものはもう要らんから始末せんといかん」

「そうだよ。新年が来るから気分一新せんとね。気を付けてやってくださいよ」

と、勇は大きいポリエチレンの袋を何枚か置いていった。

孝治は道子の衣服や下着類、身の回りのものを整理して、どうしても残したいものを除いて処分しようと考えていた。それに肇の浜松の部屋にあった段ボールの中も見ていない。整理しなければと気になっていたところである。

道子の残すものは普通であれば息子の嫁に形見分けするのだろうが、思い切って箪笥一本に片付くものだけにして、あとは全部ポリエチレンの袋に押し込んだ。化粧品や装身具は一応残した。いつか百合を許せるようになったとき、欲しがればやればいい。

肇の残しておいた段ボールを開けた。最初の箱は仕事の関係の書類だったり、永井建設のカタログなども入っていた。ばらばらと捲って、

「全部要らん」

と独りごとを言って処分するほうにやった。

二個目の段ボールは目方が軽かったが、手紙や中には裁判所や管財人の書類なども入っていた。

家族が肇に宛てた手紙もあった。取り立てに追われて最初に逃げ込んだ京都のアパートに宛てたものだった。そこにも居られなくなって、浜松に越してからの住所は誰も知らなかったはずである。

百合からの手紙も、子どもたちの書き込みのあるものも入れて、何通かあった。道子の手紙もある。
一、二通、読んでみたが肇の身を案じたものばかりで、到底読み続けられるものではなかった。嫁の百合も肇のことを心配して切々と書き込んでいる。それが一年も経たないで、「あなたとは縁を切らしていただきます」と変わったのだ。
「お父さん、お元気ですか。ぼくも元気です。勉強がんばりますから、お父さんもがんばってね。淳也」

「奈緒もげんきです。かぜをひかないように、わたしはお父さんがだいすきです。奈緒」

肇がいない今となっては、これらはゴミである。思い切ってポリ袋に入れた。

中から便箋が出てきた。メモの書かれた数枚の後に、差し出すつもりで書かれたとしか思えない何枚かの下書きがあった。

「百合。

長い間苦労を掛けたことは悪かったと思っているが、今度の君のやり方は絶対に許せない。君と離婚したのは財産を後日のために少しでも残すための手段だったのだ。もちろん君や淳也、奈緒の将来を心配してしたことだ。

淳也から何か聞いたかも知れないが、僕は先日淳也に会った。君に会って真意を聞きたい思いでそちらへ行ったのだが、君の親元だから家の人に会うのも嫌で、どうしようかと迷いながら、しばらく隣の神社のベンチで腰掛けていたら、淳也が学校から帰ってきた。『淳也！』と呼び掛けたらあいつは『お父さん！』と言いかけて慌てて自分の口を押さえたのだ。『淳也、お父さんだぞ』と言うと『違う、違う、お父さんやない。淳也のお父さんは昭市おじさんや。昭市おじさんのことをお父さんって言いなさいて、お母さんが言ってた』と言うではないか。

俺はびっくりして淳也の顔を見た。少しは大きくなっていたが、一年前と変わってない。『アホか、淳也のお父さんはこのお父さんやぞ』と言っても、違う違う言うて走っていってしまった。

君はいつから昭市とできてたのか。俺の子どもも一緒にさらってもっていくのか。

百合、この恨みは絶対に忘れないからな」

書きかけの手紙はそこで終わっていた。結局この手紙は出さなかったのだろう。

そしてあとは両親に宛てた遺書を書いたのだろう。

孝治は目が覚めたように思った。背筋が伸びたような気がする。

(百合が昭市とできていた⁉　本当か⁉　昭市となぁ……信じられんが、……そうだったんか)

孝治には肇の驚きと怒りと絶望が、ストレートに伝わってきた。肇も怒り狂っても、どうすることもできないことに気付いたのだろう。百合は離婚した女性である。独身の昭市と関係ができて結婚することになっても法律違反でもなんでもない。

(しかし、あの昭市が信じられん。……わしは昭市だけを頼りしてきた……)

肇も昭市を永井建設の総務部長に取り立てて、信じて付き合ってきたのだ。そのために苦労を掛けたとはいえ、

「裏切りよって！」

孝治は身体の中から力がわいてくるような気がした。両手を握りしめ、

「よし！」

と、自分に号令を掛けてみた。だがどうすればいいのだ。百合と昭市を呼んで問いただすのか。

（絶対に二人の結婚は認めない！）

と言うのか。当たり前ではないか。肇が化けて出てくるだろう。道子が泣くだろう。あの淳也と奈緒が昭市の子どもになるなんて。

孝治は可燃ごみを集める意欲をなくしてしまった。しかし、部屋に撒き散らしたゴミはポリ袋に入れないと次にかかれない。

（考えるのはそれからや）

可燃ごみとした道子の衣類や、肇の書類を入れたポリ袋を勇の家に持っていった。


（あの、百合と昭市が）

その夜はなかなか寝付けなかった。一人暮らしになってから風呂は一晩留め湯にしている。その昨日の風呂に入って、ビールを飲んで寝ようとしたが、目はますます冴えてくる。

（そう言えば、葬式のときの二人の手伝い方は違っていたな）

気が合う二人が阿吽の呼吸でいたのが思い出される。

（そうか！　あの家を信用金庫に頼まれたと言って、昭市が自分の意志で買うたんや。昭

市は肇と入れ替わって自分があの家の主人になるつもりか……それに気付かずに承諾したわしはアホや）

孝治は何日か前、道子の骨箱を持ってあの家に行き、あの家の座敷で首をくくって死のうかと思ったことがある。それは誰かへの恨みを晴らすということではなく、前田勇の好意で住まわせてもらっているこの家で自殺をしたのでは迷惑が掛かる。自分のふるさとであり、道子にとっても本当の帰る場所であるあの家で、最後を迎えることが一番自然だと思ったのだ。

（それを今やったらどうだろう。一家の亡霊に悩まされてあの家には誰も住めなくなる。昭市と百合への絶好の復讐になる）

しかし今の孝治には、死にたいという欲求がまったく出てこなかった。道子が死んで一人ぼっちで、なんのために生きているのか、できれば自分も死んで道子に会いたい。道子のいるあの世で一緒に暮らせたら。すぐでも死にたい。ただ、自分が死んでも道子に会えるのか、会えないのか。……などと、あの時は迷っていた。しかし今の心境は変わったのだ。

（いや、今、死んではわしの負けになる。生き抜いて、あの二人に責任を背負わせるのが、あいつらに対する復讐になるのかな。……道子、お前ならどう思う?）

そんな思いが頭の中を駆け巡って寝付けなかった。

孝治の頭の中に百合と昭市の一件が入り込んでからは、孝治の日常が変わってきた。道子がいたら、

「あんた、どうしゃはったん。なんや元気が出てきましたな」

と言うところだろう。

しかし孝治には手の打ちようがない。何か手段があるはずだと興奮した頭で思ってみるのだが。

年の瀬も押し迫り、喪中のことで正月の準備もない孝治の家に、ある日、昭市が訪ねてきた。孝治はいささか驚いたが、まだこの段階では知らない振りでいようと、とっさに決めた。昭市は手土産に雑煮用の小さい餅をいくつかと、みかんや数の子を正月にでも食べてくださいと持ってきた。

「実は、今日はちょっとお話があって来ました」

その昭市の言葉に、思わず孝治は顔を上げて昭市の顔を見た。

「先日、永井建設時代の営業部長だった山口さんに会ったんですが、会長はお元気かと聞いておられました。肇社長を亡くされたり、奥さんまで後を追われて力を落としておられるのではないかと心配しておられました」

「山口君は元気にしてたか」

「ええ、少しふけたという感じですが、お元気そうでしたよ。それで、会長に可愛がってもらった有志を集めて、『会長を励ます会』をしたらどうだろうかということでした。今も山口部長や、斉藤次長や近藤さんなんかが、ときどき集まって食事会をしてはるそうです。そこで話が出ていたということらしいです」

「ほう、それはうれしいね。皆に迷惑を掛けてしまって、そのままになってるからな。いつ、どこでやるのか分からんが、喜んで参加さしてもらうよ」

「そうですか、それは良かった。会長に喜んでいただければ何よりです。たぶん正月になると思うのですが」

「ああ、わしは何も予定はないから、いつでもいいよ」

そう言って、孝治は久しぶりに少し笑った。

「正月には、百合さんや淳也くん奈緒ちゃんも来られるのでしょうね」

（それは、こっちが聞きたいことだ！）

と怒鳴りたいところだが
「いや何も聞いていない。来てくれればうれしいが……」

その後、昭市は今年の年末は暖かいとか、世間話を少しして、

「励ます会の詳細はまたご連絡に来ます」
と言って、百合との関係などおくびにもださずに帰っていった
昭市が帰った後、孝治は鼻歌を歌いたいような気分になっていた。「励ます会」もうれしかったが、昭市に会ったことも、あれほど腹を立てていたにもかかわらず、孝治を楽しくさせる一因になっていたのだ。自分でも不思議だった。昭市は厳《いか》つい顔の肇と違い、優しい表情の好青年である。特に笑顔には好感が持てた。百合が昭市に魅かれたのも分からないではない。孝治の頭に自分が昭市の父親になって皆で同居しているイメージがふと浮かび、肇の手紙を読んだときの嫌悪感や苛立ちが薄れ始めていることに気付いた。
(昭市は他人ではないものな)

その年の正月は寂しいものだった。家の掃除は孝治なりに丁寧にしたつもりだが、誰も認めてくれるわけではない。正月のおせちの料理もスーパーで単品買いをした。百合や孫たちが来るのかどうかも分からない。
年末に孝治の手元には肇の生命保険が入ってきていた。金額は一千万円余りある。また、道子の保険も入ってくるはずであった。永井建設倒産以来の大金が手元に入り、ありがたいことではあったが、死んでしまった道子と一緒には使えない金だ。旅行もできない。さ

さやかな贅沢も、服の一枚も買うことができない。道子が、そして肇が命に代えて孝治のために作ってくれた金である。小さな金庫に入れて、仏壇の下の戸棚に隠した。

「道子、この世のことは皮肉なもんやなあ。欲しいときにはなくて……」

しかし、この金を残しては死ねない。これと年金とで生きていくことはできる。百合と肇が復縁できないと知ったときに、百合に預けた(二千万円ほどだったが)全財産を取り返せるかと苛立ったが、それで孫たちが育てばいいことである。

耐え切れないほどの寂しさは相変わらずだったが、孝治の自殺願望はなくなっていた。

二日に昭市が訪ねてきた。昭市は喪中でおめでとうとはいわなかったが、昨年はお世話になったこと、今年もよろしくお願いしますと几帳面に挨拶をした。

「ところで、励ます会のことですが、一月五日の日曜日の昼に菊水亭ではどうかということです。永井建設のころの馴染みの店でないほうがいいだろうということで、十一時ごろ集まってゆっくり昼食をとって喋ろうという段取りです」

「五日か、いいね。昼というのもいいよ」

「正月早々ですが、もうちょっと先に行くと新年会で場所が取れなくなるそうです。……その日程で早速電話で連絡をして集めてみます」

「あんまり無理はしないでくれ。いやいや来てくれても悪いから」

その日も一時間余り昭市はいたが、孝治も百合との話は切り出せなかった。だが、この男と一つ屋根の下で暮らせるだろうかと自問しながら、昭市の表情や動作の観察をした。結果は合格である。本人が百合との結婚にどの程度情熱を持っているかによるだろうが、気配りもできているし、かといって気を遣いすぎている態度でもない。またゆっくり話し合う機会があるだろうと、百合のことは話さずに、機嫌よく昭市を送り出した。

翌日には百合が孫二人を連れてやってきた。三人とも晴れ着である。

「おばあさんやお父さんにご挨拶しなさい」

子ども二人を仏壇の前に座らせて、数珠を掛けて丁寧に合掌した。

「やあ、みんな行儀がいいな」

慌ててお年玉を用意して食卓に菓子鉢を置きながら、孝治はできるだけの笑顔で子どもたちに接した。

「淳也は九つで奈緒は七つか。もうすぐ四年生と二年生。早いもんやね」

「おじいちゃん、お年玉ありがとう」

「ありがとう」

子どもたちはそれだけを言って、あとは黙って菓子を食べている。

「二人ともいい子さんしてるものね。お母さんがお仕事で帰りが遅くなっても、家でおばあちゃんと仲良く待っててくれるものね」

「奈緒は、ばあちゃん大好き」

「そうかね、そら良かったね……ご両親お二人ともお元気か」

「ええ、おかげさまで」

「お父さんは六十五歳過ぎて、第二の定年かな。これからどうしやはるのかな」

「何か、半分ボランティアで、なんとかいうＮＰＯの事務局長をする言うてました」

今日は孝治と百合の会話もスムーズに進んでいく。孝治も気を散らさないようにして百合との会話を続ける努力をした。

そこへ、前田勇が来た。百合が孝治に聞きながら酒の用意をした。形だけのお屠蘇である。つまみはスーパーのおせちの一品ものだ。

しばらくいて、前田勇は帰り際に子どもたちを、

「うちにおいでよ。うちもちょうど同じぐらいの孫がいるから、ゲームでもしにおいで」

と誘ってくれた。

「行こう！　奈緒、一緒に来い。お母さんいいでしょ」

ゲームと聞いて淳也は一目散である。

孝治は百合と二人きりになった。

（よし！　今、話そう）

と孝治は決心した。

「百合さん、ちょっと話があるんだけど」

「はい」

百合は瞬間、緊張した表情になる。

「あの、実はこれからのわしらのことだけど、肇も死んで、子どもたちも大きくなって、このわしも一人になって、百合さんのことも含めて、これからどうしていくのかを決められたら決めておいたほうがいいと思うのや」

「はい、これからのことと言うと……どんなことでしょうか」

「うん」

そこで孝治は言葉を切って、一呼吸おいた。

「百合さんは、昭市のことをどう思っている？」

「昭市さんのことですか」

明らかに百合の顔色は変わった。

「突然、言われても……」

「実は百合さん……」

孝治ははっきり話を進めようとしていた。

「肇が死ぬ前に書き残したのを見たんや。一度あんたに会いたいと思って家を訪ねたときに、淳也に会って、昭市おじさんのことをお父さんと呼びなさいと、お母さんに言われているといわれたそうや」

「……あの、それは……」

百合は俯いて真っ赤になっていった。

「その書置きは肇の恨み辛みが書いてあったのは事実や。ひょっとしてそれが引き金になって死んだのかも知れん。わしも、それを読んだときにはびっくりした。そして肇の思いが強烈に伝わった。一時はわしもあんたたちを恨んだのも事実や」

「おじいさん……」

言いながら百合はコタツに入っていた膝を外に出して、下がりながら土下座をした。

「すみません。ほんとにすみません。許していただけるとは思いませんけど、ほんとにすみません」

「百合さん、わしは怒ろうと思って言うてるのやない。ま、最後まで話を聞きなさい」

顔を上げた百合は目を真っ赤にしていた。

「確かに肇にとっては大変なショックだったとは思う。その気持ちも分かる。このことを知ったのは、道子が死んで家の片付けものをしていたときやから、道子は知らずに死んでいった。もし、生きているうちに知ったとしても、わしと同じことを思ったに違いないと思う。肇が生きていたらなんとしても、やめてもらわんといかんことやけど、肇が死んだ今となっては、残されたものがちゃんと生きていくことが大事や。百合さん、あんたは昭市と今でも一緒になりたいと思っているのか」

「おじいさん、ほんとにとんでもないことを考えてすみません。……肇さんが家を出られて音沙汰がなくなってから、これからどうしていくのか、肇さんとか、おじいさんやおばあさんと一緒に暮らすことができるのか、どうして食べていったらいいのか心配でした。……そんなとき、昭市さんが私の泣き言を聞いてくれはって、うれしかったんです。……昭市さんは、永井家のことや私たちのことも、一生懸命考えてくれてはりました。それでつい甘えてしまって。肇さんとせめて手紙のやりとりでもできていれば、とそんな後悔もしてますけど。……私たち、これからどうしたらいいんでしょうか……」

「わしは肇の気持ちも、道子も今となっては幸せに生きてほしい、と思ってると思う。それで、あんたの気持ちは今でも昭市と再婚して、一緒に暮らしたいということなんやな」

「はい……許していただけるのでしたら」

「子どもらはどう思ってるかな」

「昭市さんは日曜日にも遊びに来てくれてはりますので、昭市さんには、ようなついています」

「そうか……」

孝治はあれほど怒り狂ったことを思い出そうとしていた。しかし、正直なところ、前で小さくなっている百合も、孫たちも、そして昭市も可愛いのである。ここで怒って彼らと絶縁してしまうこと（それは孝治の絶対的な孤独を意味している）が、肇や道子に対する愛情（思いやり）ということになるのだろうか。

孝治は決心した。

（わしが望んで決断することは、肇や道子も喜んでくれるはずだ）

そう信じて決心した。

「百合さん、わしの率直な考えを言う。さっきも言ったとおり、これを知ったときは絶対に認められないと思ったことは本当や。しかし、今は違う。昭市と所帯を持って子どもたちともうまくやっていけるのであれば、そうしてほしい。そうして孫たちを立派に育ててくれれば、肇や道子、そしてわしの希望に適うことや。人間は一人では暮らせん。孤独ほどつらいことはない。家族がまた一つになって暮らしていくことができれば、こんないいことはない。昭市とよく相談して二人で決めてほしい。結論はあんたらに任すから」

「おじいさん……」

百合は涙をこぼしながら孝治の顔を見た。そして思わずにじり寄って孝治のひざに泣き崩れた。


孝治は昨夜の風呂で洗髪をし、今朝はひげをあたった。髪も綺麗にとかした。久しぶりのことだ。十一時の「励ます会」に間に合うように、昭市が車で迎えに来てくれる。冬服を洋服ダンスから取り出し、新品のカッターシャツの上から着た。

「道子、これでいいか」

道子の嫁入り道具だった鏡台に向かって、服やネクタイを調えながら道子の写真に問い掛けた。

(そう言えば去年の花見のときにこんなことがあったな)

一人暮らしの今は、脱いだものは自分で片付け、靴を出してきて磨いた。十時半の約束である。玄関の縁に掛けて昭市を待った。

(あの連中がどんな顔をして来るのかな)

昭市が名前を挙げていた山口や斉藤、近藤の顔が浮かぶ。

（あの連中と一緒に働いていたころが、わしの絶頂期か）

そのときは叱ったことも怒鳴りつけたこともあったろう。なんといっても人生をともに戦ってきた戦友だ。

そこへ車の止まる音がして、昭市が玄関を開けた。

「ありがとう。車で行くと昭市は酒が飲めないな」

「大丈夫です。正月中飲んでましたから」

昭市は機嫌よく車を走らせる。

「きっと、みんなも喜びますよ。議員になられてからいうと随分日も経ってますね」

「うん、社長辞めてからだと六年目ぐらいや。お互いに老けたやろ」

車は市街地にある菊水亭の玄関に止まった。

「車とめてきますから先に上がっててください。部屋は『先輩を励ます会』になってますから」

孝治は車を降りて、玄関を入った。確かに永井建設時代には使わなかった小料理屋だった。初めて入る店だが正月の飾りをつけた粋な構えの雰囲気は、孝治には懐かしく思えた。

「ああ、会長。お久しぶりです」

靴を脱いでいる孝治の背後に大きな声を掛けてきたのは斉藤である。営業のベテランで声が大きいのは昔と変わらない。

「会長のお着きですよ」

「会長お久しぶりです」

「お元気そうで」

まちまちに何人か声を掛けてくる。もうだいたい顔ぶれは揃っているようだ。

「やあ、ありがとう、ありがとう」

孝治はそう言って、一人ひとりの手を握った。それだけで目頭が熱くなる。

「会長は相変わらず涙もろいね」

遠慮のない口調で言う、大工の棟梁だった近藤は、握った手をしばらく離さなかった。

ようやく孝治を上席に座らせて、年齢順で全員が席に着いた。

「いやぁ、ありがたい。もう、わしの人生は一人ぼっちしかないと思っていたからな」

孝治は感無量である。出席者は八人。意外にも若手も二、三人いた。

まず最年長の山口が口火を切った。

「……あの時の永井建設の倒産以来ばらばらになってしまった仲間が、一度会長を囲んで若かりしころに帰り、大いに語り合おうということになりました。企業倒産ということは、われわれ社員にとっても生活がかかっていて大変なことだったのには違いありませんが、社長や会長にとっては例えようもない重大事だったとお察しします。おまけに会長は、肇社長を亡くされた上に、先般は奥様まで亡くされました。今はお一人でお暮らしと聞いていましたので、深川部長からお誘いいただいて本席にご参加いただきました。お元気な会長をお迎えできて、こんなうれしいことはありません。この機会に昔の仲間が揃ったわけでもありますし、今日は大いに飲んで語り合おうではありませんか」

もう孝治会長は泣いていた。

「会長、一言いただけますか」

昭市が聞くのに、

「ああ」

と言って手の甲で涙をぬぐって孝一は座りなおした。

「皆さん、ありがとう。こんな席を設けてもらい、労わりの言葉まで掛けてもらい、こんなうれしいことはありません。本来は会社を倒産させて社員の皆さんに一方ならぬ迷惑を掛けたわけやから、こういう席に参加する資格はないはずやが、正直なところ一人ぼっちになってなんのために生きているのか自問自答しているような毎日やったから、昭市から皆さんの温かいお誘いをいただき、喜び勇んで駆けつけた次第です。本当にありがとう」

「会長！　そんな挨拶は会長らしくないよ。今までみたいに『こらっ、何しとるねん、しっかり仕事せんかい！』言うて発破かけてくださいよ」

と言うのは、棟梁の近藤である。その近藤も目を潤ませていた。

「とりあえず乾杯にしましょう。乾杯の音頭は斉藤さんお願いします」

昭市が進行役をしている。

斉藤は明るく元気な挨拶をした。よく笑い、よく動く営業部次長だった。

あとはそれぞれで酒を注ぎ合い、お互いの近況などを語って、座はいっぺんに盛り上がった。

「会長、普段飲んではりますか」

「いや、ときどき缶ビールを飲むくらいや。楽しんで飲むようなことは、ここ一、二年なかったな。ところで、君は今どうしてるんや」

山口が会長の隣に座っている。

「いやぁ、もう私は歳ですから遊んでいます。老人会の世話をしたり、ときにはゴルフもやってますよ。会長も最近ゴルフはしておられますか」

「まったくやってない。どさくさのときもゴルフ道具だけはしっかり確保したけどな」

そう言って笑った。

「おーい、みんな、会長と一緒にゴルフ大会しようや。たまにはしたほうがいいですよ、会長」

「そうやな、昔はよく行ったもんな。一度行ってみるか」

「賛成！」

「賛成」

何人かから声が掛かった。

「ゴルフもぜひとも行きたいが、それよりみんな、仕事のほうはうまく探せたか。次の仕事の世話の一つもできずにパンクしたから、それが気になっとったんや。斉藤次長、どうやねん」

「私は営業一筋ですから、今は島田建築の営業をさしてもろてます。永井建設で会長に仕込んでもろたお陰です」

「順番に自己紹介しろや。今の仕事や生活のことを会長に聞いてもらおうや」

山口営業部長が言った。

「じゃ、次は俺か」

これは、近藤である。

「俺は大工一筋。いまや近藤建築の社長だ。この西田と一緒にやってる。言うなれば専務というとこやな」

「えらい！」

と拍手するのがいた。西田は永井建設の子飼いの大工で小柄で人の良い表情をしている。

孝治は、

「うん、うん」

満足そうに頷いていた。

「私は田中です。会長覚えてくれてはりますか」

「もちろん、君はよくやってくれたよ。元気そうやな」

「おかげさまで今はプレハブメーカーの日本ハウスの営業をしています。プレハブの営業はお客さんと契約ができれば用済みです。どちらかと言うと今のほうが楽かな」

参加者の話を聞くと、一応は職についているようだ。全部聞き終わって、

「ありがたいね。ちゃんとした職場についてくれて本当に良かった」

和食の会席料理も孝治は久しぶりだった。ふと、

（あれからは道子と一度も食べに行かなかった……）

と、悔いが残る。

「会長、ま、おひとつ」

杯を持ってくる。次々受けていると孝治も酔いが回ってきた。

「もう飲めない。あとはノンアルコールでくれ。ウーロン茶とか」

斉藤が皆に聞こえるように大きな声で言った。

「この会を、二ヶ月に一回か三ヶ月に一回でもいいが、続けてやりませんか。昔、苦労をともにした仲間で永井建設同窓会や。会員もまた増えてくるかも分からん。あくまでも会長に育ててもらった者が集まるということで、どうや」

「ゴルフの会もお忘れなく」

誰かが言っている。

「賛成！」

一人が声に出して手を上げると、全員が賛成ということになった。

「全会一致で決定！　次に事務局長の選任に移ります。私は深川昭市総務部長を提案します。ご異議はありませんか」

「異議なーし」

「これも全会一致で決定しました。深川部長、あとはお任せしますから、よろしくお願いします」

斉藤次長の采配ですべては決まった。

「まいったな。全会一致ではないですよ。……ま、私、不肖ながら事務局長を務めさせていただきます」

昭市は年齢的には一番若かった。

「本当にみんなありがとう、寿命が延びたよ。みんなも元気で頑張ってくれ」

孝治は先に席を立った。二次会に行く者への気遣いである。

「会長！　お元気で」

「無理しないでください」

「また近いうちに」

皆が席を立って送り出してくれる。

礼を言いながら、昭市が駐車場から回してくれた車に乗り込んだ。

「昭市、ありがとう。いい思いさせてもらった。元気が出たよ」

「そうですか。よかったです。皆も喜んでましたよ」

社長や市会議員など現役のころは、宴会漬けの毎日だった。それが倒産以来まったくなかった。

（宴会もなかなかいいものだ）

しかし、久しぶりに興奮したせいか少し疲れた。昭市とは百合のことや自分のことを含めてきちんと話をしたかったが、

（今日はやめとこう）

「今日はさすがに疲れた。早く寝るよ」

家の前で車はとまり、ドアを開けてくれた昭市にそう言った。

「お疲れさまでした」

昭市はきちんと礼をした。そして車を走り出させた。これも社長時代に戻った懐かしい光景だ。

「ただいま」

玄関を開けたとき、小さい声で言ってみる。自分ひとりの冗談のつもりだ。もちろん返事はない。服を脱ぎ普段着に着替え、ゴロリと横になった。酒の酔いがある。しばらくして水を飲みたくなる。

「よっこらしょ」

掛け声で起き上がり流しへ水を飲みに行く。そして帰りに保温器に夕食のご飯が残っていることを確認した。そして再び横になる。

（……ああ、一人暮らしか。……百合の家族とでも暮らしたいな……道子、道子！）

道子を呼びながら、孝治はそのまま眠りに落ちた。

「励ます会」を終えて、孝治の生活は少しは張りが出てきた。あの後、山口から電話があり、

「来週あたり、会長の都合を聞いて、ゴルフに行こういう話があるのですが、来週でご都合の悪い日はありますか」

と聞いてきた。

「来週？　別に都合の悪い日はないよ。ただ天気次第やな。あんまり寒いとどうかと思うが」

「いやぁ、今年は暖冬ですよ。大丈夫だと思いますがね」

山口はあとの仲間の都合を聞いて日程は追って連絡しますと言う。することがなくて身体を持てあましている孝治は、ゴルフに行くとなると早速道具を出してきて、庭に出て素振りで体力を作ることにした。

孝治は今年七十二歳である。体力的にも余力がなく、膝を中心にして足腰が動きにくくなっている。素振りも腰や腕にこたえる。

（これは、毎日しないと元に戻らないぞ）

と決めて、一日五十回から始めて、数日のうちに百回まで振る決心をした。

「おや、どういう風の吹き回しですか」

隣の勇がやってきた。驚いている。

「力強いスイングですな」

「前田さんもゴルフやるのでしょう」

「昔、少しだけね。上達するほど回数もいかなかったし、才能もないようなのでやめました。孝治さんは昔取った杵柄ですな。……私は今グランドゴルフの見習い中です」

「わしも一向に上達はしなかったけど、昔の仲間に、ときにはどうですと誘われたので、復活してみようと思ってね。しかし、歳が歳だけに危ないもんですよ」

「いやぁ、元気になってこんないいことはないです。でも、あまり無理はいけませんよ」

ドライバーから始めて、ショートアイアンまで五十回以上は振った。ゴルフに誘われるということはいいことだ。会社の仲間であれば、どんな下手なゴルフをしても恥ずかしくはない。楽しみになってくる。

(そうだ、着ていくものを揃えておかないと)

過去は道子に任せていたが、下着からジャケット、ズボンまで箪笥や洋服ダンスを引っかき回して冬物で揃えなくてはならない。シューズも磨いておく必要がある。

(帽子にジャンバーはあるかな)

ひととおり揃えて、折りたたんでバックに入れた。なかなか大変な仕事だ。帰ってくれば、洗濯とそれぞれの片付けもしなければならないだろう。

（道子がいないから仕方がないが……早く家族を作らんといかん。……昭市はどうしてるかな。ゴルフの後でいいから呼んで話そう。……この冬中にはすべてを終わりたいもんや）

足腰も少しは歩いて鍛える必要がある。寒い季節なので、手袋をはき帽子を目深にかむってすこし近隣を歩いてみた。小さな集落は少し歩くと田園地帯になる。誰にも会わなかった。歩数を数えながら歩いたが、二千歩ほどであごが出た。結局その日は三千歩は歩いた。疲れて帰って風呂を沸かし、業者が配ってくれる惣菜を温め食事をする。久しぶりの満腹感であり、心地よい疲労だった。


ゴルフの前夜はなかなか眠れなかった。興奮したというより、うまく打てるか心配のほうが先だった。

当日は快晴で、体感的にも爽快だった。孝治のパーティは、山口と斉藤の年寄りに昭市が加わった。二組でスタートだ。

孝治は素振りで力を入れずに、スムーズなスイングを心がけて練習してきたので、距離は飛ばなかったが、ほぼフェアウェイはキープした。

「会長、なかなかいいじゃないですか」

山口のほうが力が入って球が曲がる。

「山口部長、会長と張り合ってますな。リラックス、リラックス」

斉藤が冷やかす。

「うるさい。お前は黙ってやれ」

気の置けないパーティだった。昭市も普段あまりしていないのか、ミスが多かった。

ゴルフは四時ごろに終わり、入浴の後コーヒーを飲んで別れた。

「深川部長、二ヶ月に一度の開催を忘れないように」

斉藤が昭市に念を押している。


そのゴルフの帰りに、孝治は昭市を自宅に呼んだ。

「ちょっと、話があるんや。寄っていってくれ」

運転をしている昭市の背中に声を掛けた。

「はい」

昭市の短い返事は緊張感が出ていると孝治は思った。

昭市は座敷に上がっても、いつもと違ってきちんと正座している。

「どうした。いつもと違うやないか。楽にしてくれ」

孝治は上着を脱いで、家で着ているジャンバーを羽織った。無骨な手でお茶を入れようとする。

「あ、僕がやります。会長は座っていてください」

昭市が立ち上がって、ポットの湯を注いで茶を入れる。孝治はそのお茶を一口飲んで、肩の力を抜いて、できるだけ優しい表情をつくり話し始めた。

「突然だけど、昭市は百合と付き合っているのか」

「えっ、あの——」

昭市は慌てて正座をしなおした。

「あの、申し訳ありません。実は付き合っています。……肇さんにはとんでもないことをしましたが、百合さんと去年の春ごろから付き合ってます。肇さんと連絡が取れないということで、どうしたらいいのか分からないって相談を受けたのがきっかけで……申し訳ないことをしました」

「昭市には倒産以来、随分迷惑を掛けてきた。家族以上のことをしてきてくれた。……聞いてくれたと思うが、肇の荷物の中から百合に宛てた手紙の下書きが出てきたんや。それには事情を淳也から聞いた肇の百合に対する怒りが随分書かれていた。わしもそれを読んだときは肇の気持ちに同感した。しかし、肇がその手紙をよう出さんかった気持ちも分かるような気がした。この家を飛び出して孤独な一人暮らしをしていて、離婚したことになっている、百合や子どもたちに肇はまったく連絡を取ってなかった。それがなぜだったのか本当の事は分からんが、自分が立ち直れるかどうか自信のないときに、百合や子どもに連絡を取って拘束することは、できんと思ってたのと違うやろか。百合や子どもたちが、自分のために後の一生を犠牲にすることはないと思ったのかも知れん。そう思ったからこそ、百合に対する怒りをぶつけた、あの手紙を出さんかったんやろ」

昭市は両手を膝に置いて、俯いてじっと聞いていた。

「……昭市はこれから百合や子どもたちをどうしようと思っているんや」

「それは、……あの、結婚したいと思ってます。もし会長のお許しがあれば……」

「わしが駄目や言うたら？」

「……なんとか、お願いします」

「昭市は、以前にわしらの住んでたあの家を買うた言うてたな」

「はい」

昭市は初めて孝治の顔を見た。

「あれはなんのつもりやったんや」

「信用金庫から頼まれたのは事実ですが……できたら、会長のお許しがあれば、会長と百合さんの家族に住んでほしかったのも事実です」

「お前はどうするんや」

「百合さんとの結婚を認めていただいて、一緒に住めればありがたいです」

「うーん」

腕組みをして考え込んでしまった孝治に、昭市は両手をついて、

「お願いします。百合さんとの結婚を認めてください」

「もういい、顔を上げてくれ。お前の気持ちはよく分かった。わしも自分のことより百合や孫たちの将来のことが気がかりや。……もう一度よく考えてみるから、今日のところは引き取ってくれ。改めて、できれば百合を入れて話がしたい。また連絡をするから」

昭市は、よろしくお願いしますときちんと言って帰っていった。

よく気心を知った昭市だったが、特にその日は真面目で偽りのない性格が残らず表面に出ていた。

頼れるもののない百合が昭市を好きになったのも分かるような気がした。孝治も昭市となら一緒に住めると思う。優しい百合や、気遣いしてくれる昭市のいる家で、淳也や奈緒と暮らす、そう思うだけで癒されるものを感じた。

昭市が帰っていっても、孝治は誰かに相談するにも相手がいない。仏壇の写真の道子を

見ても、隣に怖い顔をした肇がいるから何も言えない。

その日はゴルフの後片付けをして、缶ビールを飲んで、特に興味もなかったがテレビの歌謡ショーを横目にぐっすり眠った。


翌日、孝治は一昨年まで住んでいた旧宅を見に出掛けた。車も手放しているので、昭市に同行を頼むより仕方がない。

「どうなっているか一度見たいと思ってな。面倒を掛けて悪いが……」

「いいえいいえ、あの家を買ってから一度は掃除をしましたが、なかなか手入れができてません。庭の草むしりも去年しただけです」

「そうか」

昭市の車は市街地を通り抜けて、郊外の集落に向かった。懐かしいと言えば、この一帯は孝治の子どものときからの住み慣れた場所である。国道から集落に入る三叉路に生えている柳の巨木も寸分変わらない。集落の中ほどの木製の欄干の古い橋、その奥にある古寺、そして新築間もない公民館。しばらく離れていた景色だが、今も毎日通っている感覚になる。

そして、孝治の元の家に着いた。外観は表札がないだけで何も変わらない。格子戸のついた門をくぐり庭に出る。庭の松の枝ぶり、岩に生える苔の形、砂利の色。

「おかえり」

と普段どおりに、孝治を包み込んでしまう以前の庭だった。

昭市が玄関の鍵を開けている。そして、

「どうぞ」

と開けてくれた。

(おいおい、それはわしの言うことやろ)

と言いたくなる。

家の中は元のままだったが、当然家財道具がなくなっている。床の間にも掛け軸も床置きもない。殺風景な空き家だ。孝治は部屋部屋を覗き、最後に離れを覗いた。道子と暮らした部屋だ。座敷と寝室そして書斎があった。広縁には籐椅子が置いてあったはずである。

孝治は目頭が熱くなっていた。

(ここに住めたら、それ以上何も要らない。ここには確かに道子がいる!)

「昭市、ここに住んでくれ。百合と所帯を持って、子どもたちと一緒に住んでくれ」

孝治はそこまで言うつもりはなかったのだが、思わず上ずった声で言ってしまった。

「会長! いいのですか。百合さんとのこと許していただけるのですか」

「ああ、もう許すも許さんもないよ。ここを空き家にしておくのはもったいない。この家を昭市が買うてくれてほんとに良かった」

孝治は涙を滲ませていた。

「ありがとうございます。会長、ほんとにありがとうございます。できるだけ早くできるように頑張ります」

「ああ、百合さんにも会いたい。また、ご両親のご了解もいるし、忙しくなるぞ」

「はい、分かってます」

昭市の喜ぶ顔を見て、孝治も涙の目で笑った。


その週の木曜日、昭市は百合を連れてきた。百合は昭市の後から一歩下がって付いて来たが、家に上がると台所へ行きお茶を入れたりする。孝治にはその姿はかいがいしく映った。

「今日はスーパーのほうは休みか」

「ええ、私は水、木と二連休です。土、日でないので、子どもと遊んでやれません」

百合はそう言って、昭市の方を見る。

「最近では子どもの休みの日は、私と遊ぶことも多くなりました」

「うちの両親も畑や田んぼ、それにボランティアなどが忙しくて、つい学校の休みの日は昭市さんに見てもらったりして」

「昭市の仕事はどうなってるのや。まだ管財人の頼まれ事が残っているのか」

「ええ、あのビルの管理を頼まれています。そんなに毎日用事があるわけではありませんが、今はテナントさんも十一軒ぐらいになってきてますし、ときどき問い合わせもありますから、平日はあのビルの事務所に出勤してます。いずれまともな仕事に就けるように頑張りますけど」

「給料はあるのか」

「少ない給料ですが、一応は」

「ところで今日は決めておきたいことがあって来てもらった。君たちの将来のことや。この間それぞれの話は聞いたが、確認する意味でもう一度聞くが、百合さんあんたの本当の気持ちはどうなんや」

「私は……」

いきなり話が自分にきて驚いている。

「……昭市さんとの結婚の話は、お義父さんの前では言いにくいのですが、結婚させていただきたいと思ってます。……肇さんには申し訳ないんですが。……すみません」

百合は身を縮めて昭市の陰に隠れるようにした。しかし言うべきことはきちんと言っていた。

「子どもたちも昭市には馴染んでいるのか」

「ええ、それはもう……昭市さんにはいつも面倒を見てくれてはりますから、よくなついてます」

孝治は書きかけの百合への手紙に、淳也が「違う、淳也のお父さんは昭市おじさんや」と言ったとあるのを思い出していた。

ふっと肇が哀れになる。

「この話は、それぞれの親御さんはご承知なのか」

「僕の母は知っています。僕が百合さんと結婚したいと思っていることを、はっきり話しました」

「どう言うてはった？」

「そんなこと、兄さんが許してくれはるやろか。と心配していました。肇さんのこともあるし、ちゃんと孝治伯父さんとよく話をして、分かってもらってからにしなさい、と念を押されています」

昭市の母親は孝治の妹で未亡人だ。長男が所帯を持って同居している。

「百合さんは？」

「まだ何も言ってません。両親から、将来どうするのかよく考えて決めなさい、と言われてます。言えば昭市さんのお母さんと同じことを言うと思います」

「会長、よろしくお願いします」

昭市が頭を下げると、百合も頭を下げた。

孝治は、昭市と百合が所帯を持って子どもたちとあの家に暮らすのが唯一の選択肢のように思えてくる。できれば自分もあの家の離れに道子の写真と一緒に住みたいと思う。

「分かった。二人がそう思うのなら、わしに異存はない。両家のご両親にご了解をいただいて、内輪だけの結婚式もせんならんやろ。わしからもご挨拶に伺おう。……住むのはあの家やろな」

「できたらそうしたいと思います。百合さんもそうだね」

「ええ、できましたら……昭市さん、お義父さんの事も言って」

「あの……百合さんとも話していたんですが、できれば会長も一緒に住んでいただければと思うのです。家財道具は百合さんの親元に預かってもらってますし、会長の書斎も以前と同じようにできると思います」

「ああ、ありがたいね。……ま、わしの同居の件はまた改めて相談しよう」

あとは、孝治が百合のご両親や、自分の妹ではあるが昭市の母親や彼の兄にも挨拶に行かなければならない。その打ち合わせなどをした。

両家とも風変わりな、不倫めいた関係から始まったこの結婚には心から喜べないものがあったはずだが、両家へ孝治が挨拶に行ったことで、さすがに不始末を詫びる言葉まではなかったが、

「なにぶんともよろしくお願いします」

と、恐縮至極の姿勢で承諾された。

結納も結婚式も省略して、両家の食事会を料理屋で三月に行い、引き続き引っ越しにかかり、子どもたちの再度の転校を新学期に間に合うようにする。ただし、肇の一周忌までは昭市は同居せず、婚姻届も出さず母親の家にいて、孝治が百合の家族として離れに住むことになった。

食事会の前に大掃除をしようということで、二月の日曜日、両家の親や子どもたちを含めて大勢が集まった。寒かったがよく晴れた日だった。

百合の父親は草刈機を持ち込み、枯れ草を刈り取った。丁寧な草むしりは移転後、暖か

くなってからということだ。

家の中は畳を上げて叩き、天井、鴨居から床まで拭き掃除をした。外回りもすす払いをしてクモの巣や、ほこりを払った。

子どもたちが久しぶりのわが家で駆け回り、二年前に帰って大はしゃぎをしているのを孝治は見ていた。庭の岩から飛び降りたり、飛び石をけんけんで進んだり、以前と同じことをしている。家に入れば、

「ここは、僕の場所だ」

と淳也は机のあった場所の、柱や壁の傷も覚えていた。奈緒も、

「私はこっち、……違う、こっちだったかな」

「奈緒は、向こうだぞ。ここは兄ちゃんの場所だ」

「違う、私の場所よ。兄ちゃんのばか」

喧嘩が始まったりしている。

孝治は、ふと、

(肇はどこにいるのか)

目で追ってしまう。道子が、

「皆さん、お疲れさま。休憩にしましょ」

と言って、お盆にお茶を載せて姿を現した、と思った。母屋は肇がどこかに居そうであるし、特に離れは道子が暮らしているとしか思えない。孝治は懐かしく、つい二人の面影を追うのだが、この建物は現実である。しかしそこには確かにあの二人はいるはずだ。孝治は不気味なものも感じ始めていた。

(二人の霊がいるのだろうか……そんな馬鹿な！　自分で思い出しているだけじゃないか)

今は家具のないがらんどうの部屋である。そこへ肇の洋服ダンスや整理ダンス。いつも座っていたソファや籐椅子。テレビの前の座敷机、そこへ肘を突いて肇が缶ビールを飲んでいても少しも不思議ではない。百合が子どもたちを叱りながらやってくる。淳也が雑巾バケツにつまずいて、ひっくり返したようである。

「淳也！　気を付けなさいって言ってたでしょう！　水浸しやないの」

百合が走って雑巾を取りに行き拭き始める。

「奈緒が押したんだ。僕じゃない。奈緒が悪い」

「私じゃない！」

いつもの喧嘩だ。

「喧嘩はやめなさいよ。はい、淳也君の雑巾、一緒に拭こう」

そう言って昭市が入ってきた。孝治は慌ててテレビの部屋に目を転じると、もちろんそこには誰もいなかった。しかし、孝治の耳には、

「こらぁ。掃除の邪魔してる奴はどいつや。お尻ぺんぺんするぞー」

肇の声が聞こえた。

孝治はため息をついて座り込んでしまった。

「おじいさん、疲れはったんでしょう。もう休んでいてください。なんでしたら離れのほうは終わりましたから、あちらで休んでください」

百合が気を遣ってくれる。

「ああ、悪いけどちょっと疲れた。そうさしてもらう」

孝治は、離れの道子の状態を見たくなり立ち上がった。

しばらく百合がその背中を見つめていた。

離れも家具一つないがらんどうのままである。

(ここへ来ると休まるなあ。ただいまという感じだ)

「お帰り、お疲れでしたやろ」

そう言ったのは道子である。孝治は驚いた。誰もいない座敷。床の間も座敷机も、テレビもない座敷だ。道子がいるはずがない。

孝治は寝室にしている隣のふすまをがらりと開けた。

「あっ！」

孝治は声に出して驚いた。その部屋には確かに道子がいた。道子の鏡台もタンスも、孝治の整理タンスも、本箱もゴミ箱も全部ある。

「道子！　ここにいたのか。どこへ行ったのか随分探したぞ。ああよかった。道子が帰ってきてありがたい。いなくなったかと思ったんや。そうか、そうか」

孝治は道子の側に座ろうとしたが、

「おじいさん、肇がまた百合さんと喧嘩して叩いたみたい。百合さんも気の利かないところがあるかもしれないけど、夫婦ですから、おじいさんから肇に厳しく言ってくださいよ」

（またか）

二人はよく喧嘩をした。喧嘩をすると肇は百合を叩いた。子どもたちはその場で萎縮している。百合は泣きながら自分の着ていたエプロンなどをくしゃくしゃにしている。

肇は会社の経営は中々よくやるという評価を聞くことがあるが、家庭の父親としては駄目であった。

「そうか、肇の奴。説教してやる」

そう言って孝治が立ち上がったところへ、百合が入ってきた。お茶を汲んで様子を見に来たのだ。

「ああ、百合さん。肇はいるか」

「えっ！　……肇って……昭市さんのことですか。昭市さんはいますけど」

百合の顔色は変わっていった。

「あっ、そうか昭市だった」

孝治は気付いたのだが、まだ目ではこの部屋の道子を探していた。


そのころから孝治の認知症が再び始まったようである。ときどき昔がえりの行動をする。特に死んだ肇や道子のことに関しては、その傾向が激しかった。認知症が出ているときはそこに二人はいるようだった。

三月の移転にあたって百合は、孝治の認知症が決定的になるのではないかと心配した。家も家具も昔のままで、孝治が強い憧れを持っている過去の世界へ、全面的に帰ってしまう危惧を感じたのだ。

百合は昭市と相談して、家具の置く位置や茶の間、団欒のスペースなどを以前とは極力変えることにした。家具といっても半分は百合の嫁入り道具のものだ。昭市も肇からこの家の主が交代したことを示すためにも賛成だった。

ただ、離れの家具の配置は、すべて孝治の指示どおりにした。確かにこれでは道子のいたころと変わりはない。

孝治は引っ越しを始めるときに、前田家にお礼の挨拶に行った。前田夫妻に両手をついて、今までの厚情に丁寧に礼を言った。住むところがなくてアパートを探していたときに広い家を貸してもらって、道子もどれだけ喜んだことか。その後も議員時代と変わらぬお付き合いをいただいたこと、お陰で立ち直ることができたのは前田さんご夫妻のお陰です。このご恩は一生忘れません。と、泣きながら言った。

前田夫妻は丁寧な挨拶に恐縮しながら、少し異常を感じていた。

「……今度、肇が永井建設を立て直してくれて、立派にやってくれることになったんで、道子もそのことをすごく喜んでます。また、一家揃って元の家に住むことになり、わしら夫婦も長生きしてよかったと思てます。どうか、これからも変わらぬお付き合いをお願いします」

そう言って、古い紙に包んだものを差し出した。

「つまらんものですがほんのお礼の気持ちです」

前田夫妻は顔を見合わせたが、とりあえずは普通に挨拶を返した。また、

「結構なものをいただきありがとうございます」

と紙包みをいただいた。孝治はそれだけ言うと、余分な事は一言も言わず、無表情で帰っていった。

「ついに呆けたな。あれだけ立派な仕事をしてきた人でも歳には勝てんな」

「ほんまに、道子さんと一緒にいるつもりしてはりますね」

頂き物は、使ったことのある古毛布が畳まれて入っていた。たぶん道子が片付けるとき箱に入れて包んでおいたものだろう。それを幻の道子が、

「これ、お持ちして」

と、孝治に渡したのだろうか。

「お可哀想に」

知津は涙ぐんでしまった。


三月に百合と子どもたち、そして孝治の引っ越しも終わり、子どもたちも再度の転校だったが元気に登校を始めた。昭市は肇の一周忌が終わる秋口に移ってくるはずである。

孝治の認知症も一進一退で、呆けて過去に住んだり、現実に戻ったりしている。しかし、全体に元気は良かった。

百合はこの家に引っ越してきて、孝治の周りに肇や道子が出てくることは、気持ちのい

いことではなかった。認知症だからそうなるのだと自分に言い聞かせても、肇や道子の怨念が残っているのかと不安になる。広い家に昭市がいてくれれば助かるが、子どもたちだけでは頼りにならない。できるだけ昭市に覗いてもらうように頼んだ。

ときどき孝治は、離れで道子と会話をしているようだ。夕食は母屋で皆と一緒に済ませて風呂の準備ができるまで、孝治は離れに帰っている。まともなときはテレビや新聞を見ているが、道子が出て来ているときは、虚空を（道子を）見つめて、やや口を開いて真剣に聞いている。

「……肇たちの夫婦喧嘩は百合の浮気が原因か。百合はそんなことをするのか」

「百合さんが車を運転して、ホテルから出てくるのを見た人があるって肇は言うの。ほかにも、いちゃいちゃしてるところをよく見られているそうよ。おじいさん、このままほっといたらとんでもないことになりそうですよ」

「夫婦喧嘩は犬も食わんって言うけどね」

そこへ百合が、

「おじいさん、お風呂、先にいただいてすみません。奈緒が寝てしまいそうなので、先に入れたものですから」

百合は風呂上がりで胸の開いたパジャマを着ていた。

「百合、お前は浮気をしてるそうやないか。俺という亭主がいながらどういうつもりや！」

「えっ？　肇さんなの。……肇さん、私は浮気なんかしていません！」

「それを見たという人がいるんだぞ。それでも白を切るのか！」

「肇さん、私も女です。まったく構ってくれない亭主に操をたてて、辛抱してきています。私を責めるより自分を責めてください」

「なに！」

肇が百合のパジャマの胸をつかみ、力任せに引っ張った。パジャマは裂けボタンは飛び散った。

「肇さん、百合は構ってほしいのです。こうして、強く抱いて！」

百合は破れたパジャマの上を脱いで裸になり、肇を抱きしめた。肇もむしゃぶりついていった。


母屋に逃げ帰った百合は、子どもたちに気付かれないように寝間に入り、パジャマを着替えた。顔色は青ざめている。

離れに入ったとたんに、孝治は何かをつぶやきながら突然襲い掛かり、パジャマを破り捨てて抱しめようとしたのだ。

「おじいさん！　私は百合です。しっかりしてください！　何をするんですか！」

母屋の子どもたちに聞こえないか気にかかったが、必死で孝治の腕を振りほどき、そのあとは突き飛ばして逃げてきた。怪我をしていないか振り返って見たが、孝治は布団の上に倒れて、起き上がろうとしている。

百合は離れと母屋を区切る扉に、母屋からつっかえ棒をした。狂った孝治が襲ってこないように閉じ込めたのである。

「どうしたの、お母さん」

淳也が来てくれた。その後ろに奈緒が心配そうに立っていた。

「おじいさんがおかしいのよ。困ったわ」

百合はふと、奈緒の後ろに肇が立っているのを見た気がした。

タチバナ商会の終焉

今日の産業団体連合会の春季例会は、タチバナ商会会長の橘進一が所轄している「経営倫理研究会」の担当だ。この委員会は、環境の汚染問題、雇用の格差問題、利益優先の不正行為など、経営上の不道徳行為を糾弾し、真の社会貢献ができる企業を育てようというお題目で設立されている。進一はその委員会の初代委員長だ。

この日は、講師に倫理学の大家といわれる著名な国立大学の名誉教授を招いていた。ようやく基調講演、パネルディスカッションの長いフォーラムが終わり、講師を送り出して一段落した後の懇親会である。

コース料理も出終わったころ、

「橘会長、ご無沙汰」

進一の側に同業の文房具問屋の社長の桜井が声を掛けてきた。

「……お元気そうですね」

進一は四、五年前に脳梗塞をわずらい、右足を不自由にしている。しかし血色はよく、とても七十歳を過ぎているとは見えない。歩いているときは身体不自由者であるが座っていると壮年の表情だった。

「やあ、桜井さん。お互いにご無沙汰。儲けてはりますか」

桜井は進一の五歳ぐらいの後輩だ。

「……あきませんなあ。売れることは売れてますけど、利益が伴なわんのであきません」

それからひとしきり挨拶代わりの世間話があり、しばらくして桜井が真顔になって小声で切り出した。

「橘会長ね。こんな席で言うのもなんですけど、お宅のタチバナ商会、合併するのですか」

「合併？　……なんですかそれは。合併なんてそんなもんしませんよ。どこかでそんな噂が出てますのか」

「いや、噂話と言えばそうやけど、私が聞いたのは取引先のメーカーからの話です。役員間では話は進んでるということでしたが……」

「相手の会社はどこや言うのですか」

「確か、白山商事と言いましたか。プラスチックの商社ですな。最近事業の拡大に走ってるいうことで、お宅をM&Aしたい意向のように言ってましたが」

「まったく寝耳に水や！　わしがぜんぜん知らんということは、それは単なる間違いか、誰かが故意に流したガセネタやで……」

「そんならよろしいけどな。万が一、会長のご存知ないところで進んでるとしたら、大事ですから」

「う……ん、びっくりしたな。早速確認してみますわ。よく言うてくれました。ありがとう……」

会場はアルコールも入って、親しい仲間同士の話が弾んでいた。喧騒状態だ。

「じゃ、……どうかお体を大事にしてください」

桜井はそう言って席を離れた。

すぐに、

「やあ、橘さん、ご苦労さまでした。今日のフォーラムはよかったですよ。本格的な哲学者の話って初めて聞きましたからね」

などと顔見知りが話し掛けてくる。

「ああ、どうも」

愛想笑いをするのが精一杯で、橘進一は心ここにあらずという表情だ。

時計を見て、隣席の同じ委員会の副委員長に、

「ちょっと次の予定があるので、これで失礼しますわ」

と言って進一は席を立った。

会場のホテルに迎えに来ていた社用車で、自宅へ直行した。車の中では腕を組んで目を閉じた。その夜は十時ごろ家に帰り着いた。

翌朝、柴崎邦夫社長を会長室に呼んだ。橘が後継者に選んだ柴崎は進一の従兄弟に当たる。五十歳代の若さだ。

「おい、昨日、産業団体連合会の例会の中で、桜井さんからとんでもないことを聞いたぞ」

進一は昨夜の桜井の話をしながら、じっと柴崎の表情の変化を見ていた。

「なんですて！　うちがM&Aで合併するてですか？　……とんでもない話です。相手が白山商事とは！　びっくりしました。もし噂が出ているのが本当なら、私がぼんやりしてたからです。すみませんでした。すぐそのあたりを調べて返事させてもらいます」

進一は柴崎の驚きには嘘はないように見えた。

(邦夫までがグルになってわしを騙すわけはない。邦夫は信頼できる)

「白山商事っていうのは、わが社は取引はあるのか」

「少しはあると思います。もう一度確認してみますが」

「確か、石油化学の白山グループの一社だな。白山商事の会社概要を取ってくれ。すぐにな」

柴崎はその場から総務課に電話をして指示をした。

「おい、わしは会社のM&Aなんかに関心がなかったから、なんにも知らんが、それは乗っ取りなんやろう。株の買占めでやるやつやな」

「そうです。普通は上場企業を狙って、株式の売買の利益を目的にやるそうですが。そういう敵対的なものと、後継者がいないとか経営に何か問題点があって株式を譲渡してする円満なやり方もあると聞いています」

「今度のような場合は、もしそれが本当だとしたらどういうやり方をするのかな」

「さあ……私もあまり詳しくないので、公認会計士にでも聞いてみます」

「ああ、そうしてくれ。とにかくこの噂の周辺をすぐに洗ってくれ。頼むぞ」


タチバナ商会は創業六十年余りになる、事務用品、事務機器の商社だ。創業者の父親の時代に、文房具や事務機器の販売を手広く扱い、地域産業としての地位を築いた。その後、二代目の進一はカタログによる通信販売から始め、今ではＩＴを使ったシステムに移行し、順調な業績を上げている。関西地区のみならず、全国に販売網が広がっていた。年商は三百億円を超え、経常利益は十五億円前後をキープしていた。株式の公開も考えたが、橘家は筆頭株主ではあるものの持ち株比率は二十五パーセントと低く、特別の資金需要もない中で、創業者利益だけの株式上場には踏み切れなかった。

進一は脳梗塞をした後、足に麻痺が残ったので会長に退き、後事を柴崎邦夫に託した。同時に進一の息子を将来後継者として育成してくれるように指示した。息子の進太郎は現在、タチバナ商会の取締役営業部長である。

「……それから、法人株主の名簿を持ってきてくれ。証券会社系の株主に異動がないか、今はなくても、そんな話が出てることはないか、それとなく当たってみる必要がある」

会長室にメインバンクである朝日銀行出身の総務部長、川崎修一を呼んだ。

「朝日銀行の中谷専務に事の次第を話して聞いてみてくれ。何か情報があるかも知れん。個人株主の、……誰がいいかな、……藤木さんが大きい株主やがまだ聞くのは早いか。動揺されても困るしな」

総務課から白山商事の決算書、ホームページの写しなどが届けられた。

白山商事はタチバナ商会より一桁大きい。

「う……む」

(これは、強敵だ)

進一は腕を組んで唸った。


進一はその日、田島裕子と会う約束をしていた。

裕子は、かつてタチバナ商会の社員だった。結婚を理由に退職したのだが、しばらくして離婚した。その後京都で暮らしている。裕子は既に四十歳半ばである。今もビジネスウーマンとして働いているが、偶然、京都駅で進一に出会って話をするうち関係ができて、ときどきデートするようになった。

進一はその日の約束をやめようかとも思ったが、むしろ気が紛れてよいのだ、と自分に言い聞かせて、予定どおり京都のホテルに出掛けた。

「ちょっと、経済団体の会合があるので出掛ける。明日の朝また会長室に集まってくれ。少しでも情報が取れたらそれを持って、頼むよ」

そう言い残すと、社用車の山辺運転手を呼び、京都のシティホテルまで走らせた。社用ということで出掛ける以上、社用車を使わざるを得ない。

「帰りは電車で帰るから迎えは要らない」

ホテルに着くと、そう言って運転手を帰らせた。

裕子は不思議な女性である。スマートな体軀で、結婚と離婚とを体験した後も、当時は肉感的な魅力はあまりなかった。いかにも独身を通していたビジネスウーマンという印象であった。四十歳で結婚をするまで、彼女は男性を知らなかったという。進一には裕子の男嫌いが理解できるような気がした。椅子に掛けていても背筋をピンと伸ばし、両手をきちんと前に合わせて居住まいを正している。よくできたロボットを見ているような感じだった。進一はそんな裕子を抱きしめて、柔らかく解きほぐしてみたかったのだ。今まで知っている女性にはない新鮮な魅力だった。

その裕子も進一に会って初めて男性に心を開き、肉体的にも性感に目覚めたという。無機物のように見えた肌も行為を繰り返すうちに、しなやかに輝いてきた。今では進一は裕子を育てたのは自分だという自負がある。他人と思えない愛情を感じていた。だからといって家族とも違う。子どもが大切にしている可愛い人形のような存在だ。

最近は彼女のほうからデートの督促が掛かってくる。

裕子はホテルの喫茶室で格好良く足を組んで、タバコを吸いながら進一を待っていた。

「待たせたね」

「いいえ。お忙しいところをすみません」

裕子は満身の笑みで進一を迎えた。進一は裕子がこの逢瀬を喜んでいるのがよく分かった。

裕子の今の勤めは肌着類を取り扱う繊維問屋で、主力先に百貨店があったから、交代勤務で年中無休の体制をとっていた。裕子は月曜と木曜が週休だ。

「一ヶ月ぶりやけど、浮気はしてなかったやろうな」

「お互いさま。会長と違って私にはそんな元気も相手もありません」

裕子は笑って応える。午後の早い時間であったが、このシティホテルに宿泊のチェックインをした。終わった後は、ルームサービスで夕食をとり、裕子はそのまま泊まり進一は帰宅する予定だ。

ホテルのルームは二人にとってバラ色の空間だ。シャワーを使った後、ベッドに転がり込む。そしてお互いの全身を愛撫する。裕子は歳に似合わず美しい肌をしていた。子どもを生んでいない乳房は白く、つややかに整っていた。刺激を受けてすぐに彼女の性感帯は狂いだす。

進一も裕子との間で、妻とでは果たせない激しい欲望を爆発させた。裕子も今が青春の真っ只中だ。

「会長……ありがとう！　……ああ！　……会長、ありがとう！」

裕子は意味不明なことを言ってしまう。

その夜、進一は夜半に自宅に帰った。

夜更けにもかかわらず、家にはこうこうと明かりがついていた。母屋には進太郎夫妻が住んでいる。離れには妻の妙子が寝ているはずだが、今日は夫婦共通の書斎の彼女の専用机で書きものをしていた。

「ただいま」

「あら、お帰りなさい。毎晩遅くなって大変ねぇ。体のほうは大丈夫？」

進一は本当に疲れていた。一刻も早く寝たい。

「なんだ、仕事があるのか」

「ええ、この日曜日の『知事を囲む懇談会』でコーディネーター頼まれているのよ。『地球温暖化対策に今何をしなければならないか』というテーマで、産・官・学・民の立場から、それぞれ何ができ、何をしなければならないかということを考えるの。それでちょっと調べものをね……。あなたお風呂入るでしょう。私まだなの、残しといてくださいね」

妙子は女性経営者の会で活動していた。環境問題に興味を持って、ＮＰＯの支援活動に力を入れている。経済団体が中核になって資金を集め、それで補助金を出したり、ＮＰＯの運営について相談相手にもなる「中間法人　環境団体支援協会」の専務理事をしていた。タチバナ商会の取締役といいながら会社経営は一切しないで、非営利のボランティア活動だけをしている。それが世間から評価されている所以でもある。

自分の仕事に気をとられ上の空の妙子には構わず、進一は風呂を済ませるとベッドに入った。裕子との逢瀬の疲れがどっと押し寄せてくる。進一は何もかも忘れて熟睡した。

翌朝、タチバナ商会の取締役でもある妙子に話すべきかと思ったが、その時間もなく、出社した。

会社では会長室に関係の経営幹部が集まった。

「朝日銀行の中谷専務にお目に掛かって来ました」

総務部の川崎部長が報告を始めた。

「結論から言いますと、中谷専務は何も情報は入っていないとのことです。朝日銀行はタチバナ商会のメインバンクやから、よほど周囲を固めてからでないと何も言ってこないだろう。ただ、白山商事については知らないが、話全体としては充分ありうることだ。ぜひとも慎重に対処されたい、とのことでした。何か手伝うことがあったら言ってくれ、とも言っておられました」

「私は証券会社系の暁ファンドの滋賀支店長と、光生命の滋賀支店に行ってきました」

川崎部長に続いて柴田社長が話し始める。

「暁ファンドの支店長は初耳ですと言ってましたが、可能性としては充分あることで、タチバナ商会が株式上場を見送られた以上、われわれファンド系としては、時価に上積みした価格を出されたら乗る可能性はあります。いつかもお願いしたとおり、タチバナさんのほうでお買い取りいただける、お考えをされたほうがよいのではないですかって言ってました。もし白山商事から高値での買い取りの話があれば、相対取引ですから株式を譲渡する可能性はあると、自分で明言しているようなもんです。光生命の総務課長はそんな話は聞いていませんということでした」

橘会長は黙って聞いていた。しばらく沈黙が流れたが、

「山本君、白山商事は取引があったんやね」

「そうです。かなりの金額の取引があります」

山本営業本部長が身を乗り出して話し始めた。

「うちの物流資材事業部で、パッケージ用のフィルムとか、製袋加工したものを仕入れしています。月商一千万円ぐらい。買掛けと支払手形を入れると債務総額は五千万ぐらいになりますか」

「白山商事の窓口は？」

これは柴田社長。

「大阪支店のフィルム課です」

「支店長とか役員が来ることもあるのか」

「年始挨拶とか、年に二、三回ぐらいは支店長が来ます。そういえば営業担当常務という人も来たかな。最近はプラスチック原料の値上げ問題もあり、かなりの接触があるようで

す」

「タチバナ商会が魅力的に映ってるのかな。……白山商事の会社概要は出てるか」

「会長、ここにインターネットで取ったホームページと、決算書があります」

ここからは川崎部長が説明を始めた。

「白山商事は石油化学の白山グループの一社です。この会社は株式は公開していません。年商三千億ほどで、石油化学製品の専門商社です。グループ内では小さいほうでしょう。ただ合成樹脂製品の業界も石油資源に限界が見えてきたり値上げがあったりで、あまり将来が有望視されていません。いずれグループ内で整理統合が行われることも考えられるわけで、グループから離れても存在できるように、多角化戦略というか、M&Aなどを通じて体質の改善を図ろうとしているのかも分かりませんね」

「白山商事のトップに会ってみようか」

進一が重い口を開いた。

「いや、まだ直接会われるのは早いかもしれません。もう少し事実を確認してからのほうが。なんでしたら朝日銀行の調査のほうに言って調べさせましょうか。向こうに積極的に進めようという気があるのなら、朝日銀行には何か言ってくるでしょう」

「うん、そうしてくれ。……ほかに、わが社の業績とか何かで変わったことはないな。経営会議で聞いていること以外に裏情報のようなものはないな」

「そんなものは決してありません。業績も毎月報告が上がってるとおりですし、現場で作っている三ヶ月先行予測でも、ほぼ例年の推移と同じです。このところの好況で昨年対比は良好です」

柴崎社長が少々むきになって言った。

「これからも何か変わったことがあったら、すぐに私のほうに情報を入れてくれ。田沼君、この問題に関しては最優先でアポイントを入れてくれ」

田沼は会長担当の秘書である。部屋の隅のデスクで参加していた。

「かしこまりました」

「ほかに何もないな。じゃ今日のところはこれで終わろう。それぞれの部署や人脈で調べておいてくれ。あ、川崎部長、うちの株価は現状でどれくらいの評価になるのか査定してもらっといてくれ。株を持っていない証券会社がいいぞ」

その日の朝の会議は終わった。


進一は地元商工会議所の副会頭をしている。その日は商店街連合会のイベントの開幕式があり、それに出席した。時代劇のテレビドラマにこの地方が絡んでいるということで、博覧会なるものが開催される。公務で欠席の会頭に代わって進一が祝辞を言った。観光客目当てのイベントであり、地元住民の関心はあまりないようだ。

博覧会はほとんど架空のドラマの展開で由緒正しい資料などあるはずがなく、ドラマ制作のスタジオで使われた道具や衣装が展示されているに過ぎない。それでも会場を一巡し、大勢の知人に挨拶を交わした。

「橘副会頭！」

人混みの中から声が掛かった。

「あっ……」

振り返った進一に近づいて来たのは、市内で古いバーを経営する林である。用件は分かっていた。できれば気付かない振りをしたかったが間に合わない。

進一は立ち止まって林が近づいてくるのを待った。

「山野候補の推薦は決まりましたか」

「いや、決めてませんよ」

市長選挙が間近なのだ。商工会議所の推薦を期待する声がいくつか掛かっていた。商店街から立候補するものや、保守系候補で商工会議所の支援を当然受けるものと思っている製造業出身の候補者もいた。しかし進一は商工会議所が特定の候補を推薦することに一貫して反対している。副会頭の進一が明確に反対している以上、会議所としても簡単に決めることはできなかった。会頭は商店街の出身であり、商店街を代表する山野候補を推したがっていた。

進一は好感を寄せている候補者がいた。古川候補といって、現職は市会議員だ。市街地を離れた中山間地域といわれる地方の出身である。選挙の投票数の少ない地域の出身で選挙は毎回苦戦をしていた。市会議員選挙でもいつも最下位当選であった。しかし古川候補は無所属ながら地域では厚い人望があった。地方に伝承する文化を守り、地域の過疎化を阻止する政策をいつも主張していた。今回は環境を守る立場から、経済活動の抑制と自然保護を訴えかけている。地球温暖化の危機的状況が認識されつつある今では、全市的にも共感者を集めていた。しかし地域経済の活性化を図るという商工会議所が推すべき候補者ではない、という意見も強かった。

「商店街の振興に頑張ってる山野候補を推薦してくださいよ。……橘副会頭の反対で決まらんいうことらしいけど、なんとかしてください」

「私は、商工会議所が特定の人を推薦すべきでないと言ってるんです。会議所メンバーの中にはいろいろな候補者を推している人がいるので、とても全体の総意をくみ上げることはできんわけやから仕方がないです。それぞれの人が個人の立場で推薦するということは結構なことだとは思うけどね」

「そこを曲げて山野候補を推薦してください。地域の発展にとってもいいことに決まっていますから、会議所の中でも反対する人なんかいませんよ」

「申し訳ないけど、ちょっと急いでいますので……失礼」

「えっ？……とにかく頼みますよ。副会頭」

林はわざと大きい声を出した。大勢の人通りに存在感を見せつけようとしているようにも見えた。

進一は古川候補から推薦依頼があれば、ほかは皆断っても受けて立ち、自分の余生についての考え方を示すべきときが来ていると思った。


その夜、柴崎社長が自宅にやってきた。

「急いでお耳に入れたいことがあります」

ということだった。妻の妙子も在宅したので一緒に話して理解させるのも悪くないと思った。ありあわせのつまみで酒の用意もした。

「このことは奥さんもご存知ですか」

「いやまだ何も話していない。ちょうどいいんだ、柴崎社長の話を聞きながら、妙子にも理解してもらう必要がある」

進一は先の産業団体連合会の席上で聞いたこと、その後の動きなどをかいつまんで話をした。妙子は、

「まあ！」とか「ええっ！」とか言いながら聞いていた。

「それでですね。今日朝日銀行の中谷専務から電話がありまして、白山商事を担当する支店の支店長や担当常務にも質したところ、実は内密で頼むということで、例の話を聞いたとのことです。タチバナ商会の経営状態とか、株価算定とか、朝日銀行ではM＆Aの事業はどの程度やっているのかとか、一般論の域を超えた話が出ていたということです。白山商事のメインバンクは朝日銀行ではありませんが、逆にタチバナ商会のメインバンクということで頼ってきているのではないかということでした」

「うーん」

進一はまた両腕を組んで唸っていた。

「ねぇ、これはどういうことなの。うちがどうかなってしまうということなの」

と妙子は真剣な眼差しを向けている。

「白山商事がタチバナ商会の株を過半数買い取れば、経営権は白山商事のものになるということや。……それで、中谷専務はどう言うてはるんや」

「とにかく一度お目にかかって対策をご相談したいとのことでした。事が事だけに最優先でアポイントを取りますからとのことです」

「いつでもいい、アポイントを入れてくれ」

「分かりました……」

柴崎は携帯電話を取り出し、席を立ち進一に背を向ける位置で、朝日銀行の中谷専務の携帯に電話をした。

「ねぇ、会長。会社を買い取るってそんなことができるんですか」

妙子は進一のことを会長と呼んでいた。

「橘家の持ち株数は、筆頭株主でも過半数は持っていない。二十五パーセントなんや。そやから法人株主の株や、まとめて持ってる個人株主の株を買い集めたら、筆頭になることはできる。五十パーセント以上の過半数持つことも不可能じゃないやろう」

「会長や橘家の意向を無視して売る人がありますの」

「高い買値を出してきたら可能性は充分あるさ」

そこへ柴崎社長が席に戻ってきた。

「明日の夜でもよろしければ空けますからということで、明日の夜七時ごろ、こちらででも構いませんか」

「ああ、頼むよ」

あとは酒を酌み交わし、柴崎は少し緊張が緩んだところで、

「こんなことが、わが社のように非上場の会社でもあるのには驚きました」

「表には出て来ないから分からないが、そんなによくあるということではないだろう」

「うちの株式を買い取る値段ってどうして決めるの」

と妙子。これには柴崎が答える。

「株価算定の基準があって、たとえば遺産相続のときや贈与税の算定基準になるのもあります。だからその値段に何割か上乗せをして高い買値を株主に提示するのじゃないですか」

「そんな高値を付けるほど、わが社に値打ちがあるのかね」

進一は揶揄するようにぽつりと言った。

「いったい、いくらで買いに出てるの」

「分かりません。でもどこかへは提示していると思います。だから噂になってるのでしょうから」

進一は憮然とした表情で押し黙っていた。

その夜、進一は変な夢を見た。

進一の父親が怒鳴りたてているのだ。

「お前らは、役に立たん連中や。何人も兵隊に行きよって、お国のために命を投げ出した奴は一人もおらん。お国のために死んだら遺族年金がもらえるのや。それで家族の一人も養ってみろ。甲斐性なしの馬鹿もん！」

「親父！　そのことはもう言うな！　悪酔いしてからに」

父親と喧嘩しているのは父親の弟である。それが親子になって喧嘩している。

「親父！　親父は酒ばっか飲んで人間やない。自分の子どもに死んで来い言うのか！」

進一も怒鳴っている。

「なぜ、お前はお国のために死んで帰って来なかったのか」

そう怒鳴っているのは、進一の祖父であるはずだった。進一の父は男五人兄弟で、上から三人が兵隊にとられた。南方へ行った者、満州へ行った者、国内にいたもの、いろいろであったが、当時としては奇跡的に三人とも無事に帰ってきた。家族は当然その無事の帰還を喜んだはずなのだが……。

当時、疎開に来ていた親戚も加わり、十五人の家族が百姓で食いつなぐのも大変であった。祖父はそのころ既に腰を痛め野良仕事はできなかった。進一の父は長男であり、家を継ぐべく牛を飼って米を作っていた。家族中がそれを手伝った。進一も学用品をはじめ入用の金は自分で稼ぐということで、鶏を飼って卵を売り、それなりに稼いでいた。個人でウサギや豚を飼う人もいた。それでも金はなかった。いつも祖父はなけなしの金を使って酒を飲んでしまう。祖母は自分の実家に駆け込み、泣く泣く金を工面していた。

そんな中で祖父は酔うと、一人息子を戦死させた近所の家庭と比べ、

「お前らの甲斐性なし！　お国のためにご奉公して遺族年金ぐらいもらってみろ！」

と怒鳴ったという。

長男である進一の父親は、そんな自分の親父を憎んだ。そして、家中がぎすぎすして耐えられず家を飛び出し、進一やその母親を置き去りにして近郊の町で文房具や紙のブローカーを始め、そして今のタチバナ商会の基礎を作ったのである。

「銭のないのは首がないのと一緒や。銭がなかったら人間どうなるか分からん。わしは親父のことを、ほんまに酷いことを言う馬鹿親父や、そんな親父こそ早よう死ね、ぐらいに思てたけど、今から考えると可哀想やった。ほんまに銭がなかったんやからなぁ。進一、銭は大事にせんとあかんぞ。銭は人の首と一緒なんや」

などと聞かされて育った進一も、金銭に異常な執着を持つ父親を（現代の守銭奴！）と軽蔑したこともあったが、商売を始めて資金繰りに苦しみながら、まさに血を吐く思いで、金銭への執着が強まったのだろう。そしてその執着こそが、タチバナ商会の今日を作った

のだ。今ではタチバナ商会の経営理念に「社会に貢献する」とか立派なことを言っているが、金儲けこそが親父の夢であり、その夢の目標は「タチバナ商会の存在」そのものだったのだ。

進一にもこの父親の言葉が理解できる経験と歳を重ねてきた。

この父親から聞いていた話が夢になって出てきたのだ。

（タチバナ商会には怨念がある。先祖から伝わったわが家の怨念や）

進一は親父のためにも、そしてその親父たちに憎まれて死んでいった祖父のためにも、タチバナ商会は橘家のものとして守らなければと思った。

翌日、会議所と会社に顔を出した。会議所のほうは正副会頭会議で、主な議題は市長選挙の推薦問題であった。進一は会員の総意をまとめることはできないということで反対したが、会頭は商工会議所が市の支援を得ている以上、保守系の候補者を支援する必要があるといって譲らない。午前中議論してもまとまらず、結局、会頭に一任という結論で散会した。

会社では、特に動きもなく会長室の扉を叩くものもなく、来信と新聞に目を通して五時ごろに帰った。

今日は珍しく妙子が食事の支度を手伝っていた。いつもは進太郎の嫁の仲江がしている。

「今日は、会長のお好きな鯖そうめんですよ。進太郎や仲江さんには向かないか知れないけど」

「ほう、珍しいこともあるね。お母さんのおかず拵えとは」

仲江も進一の方をちらと見て微笑んだ。孫はまだいない。

進一は風呂も食事も済ませて、応接間に簡単な酒席を用意して朝日銀行の中谷専務の来訪を待った。

専務はほぼ時間どおりに来宅した。

「いや、これは中谷専務、ご迷惑をお掛けします。夜分にこんな不便なところへお越しいただいて恐縮です」

中谷も如才なく挨拶をして席に着いた。中谷は一般行員から専務に成り上がったしたたか者である。

「いやいや、こういうこともタチバナ商会さんが立派な業績を上げておられるから起きるのでしょう。有名税の一つでしょうな」

「いやぁ、恐縮です。……私の不徳のいたすところです。……ところでどんなものでしょうか、向こうの動きは」

妙子もお茶を下げて、酒席の用意をしながら同席した。

「やはり動きはかなりあるようですな。当行には御社の業績や将来性なんかの聞き取りをしていったぐらいでしたが、お宅の法人株主の暁ファンドの支店長にちょっと会いましてね、いろいろ喋っていたのですが、企業秘密ですということでなかなか言ってくれませんでしたが、極秘でということで話してくれました。やはり株価の評価の相談はあったようです。過去三年間の業績や同業界の相場、将来性の推定などで金額も出したようです」

「はあ、それで?」

妙子が中谷の杯に酒を注ぐ。進一も自分の杯を上げて中谷に差し出した。

「どうも……。暁ファンドもお宅の投資会社ですな」

「そうです。上場を考えていたときお願いをしました」

「支店長の話では、上場ということで株を買った証券会社もわれわれファンドも、長い将来にわたって安定株主というつもりではありませんので、いい買値が付けば売りたいというのは常識ですからと言っていましたな。橘さん、たとえばそういう投資ファンドの株式をお宅の会社で買い取るというわけにはいけませんか」

「まだそこまでは考えていませんが、……いくらくらいの値段を付けているのでしょう」

妙子も中谷専務の顔を覗き込む。

「そこまで申し上げてよいのか、ちょっと難しいですが……」

「そこを曲げてお願いします」

「タチバナ商会の株式の現在の評価額は六百円台ということです。いわばそれが原価ということですね。それにいくらの値を付けているかというと……」

「いくらですか」

と進一が急かせる。

「八百五十円ということでした」

「八百五十円！」

進一はオウム返しに言って妙子と顔を見合わせた。

「それで、その値段で暁ファンドには買いたいと言ったのでしょうか」

「そうらしいですよ」

「それで、暁ファンドはどうすると言ってましたか」

「そこまでは聞いていません。その用件で会ったわけではありませんから。それからタチバナ商会さんは株式の譲渡制限を付けていませんね。株式の譲渡については事前にこちらに報告する必要はないわけですね」

「……そうです。一方的に通告してくるだけです。ふーん……」

進一は腕組みをして考え込む。

妙子は中谷に酌をしながら、ときどき進一の顔を見ていた。

「株を売りたい人が白山商事に売って、その白山商事が筆頭になると、うちの立場はどういうことになるの」

「うちは経営権を失うということや」

「じゃ社長も白山商事が出してくるということね。でもうちは大株主であることには変わりないのでしょ」

「それゃそうだ」

「そうなの。……それと、株価が今回、高い値段を付けたということは、それがこれからのうちの株価ということになるのかしら」

中谷専務は専門家である。

「株価評価は非上場の場合は算定方式があります。だからこれで相場が付いたということにはならないですね。しかし過去の業績と将来の展開に対する評価で買う者が判断するわけですから、大いに参考にはするということでしょう」

「お父さん、どうなさるおつもりですか」

「う……ん。分からん。……中谷専務、率直なところ白山商事が態度を変えない以上、こちらにはどういう手段があるんですかね」

「白山商事の出し値でもって、こちらが買い取るということでしょうね。会社が自社株として持つか、もちろん橘家でお買いになれば一番いいのでしょうが。あるいは白山商事の今回の目的をよく聞いて、敵対的なものであれば、こちらの側に立つ安定株主に買ってもらうか、そのいずれかでしょう」

「う……ん」

進一はまだ事の周辺の事情が充分につかめていないので、それだけに知恵も出てこなかった。

「いや、どうもいろいろありがとうございました。うちも充分考えてその上で結論を出します。……まぁ一つやってください」

進一は中谷専務に酒を注ぎ、話題を世間話に変えた。県内の景気のこと、不況業種や企業の動きなど、一時間ほど話して、中谷専務は表に待たしている車で帰っていった。

「進太郎は?」

「呼びましょうか」

「呼んでくれ」

進一は少々疲れた顔で、不機嫌であった。

進太郎夫婦にはまだ子どもがない。結婚してから七年ほど経つ。進太郎は母屋でビールを飲みながらテレビを見ていた。

「今、朝日銀行の中谷専務が帰られた」

「何かあったの?」

「タチバナ商会の株を買い占めている奴がいる」

「誰がですか?」

「お前も知っているだろう。うちの取引先の白山商事だ」

「へぇ、なんのために?」

「分からん。しかし経営権をとって自分ところの子会社にするつもりだろう」

「いま流行のM&Aですか」

進一は産業団体連合会での桜井の話から、今日の中谷専務とのやりとりまで、取締役である妻の妙子と、進太郎に詳しく話をした。

ソファに掛けながら膝を乗り出して進太郎は聞いている。

「ほかの株主のところへも話は行っているのですか」

「一応、橘家に聞こえないように一回り外には頼みに行っているだろう」

「法人株主の意向はどうなのかな」

「いろいろだろうな。高い株価に乗ってくる会社や、たとえ白山商事が大株主になっても、もっと会社が大きくなると見込めば、なんらかの協力はするだろう」

妙子が口を挟む。

「お父さん、うちの持ち株数はどれだけあるの。何株持ってるの」

「百万株余りだ。会社全体で四百万株。そのうち四分の一だ」

「お父さんから、進太郎への相続の問題もあるし、この問題はうちにとってはどういうことなのかしらねぇ」

進太郎は、ちょっと声を弾ませて、

「百万株掛ける八百五十円。八億五千万円ということか！」

妙子と頷きあう。

「お前たち、この話を聞いてどう思うか、正直なところはどうや」

進一は低い声で、続けて言う。

「わしも初めての経験でどうしていいか分からん。仮に絶対にタチバナ商会を人に渡さんということで頑張っても、頑張れることとなのかどうか。かといって筆頭株主の立場を降りて、一株主に甘んじて、進太郎はタチバナ商会のサラリーマンとしてやっていくのか。わしは歳もとっているのでお前たちの判断に任すより仕方ないが……」

しばらく沈黙が続く。そして進太郎が口火を切った。

「今、お父さんが言った選択肢のほかに、方法はまだあると思うけど」

「なんや、言ってみろ」

「タチバナ商会の橘家の持ち株をどうするかということや。一株主として残らずにうちも八百五十円で売って、タチバナ商会と縁を切るということもあると思う」

進太郎は会社から派遣される勉強会で、事業継承のことも少しは勉強している。自分の家族に後継者がいない場合はどうするのか。それは経営者が持ち株を売却することが一つの手段なのである。進太郎は自分の将来にとってもこれは大きいチャンスになるかも知れないと思う。

「進太郎！」

突然、進一の怒りが爆発した。

「お前は何を考えとるのか！　タチバナ商会が橘家にとってなんなのか、全然分かっとらん。タチバナ商会の創業のときのおじいさんの苦労や思いをお前に言うとったやろ。どう思って聞いていたのか。馬鹿もん！」

「お父さん、なんでもいいから意見を言えっておっしゃった。それで進太郎が意見を言ってるのにそんな怒ったらあきません」

「妙子！　それならお前はどう思ってるのか。お前も取締役の立場もあるのやから、よう考えて言ってみろ」

「今日は言いません。こんな雰囲気で、お父さんの期待する答えは一つしかないようなことにはよう言いません」

その夜の家族会議はそれで終わった。進太郎の嫁の伸江には進太郎から話すだろう。

さすがに進一もその夜はなかなか寝付けなかった。


翌日、進一は個人の大株主の藤木に会うことにした。藤木は高齢で、進一の父親の友人である。戦後、百姓仲間だったが、タチバナ商会を創業するとき共同経営ということで、大口の出資をした。若いころは藤木もタチバナ商会に籍を置いていたことがある。

藤木は老夫婦二人暮らしだ。子どもは東京で就職し、結婚して帰ってこない。娘は夫の転勤で今はやはり東京にいる。

「お元気そうで何より」

九十歳代であるが、盆栽の手入れなどをしている。

進一は事の次第を藤木に話した。事情を聞きたいというより、株を白山商事に売らないでほしいと頼むつもりであった。

藤木は黙って進一の話を聞いていたが、

「その話は一月ほど前に山六証券から言ってきた。たしかに八百五十円で買いたいということやった。一度、橘さんには話をしたかったことだが、これはどういうことなんかな。タチバナ商会をとりあげるということかな。それにしても高い値を付けたもんやなぁ。タチバナ商会も一流ということやろう。橘さんに対抗策はありますのか」

進一は話が意外に進展しているのに驚いた。

「これといって対抗策はありませんが……。なんとか藤木さんには頑張ってもらって、売らずにおってもらいたいとお願いする以外にないのですが」

「タチバナ商会も長い歴史ができましたなぁ。最初にお父さんから相談を受けて、融資したのとは別に出資もさせてもろた。長い間にはいろいろ苦労もあったけど、ようここまで守ってきやはった。正直、タチバナ商会は他人事とは思えません。……ほんでも時代が変わりましたもな。私の知ってる人は進一さん、あんただけや。それにわしとこの子どもも東京でずっと暮らすそうや。正直なところ、今回は株を売りたいのや。私も婆さんと二人でいつまでもここにおれへん。できるだけ財産を処分して、どこか環境のよい有料老人ホームにでも入りたいと思てたところや。そやから株を売らさせてほしい。できたら、進一さんに買うてもらえるとありがたいと思てるのや。どうやろう」

進一は、創業当時の父親の苦労を一番理解しているはずの藤木の言葉を期待してきたのだが、裏切られたと思った。が、痩せてすべてを捨て去ったような藤木の横顔を見ていると、藤木の言葉も当然のことのようにも思えてくる。藤木に全幅の信頼を寄せていた在りし日の父親が哀れだ。

「よく分かりました。会社のほうでも考えてみますから、しばらく時間をください」

そう言って帰った。

「もう主な株主には話を付けているようだ。大至急対策を立てなあかん」

進一は帰社するとすぐに柴崎社長を呼んで相談した。

「藤木さんまで売る気になっている。山六証券が仲介してるようだ」

「そうですか、そこまでいっていますか」

柴崎は元気のない声で言って俯いていた。

「わしとこも家では買う金の余裕はない」

実際、死ぬ前に相続税の資金として、かなりの金額を用意しておく必要がある。とても自社株とはいえ、そんな高値で買う余地はない。

「あとは会社で買う以外ないやろう。金庫株で持つことはできるとか聞いてるが、どうやろう」

「会社で買うのですか。研究してみますが……」

なぜか柴崎は元気がなかった。ふっと進一のこころに不安が走った。

「社長なんかあったのか。なんでも隠さずに言ってみろ」

「いえ、特にありません。困っているだけです」

そう言って肩を落として、会長室を出て行った。

「おい、川崎部長を呼んでくれ」

柴崎社長が社長室に入ったのを確認すると、秘書に命じた。

「川崎君、株の問題だが、もう個人株主のところへも山六証券を使って買いまわっている。防戦するのには、わが社で買い取って金庫株にする以外にないと思うがどうだろう」

「会長。金庫株にする話はたぶんできませんよ」

「なに？　資金は無ければ借りればいいじゃないか。どうしてできないのか」

「役員会が通らないと思います」

「なに⁉　役員会が通らん？　それはどういうわけだ。なんでそんなことが言えるんや！」

「もう役員のところへは話は付いているようです」

「わしはなにも聞いとらん！」

「聞いておられないのは、たぶん橘家のお二人だけだと思います」

「柴崎は⁉　あいつは別やろう！」

「いや、社長のお指図でした」

川崎総務部長はメインバンクの朝日銀行から来ている。歯に衣を着せず、きっぱりと言った。いつかは会長に話すときが来るのを覚悟していたようである。

「う……ん。できとった話か。まいったな……」

「どうします？　社長をお呼びしますか」

「いや、今はいい」

川崎部長を帰らせた後も、しばらく腕組みをして考えていた。


そこへ、商工会議所の仲間である田中から電話があった。

「市長選の推薦の件、会頭は山野候補を商工会議所として推すことに決めたらしいよ」

「そうだろうな」

「分かってたのか」

「正副会頭会議で結論が出ずに会頭一任になったときに負けたと思ったな」

「橘進一としてはどうするんですか。副会頭の座を蹴飛ばしますか」

「うん。それしかないやろう。今日にでも副会頭の辞任届けを出すかな」

「よーし。あとは古川候補に絞り込んで選挙戦を戦う。こういう構図ですな。古川市長誕生の暁には橘会頭の誕生ということですな。また今夜にでも古川候補と一緒にお宅へお願いに上がりますわ」

進一は電話を切った後も、疲れ切ったというようにソファにドスンと腰を掛けた。

結局、進一は一週間ほど経過するうちに、商工会議所の副会頭を辞任し、古川候補の後援会長に就任した。しかし誰の目にも、このところの進一は疲れて精彩がないように映っていた。


進一は進太郎や妙子と再度話し合った。

進一にしてみると、タチバナ商会は橘家そのものであり、創業をした父親やそれを支えた身近な人々、戦後没落寸前だった橘家を立派に戻したタチバナ商会を、橘家から切り離せるはずはなかった。創業者が三十年、進一が三十年社長を務めた、この世に残せる唯一の財産である。

「絶対に守ってみせるぞ！」

というのが進一の気持ちであった。

その夜、進一は進太郎と妙子に話があると書斎に呼んだ。

「仲江はどうします？」

進太郎が聞く。

「仲江さんには進太郎から話しといてくれ」

食事を済ませ風呂も済ませると、十時過ぎになって三人は集まった。

「もうどうしようもないところへ来ているようだ。あとは対抗上タチバナ商会で株を買い取る以外に方法はない。しかし、どうもいろいろあるようでこれも難しいかもしれない。橘家が株を売らなければ、橘家が大株主には違いないが、経営権は敵に取られたままだ。わしは代表権のある会長だし、妙子も進太郎も取締役だ。その地位を守ることができるかどうかは株主総会の意思で決まる。この点について二人の意見を聞きたい。今夜はじっくりと話をしたい」

進太郎は少し間を置いて、しかし、意外にはっきりとした口調で切り出した。

「株主のうち、どこまでが白山商事に株を売るかということですね。一株八百五十円なら法人株主の安定株主以外は皆、売るのじゃないですか。個人株主もめったにないチャンスなのだから、ほとんどの人はたとえ少しは残してもまず売るでしょうね。橘家だけ頑張っても勝ち目はないということ。そうじゃないですか」

進一は憮然として黙っていた。

「お母さん、僕たちがタチバナ商会の株を遺産相続すると、相続税はどれぐらい掛かるのかな」

「そうね、前に計算してもらったことがあるんだけど、仮に税務署の株価の評価が六百円ぐらいとしても、全部で六億円になりますから、控除があったりしても一億八千万ぐらい。その税金に払うお金を今、一生懸命貯めているところよ」

「ということは、お父さん、六百円の評価で三割の税金とすると、あとの、え…と四百二十円が手取りの株価ということになる。その税金の工面に借金することになって、現金でお目にかかる財産は何もないということです。その見返りが経営権という、そこの会社で働いたときに初めてできるポストの保障だけということとやから、わが家自身も考える必要があるんじゃないかな」

「つまり、進太郎さんの言うことは、この際うちの持ち株も売って現金に換えたらということね」

妙子が進太郎に確認するように言う。進一は相変わらず苦虫を嚙み潰している。

「僕はそう思う。お母さんは？」

「いや、会長の、お父さんの意見は違うと思うのだけど、うちが筆頭株主で残る見込みがあるんなら別だけど、ないのなら無理して株主でいる必要はないのと違う？　一株主で終わるということは、お父さんのプライドが許さんと思うわ。それに、今の代は幸いに進太郎がタチバナ商会を継いでくれたからよかったけど、進太郎の子どもが生まれて、どうしてもあとを継ぐのがいやだということになったら、無理して株を持っていてもかえってお荷物になることもあるのと違う？」

「もういい！　よく分かったお前らの考え方は。もう言わんでもいい！　……」

と遮って、進一は沈黙してしまった。

「……お父さんの気持ちは分かるけど、実際はそうだと思うのよ。先祖の思いということで、ずーっと家族に負担を掛け続けることが、本当に必要かと思うのよ」

「うるさい！　もういい！」

進一は乱暴に席を立った。寝室に向かったようである。

「これは親父のセンチメンタルだよ。先代や先先代の金の苦労も分かるけど、それは昔の話だし、今の時代のことではないからね」

「私もここへ嫁いできてから、お父さんのけちけちぶりには随分、泣かされてきたわ。人生の最後に来てもまだ金が要る、貯金しろばかりでしょう。私も少しはしたいことがあるから、今度のこともいいチャンスだともいえるわね」

「お母さんは何がしたいの」

「今やってる『環境団体支援協会』を財団法人にするとか。……ま、どっちでもいい話だけど。それより進太郎、あなたは何かほかにしたいことがあるの」

「演劇。今、やってる中途半端な劇団をきちんとしたものにして世に出したい。だめかな。伸江ともこの演劇で一緒になって結婚したんだけど、僕がタチバナ商会の企業経営に専念するようになって、がっかりしてるんだよ、彼女は」

「演劇ねぇ。これはちょっと賛成しかねるけど。ま、いずれにしても今度の話で夢は開けるわね。この年になってから、『青春よ、再び』というところかな」

こちらの二人は進一の怒りとは別に、思わず笑いがこみ上げて来た。

翌日、進一は取締役営業本部長の山本を会長室に呼んだ。柴崎社長が外出していることを確認してからである。

山本本部長は進一の腹心の部下といえる男だった。長年、営業畑出身の進一が目を掛けてきた。

山本本部長は幾分緊張した態度で、椅子に掛けずにいる。そして突然、

「申し訳ありませんでした」

と頭を下げた。進一はそれですべての謎が解けたと思った。

「済んだことはいい。いったい何があったんや。断片的な情報で混乱している。君が知っていることを全部話してほしい。ま、座ってゆっくりしろ」

山本は椅子に掛けて、しばらく沈黙していたが、

「会長はどこまでご存知か知りませんが、二ヶ月ほど前に、柴崎社長に呼ばれまして、白山商事がわが社の株を買い集めているということを聞きました。私たちは端株しか持っていませんので、株の話ではなく、株主が変わって経営権がほかに移っても動揺しないで、柴崎社長に付いて来るように、悪いようにはせんからということでした。このタチバナ商会を白山商事が子会社にすることを企んでいるということでした。白山商事はグループも大きいし、しっかりした会社だから、将来のためにそのほうが良いと柴崎社長は決断されたということです」

山本はちょっと言葉を切って進一の顔色をうかがった。

「それで?」

「会長はご存知ですかと確認したのですが、これから話をして賛成してもらうつもりだということでした。その後、役員の間では、どの株主が同意したようだとか、会長が承知されずに怒っておられるとかそんな噂は飛び交っています」

「わしが同意するはずがないやろ。山本なら分かってくれるだろうが、この会社は創業以

来、橘家はもとより長い間苦楽をともにしてきた、大勢の従業員や取引先のおかげで今日があるんだ。それをなんの関係もない、よその会社の金儲けの道具に使われてたまるか。創業者や先輩は墓の下で泣いて怒っとるぞ」

「……」

「役員に動揺するなということは、あとの経営は今までどおりきちんとやってくれということやな。橘家以外の者の身分保障はちゃんとするということか」

「そういうことです。そのように言われました」

「柴崎社長は白山商事に何回も会っているのか」

「白山商事の大阪支店で会っておられるようです」

「それで、ほかの役員連中は皆納得したのか」

「納得というより、なりゆきを見守っているということですか」

川崎部長もこうして知ったということだろう。

「よく分かった。ありがとう。これからも何か変わったことがあったら隠さず言ってくれ」

そう言って山本営業本部長を帰した。

進一にはもう一つ頭の痛い話があった。市長選挙の古川候補の話である。後援会長になった進一の下で、選挙参謀を引き受けた旧友の田中からの依頼である。

「金を少し用立ててもらえないかな。古川は市会議員だが選挙資金がほとんどない。退職金その他では市長選挙にはまったく足りない。最低でも一千万、できれば千五百万ぐらいつくる必要があるんや。後援会で資金カンパもするけど、会長のほうでまとめて面倒を見てもらえないかなぁ」

ということであった。少なくとも一千万円は用立てる必要がありそうだ。

「選挙違反にならないようにきちんと処理はするから」

と田中は付け加えている。進一にしてみれば、環境問題に関心を持ってこのテーマ一筋の古川に共鳴している。また長い付き合いでもあり、今回の商工会議所の推薦問題もあって、ここで資金問題で出馬取り消しということにはしたくなかった。その程度の金であれば、進一個人で出せない金ではない。しかし家族に事業継承のため、つまりは相続税の資金に倹約をやかましく言っている手前、出しにくかった。もう資金のことについても回答しなければならない時が来ている。


進一は事を急ぐことにした。翌日、柴崎邦夫社長を呼んだ。

柴崎は覚悟を決めた表情で入ってきた。

「株の件、お前が首謀者だったそうやないか。知らん振りしていったいこれはどういうことや！　お前は従兄弟でもあるし、わしとの付き合いも深かったからこそ信用して会社を任せたのになんでこんな裏切り方をしたんや。白状してみろ！」

「会長の怒られるのはもっともです。それは私なりに覚悟してました。しかし、これは私の私利私欲でやったんではありません。白山商事がこんなことを仕掛けてきた以上、これが最善の選択だと思ったんです。タチバナ商会という法人の将来を守るためには仕方がなかったんです」

「何を言っとるんだ。お前は白山商事に経営権が渡ることを進めていたんやないか。それがなんで会社のためになるのか」

「今の経済界では企業合併で大型化することは避けられないことです。タチバナ商会もIT化、デジタル化をしてきましたが、これからの競争相手はグローバル化してきます。到底うちぐらいの規模では生き残れません。いつかは合併とか、グループ化を進めて大型化していく必要があります。そのためにはやむを得なかったのです」

「そんなことは分かっとる！　しかしやり方があったやろ。こんな人を馬鹿にしたやり方をしなくても」

「しかし、これは橘家にとってもご損になる話ではありません。いずれ株式上場もあるでしょうが、未上場でも今回は相当な高値が付いたのです。橘家にとって株をそのまま持っておられても、お売りになっても決して悪い話ではないと思うのです」

「柴崎、わしは橘家の金儲けのためにやってきたのではない。タチバナ商会は創業者の親父はもちろんやが、この会社で働いてきた者にとって、タチバナ商会、それが人生そのものだったんや。そのために、会社のために一生懸命尽くしてくれた人に、一生をかけてお返しをせなあかん。会社はそんなに儲けなくてもいい。末永く何代も続けなあかん。それがお返しになるのや。見ず知らずの会社との合併なんかして、他人の会社になって、この生まれ育った地域を離れて、大企業になって、そんなもの一銭の価値もないわ！　こんなことはいつも言うて聞かしてたやないか」

「会長、その考え方は古いのです。それでは企業は生き残れません」

「そんなことはもういい。それよりも売りに出る株を会社で買え。自社株で持て。いいか、これは会長命令だぞ」

「それはできません」

「会長命令や言うてるやろう！」

「会長命令でも駄目です。取締役会で決議する必要があります」

「じゃ、すぐに取締役会を開け！」

「開いても無駄ですよ。私の知ってる範囲では、圧倒的多数で否決されます」

「なに！　そんなはずはない。やってみろ。わしが説得する」

「駄目だと思います。進太郎取締役も白山商事の株式保有には賛成しておられます」

「なに!?　……そんな馬鹿なことがあるか。いつそんなことを言うとったんや」

「今朝です。私の部屋に来られてはっきりとおっしゃいました」

進一は真っ赤になって怒鳴りだそうとしたが、目まいがして黙って椅子にもたれこんでしまった。

「もういい、帰ってくれ」

「大丈夫ですか、会長」

柴崎が心配そうに覗き込む。

「もういい！　帰ってくれ」

進一は、もうどうなってもいい、自棄になったのではなく、心底どちらでもいい気持ちになったのだ。全身の力が抜けてしまった。

（進太郎の馬鹿もんが！）

と心の中でつぶやいていた。

柴崎社長も青い顔をして出て行った。それを見送って進一は、柴崎社長が社長室から山六証券か白山商事の担当者に勝ち誇って電話をしている姿が見えるようだった。

進一はまだ午前中にも関わらず家に帰った。

その日、妙子は関係先の環境イベントに参加するため出掛けていた。家では伸江が前栽の草むしりをしていた。

「お義父さん、お帰りですか。どうかされました？」

「うん、ちょっと目まいがした」

「ええっ、それは大変です。今日はお義母さんはお出掛けだし、どうしましょう。お布団敷きますか」

「いや、家でちょっと休めばいい。伸江さんも休憩にして。何かジュースでもないか」

伸江は冷蔵庫からジュースを酌んでくると、隠居所の縁側に持ってきた。進一は服を脱ぐこともせず、そのまま籐椅子に掛けジュースを一息に飲んだ。伸江もその前に掛け小さくなっている。

「何かつまむものをお持ちしましょうか」

「いや、いい」

進一は、初夏の緑が濃くなった前栽をしばらく黙って見つめていた。

「……伸江さん、進太郎から何か聞いているか」

「詳しいことは知りませんが、何か大変なことが起こったとか」

「うん……」

「お義父さんもどうかあまり無理をなさらないでください」

「脳梗塞は二回やると、命が危ないそうやからな」

そう言って進一は少し笑った。

「そんなことはないでしょうけど」

「進太郎はタチバナ商会をやる気がないらしい。あいつは何かやりたいことがあるのかな。仲江さんは聞いてないか」

「いえ、私は何も……」

仲江は俯いて進一の顔を見ないようにしていた。

「タチバナ商会は我が家にとっては『いのち』みたいなもんや。わしはタチバナ商会なしには生きていけんと思っている。あんたもそのことを承知で嫁に来てくれたんと違うか」

「……はぁ」

仲江は、そんなことは聞いていませんでした、と言いたかったが言えるはずもない。

「進太郎はそうは思ってないようや。あいつはアホや」

そう言って、進一は黙ってしまった。

「お義父さん、お布団敷いときますから。……それにお義母さんの携帯に連絡しておきます」

それにも進一は黙っていた。


その日の午後、進一は途中で帰ってきた妙子と一緒に病院に行き、血圧を計り点滴を受けた。

「あまりストレスの多いことは避けられたほうがいいですよ。そして二、三日安静にされたほうがいいです」

と若い医師に忠告された。

「お父さん、要注意よ。なりゆきに任せて気楽にいきましょう」

と妙子。

「そうもいくもんか」

と言いながら進一も少し表情を緩めた。


自分の体調もさることながら、進一にとっては今回の進太郎の考え方は、晴天の霹靂の思いである、進太郎や妙子、そして伸江の考えもきちんと聞いておく必要があった。

（わが家からタチバナ商会が消える？　そんな馬鹿なことがあるか！）

しかし、自分の歳を考えると、もうこの後どれだけのことができるのか。相続税の資金の準備に節約をしてけちけち暮らしていて、それが本当に価値のあることか。進一の心をかすめることもある。

翌日は、進一は会社を休んで床についていた。進太郎は早朝からゴルフコンペということで出掛けていた。妙子はＮＰＯの次の事業「里山保全の提案」というイベントの準備会に参加している。一人残った伸江が進一の身の回りの気配りをしていた。

「進太郎はまだ劇団をやってるのか」

「やってるというほどではありませんけど、年に一回の定期公演はやってはります」

「伸江さんもやってるの」

「ええ、私も演出の手伝いと役者もちょっと」

伸江は、はにかんで笑った。

「面白いのか」

「ええ、やっていれば面白いです」

進太郎の劇団は毎年秋に市内の劇場で定期公演をしている。県主催の文化事業からも、ときどきお呼びが掛かっている。それが進太郎たちの生きがいなのだろう。

（そんなことで飯が食えるか！）

と一喝したいところだが。

「そうか……」

納得したように頷いた。しかしいかにも寂しそうに仲江には見えた。

翌日、土曜日で午前中に家族会議をすることにした。

進太郎はゴルフ焼けの顔色である。ランニングシャツから太い腕を出していた。

「昨日はどうだった」

「暑かったですよ。昨日は辻村事務機の協力会のコンペでしたから、桜井商事の桜井社長もおられました。会長のこともいろいろ言っておられました。お元気なんだから、またぜひともゴルフのお誘いをいただきたいとか」

「桜井さん、ほかには何も言ってなかったか」

「今度のことですか。特に何も」

「進太郎、お前は柴崎社長に何か言ったのか」

「いや、事情を聞きに行っただけです。白山商事のその後の動きとか、柴崎社長はどう見ておられるのかとか」

「他人のことより、お前は今度のことをどう考えているのや」

「柴崎社長の話でも白山との話し合いとかの余地はないようです。それに肝心の株主のほとんどが同意しているようでは打つ手はありません。今の経営陣で子飼いのものはほとんどいないでしょう。会長、いや、お父さん、ここで諦めて決心したほうがいいのじゃないですか。経営権を取られるのなら綺麗さっぱり持ち株すべてを売る。お父さんにとってはつらいことかも分からないけど、子孫のことを考えて、株を持っているということが、決して絶対的なことではないと思うのですよ。腹を決めて決断しましょう、お父さん」

「……私にも言わせてもらえば、私も結論的には進太郎と同じ思いです。お父さんがおじいさんと、どんな思いをして会社を作ってこられたか、その思いは分かっているつもりです。でも、こうなったら仕様がないでしょう。橘家のご先祖はお百姓だったそうですが、それこそ子孫のために貧しい中で将来立派な百姓になるようにと思って田畑を増やし、土手には石垣を積んで、立派な家も建てて残してくれはった。本当にありがたいことだったけど、おじいさんもその遺産で農業をしないで会社を作りはった。時代に合わせて変わるのは仕様のないことと違いますか」

「伸江さんは」

進一は伸江にだけは優しい表情をした。

「私は……皆さんのお考えにお任せします。とても意見なんて申せません」

「伸江、僕ら夫婦の夢を実現するチャンスが来てるのだぞ。はっきり言ったらいい」

「……」

伸江は黙って顔の前で二、三度、手を振った。

「そうか、皆の考えは分かった。今日一日考えて結論を出す」

進一にしてみれば、特に相談する人もなかった。社員OBにしても、友人にしても、銀行、取引先にしても、同輩は引退していないし、味方になってくれそうなのは、

(最後は、裕子ぐらいかな)

一件落着したら裕子を誘って海外旅行でもしたかった。あの裕子のうれしそうな顔が、進一にとって唯一の慰めになるように思った。

その夜、早寝をした進一夫妻であったが、二人ともなかなか寝付かれなかった。

明かりを消した薄明かりのなかで、

「お父さん、お互いに残り少ない人生なんだから、せいぜい楽しいことをして、悔いのない人生にしましょ。一生頑張ってきたんですものね」

「……」

「選挙も古川さんの後援会長を引き受けはって、頑張るのでしょう。私も大賛成だけど、

お金もずいぶん要るらしいですね」

「誰に聞いたんだ」

「みんな、お父さんだけが頼りだということですよ。面倒見てあげたら？　それに京都の女性もほっとけないんでしょう。どうなの、お父さん？」

進一はびっくりした。うっかり飛び起きてしまうところだった。

なぜ裕子のことまで妙子が知っているのか、明るければ進一の顔色が変わったのが分かっただろうが、薄暗い中で慌てて妙子に背中を向けて寝た振りをしてしまった。

妙子は、

（これで勝負は決まりよね）

と、言わんばかりに小さく笑った。


翌日も会社に出勤したものの特別仕事があるわけでなく、お茶を飲み新聞に目を通した後、社内を一巡しようと席を立った。進一にしてみると、社内の建物はじめ設備その他も進一が愛情をこめて計画を立て育ててきた、少し大げさに言うと、わが子のようなものだ。もちろんその仕事をしているのは進一でなく社員である。その社員たちも、彼にとっては家族であった。株式の上場の準備をしているとき、経営指導に来ていたアナリストに言われたことがある。

「社員は機械と同じなんですよ。安い機械をうまく使って成果を上げるのが社長の手腕です。社長は社員から付託を受けているのではなくて、株主の付託を受けているのですから、社員の期待に応えるのではなく、株主の期待に沿わないといかんのです」

進一は想像はしていたものの、少々計画より減益になったからといって社員のボーナスをカットするかどうかで議論したとき、忠告されたこの言葉が忘れられない。進一はそのとき株式上場の残酷さ、冷酷さにあきれ果てて上場を諦める決心をしたものだ。

事業部別の事務所を回っても倉庫に入っても、社員たちはにこやかに挨拶をしてくれた。

「おはようございます。ご苦労さまです」

「おはよう！　元気に頑張ってるか」

進一は一人ひとりが懐かしく目頭が熱くなるほどだ。

進一は、会社が自分の家なんだ、社員が家族なんだという思いは捨て切れなかった。

社内を一巡した後、意を決して社長室のドアをノックした。

「おや、会長！　お電話いただければこちらから伺いましたのに」

柴崎社長は書類を見ていた。

「いや、いいんだ。社長室も久しぶりだから」

そう言って社長室を見渡す。進一が使っていたときと違って、書籍やファイルされた書類が積み上げられている。社長はすべてに目を通しているのだろうか。

「忙しいかね」

「会社は別として、私はまあまあ普通です」

そう言って柴崎は笑った。

「白山商事、変わったことはないか」

「いや、あとからお届けしようと思っていたのですが、株主の藤木さんから株券譲渡の通知が来ました。全株譲渡ということで。……話は進んでいるようですな。ほかにも法人株主の一部も来ているようです。持って来させましょう……」

「柴崎君」

進一は柴崎社長の言葉を遮って、

「柴崎君、わしも腹をくくったよ。今回の件すべてを認める。認めざるを得ないだろう。家で相談もしたし、自分でも考えてみたが、やむを得ない。……ということで、わしとこの持ち株のすべてでも売りたい。株主で残る道もあるだろうが、わしはもうこの歳だし、子孫に美田を残すな、という言葉もあるしな」

「ええっ！　会長の持ち株すべてをですか。それは……」

柴崎もちょっと絶句した。

「そうだ。全部だ」

進一はきっぱりといった。

「そのほうが白山商事もやりやすいだろう。完全子会社になるわけだ」

「それは、そうですが……」

「君は白山商事と連絡は付いているんやろう。このことを連絡して譲渡の手続きをきちんと済ませてくれ。早くしないと気が変わるかも知れんぞ。それに株価もいつか聞いた八百五十円で頼むよ。それを切って交渉に応じるつもりはない。そこもしっかり頼むよ」

「そうですか……。会長がおっしゃることですから、お言葉どおりにさせていただきます。……そうですか」

「いずれ臨時株主総会があるだろうが、君たち経営陣には異動はないんだろう?」

「はあ、まあそのようには聞いていますが。……会長！　本当にすみませんでした。白山商事の思惑どおりに運んでしまった結果になりましたが、会社の経営については、会長のご恩に報いるためにも一生懸命やらせていただきます」

そう言って柴崎は深々と一礼した。

それから一ヶ月ほどの間に、すべての事が運んだ。株券の譲渡証明書に捺印をして、柴崎に渡し、その翌々日に妙子が朝日銀行の通帳に書き込みをしてもらって、慌てて帰ってきた。

「ほら、見てちょうだい。株券の代金、入金になってるわ。八億円よ。確かに八億五千万円！」

進太郎も嫁の伸江も覗き込んで、

「わぁ、すごい。すごいぞ」

とはしゃいでいた。進一も進太郎もタチバナ商会とは関係がなくなっている。臨時株主総会では取締役から橘父子が辞任し、新しく白山商事の社長が社外取締役に、ほかに白山商事から常勤で部長級がタチバナ商会の経理担当常務が加わった。あとのタチバナ商会の役員は改選時期ではないので、そのままである。

したがって進一も進太郎も家にいることが普通になった。進太郎は東京に出て演劇の道に進むそうだ。当面は勉強をかねて小遣い銭程度の収入にしかならないが、劇団に就職が決まったようである。伸江も同行して東京で働き口を見つけ、家計の足しにするとのことだ。

「その間、この金、使わせてもらうよ」

と進太郎は早速銀行に行って、自分の口座に毎月五十万円ずつ振り込まれる手続きをしたようだ。遺産相続の前倒しだと本人は言っている。

また妙子は「財団法人環境団体支援協会」を設立すべく、司法書士に相談に行ったり、県庁の環境部に相談に行ったりしていた。県内のNPOはじめ、企業、団体から環境活動を行っている内容を公募し、審査の結果、優秀と決めた団体に支援金を渡す。ほかに通常の行事として環境活動のフォーラムやシンポジウム、イベントなどを主催、共催で行う。そんな団体を考えていた。進一はその財団の理事長に、妙子は専務理事に納まる予定だ。その設立発起人を集めることや、設立の趣意書等の製作に、妙子は没頭していた。

そして進一が後援会長を引き受けた市長選挙は、古川候補が落選して終わった。山野候補が当選したのだ。もっとも橘後援会長は、選挙期間中もあまり働かなかった。決起集会や出陣式には挨拶はしたものの、後援会の人数集めなどには貢献できなかった。彼自身理解できないほど、社会のことに興味がなくなってしまっていた。選挙参謀だった田中から指示されたことは一応行動はしたが、進一の情熱に共鳴した人は一人もいなかった。それでも進一は選挙資金として最初に五百万を渡し、落選してからの清算に必要な資金は提供することになっている。

落選したときの選挙事務所は無残なものだ。支持者が帰った後、選挙運動の幹部数人に対し、古川夫妻は土下座をして謝った。そして二人ともしばらく泣きやまなかった。古川を慰める者、運動中に撒かれた中傷の文書に憤慨する者。一部途中で敵方に回った地域に対する怒りや恨みが交錯した。

後援会長の進一はほとんど無言であった。そして早々と、

「ご苦労さんでした。どうかこれからも力を落さずに頑張ってください」

古川夫妻にそう言い残して、先に帰ってしまった。

進一の帰った後、

「後援会長があれではな」

と一人言い出すと、橘進一が最近、人が変わったように元気を失っていることに話題が集中した。

「あの人は、賞味期限切れですよ。もうちょっと新鮮なところを出してこないと」

「本当だ。後援会長の人選に失敗したかな」

進一のリーダーシップの無さが敗因であるというふうに結論が出た。

進一はしばらくぶりに裕子との逢瀬をもった。いつものホテルの喫茶で待ち合わせた。

「しばらくぶりです。タチバナ商会のほうはうまくいきました?」

と裕子。

「タチバナ商会とは縁を切ったよ。株も皆、手放した。進太郎もわしも辞めた。綺麗さっぱりした」

「へぇー。……そうでしたの。一大事件だったんですね。それはご苦労さまでした」

「今日はその分を取り戻させてもらうよ」

「どうか、ご存分に」

そのときは機嫌よく、そして元気よく予約してある部屋に入った。

その後は、進一にとっては意外なことの連続に驚いた。部屋に入り、いつもは若者のように熱い抱擁をするのだったが、それも忘れていた。そしていつも二人で入るバスルームも進一ひとりが入り、自分で洗って出てきた。裕子は怪訝な表情で見ている。

ベッドに入ってもいつもの調子は出なかった。進一の元気が出ないのである。裕子が努力しても、

「もういい」

と遮ってしまう。結局目的は果たせなかった。

これは進一にとって意外なことだ。焦れば焦るほど元気が出ない。それどころか裕子の裸を見ても、いつものように愛撫しても、どういうわけか興奮しない。それどころか、裕

子の裸体をはじめ顔、表情、しぐさに魅力が感じられない。

（なんのために京都まで来てこんなことをしているのだ。いままでなんで興奮したのだろう。……いよいよ、橘進一のセックスも終焉ということか）

進一の思いは深刻だ。

「会長、疲れてはるんでしょう。いろいろなことがあったから。また、じきに元気がでますよ」

裕子も努力をしても駄目なことが分かると、寝返りを打ってタバコを吸い始めた。

「いや、もう歳なんや。セックスの興味はあっても性交はできんようになる。もうそろそろ諦めたほうがいいのかな。君にも長い間付き合ってもらってありがとう。おかげで晩年の生きがいを作ってくれたよ。君も若いんだから、いい人を見つけて結婚してくれ。勝手なことを言うようだけど……」

進一はそう言いながら、裸のまま背広のところへ行った。そして内ポケットから封筒を取り出した。ベッドに帰ってくると、ベッドの上に正座をするので、裕子も慌てて起き上がり、これも裸で座りなおした。

「ここにわしの気持ちが入ってる。決して手切れ金というわけではないが、何かの足しに使ってほしい」

そう言って進一は裕子の太ももの上に封筒を置いた。

「ええっ、いただくんですか。なんですかこれは」

「開けてごらん」

封筒の中には小切手で一千万円が入っていた。裕子は目を見開いて、桁を間違えないように数えている。

「こんなにたくさん！　いいんですか、こんなことしていただいて。どうしましょう」

うろたえる裕子の手をつかんで進一は、

「これからは、わしの娘として付き合ってくれ。頼むよ」

と言った。

進一の目頭が濡れていた。

中小企業相談センター事件簿

ファイル01［内部告発］流通の裏側

紅葉と濃い緑が、山肌に競うように顔を出していた。この辺りは紅葉の名所だが、まだ見ごろを迎えていない。湖岸に沿っては、柳の巨木にまといつくように葦が伸び始めていた。

湖上の観光船やモーターボート、ヨットの類もすっかり影を潜めた、静かな湖北の秋の昼下がりであった。

水かさの増した葦の茂みに、女の死体が流れ着いていた。茂みに上半身を突っ込むような形で浮かんでいた。スカートから出ている両足は白かった。

発見したのは近所の子どもたちだ。湖岸に魚の手づかみに来ていて死体に出くわした。

「わあっ‼　わあっ‼」

「人が死んでる!!　浮いてる!!　だっだっ誰かあ!!　来て!!」

検視の結果、死後十二時間以内。水を飲んで窒息死しているところから溺死と断定された。しかし女の身元を示すものは何も出てこなかった。全国の警察署にも該当する捜索願はなかったという。

遺体は身元不明のまま荼毘にふされた。

「中小企業相談センター」顧客第1号

杉山は勤めていた経営コンサルタント会社の「経営戦略研究所」が解散し、解雇された機会に、独立して新しく「中小企業相談センター」を設立した。社員には、マネージャーとして以前の部下だった小西と、ほかにアシスタント兼事務員の女子一名という最小人員である。

また、経費を最小限に抑えるために、事務所は杉山の自宅の離れを使い、常勤の事務員のみ給料として、小西マネージャーと杉山社長はわずかの固定給と、あとは出来高払いでスタートすることにした。

この相談センターは、通常の経営問題以外に経営者の悩み事の解決にも当たり、ときにはアドバイスに留まらず直接的な手助けをすることもあえて辞さないということにした。

スタートは桜花爛漫の四月であった。

設立の翌日から、「経営戦略研究所」時代の人脈と、商工会議所や経済団体に挨拶を兼ねて営業活動に飛び回った。まだ新しい依頼は何もなかったが、お世辞もあったのだろうが、中小企業の孤独な経営者の味方になって、問題解決に当たってくれる民間の機関があるということは心強いと喜ばれる一面があることも分かった。

一週間ほどして、杉山が以前コンサルタントをしたことのある山崎産業の篠塚専務から電話があった。頼みたい仕事があるということだ。

うまくいけば相談センター開業第一号の仕事だ。杉山と小西は胸を躍らせた。

アポイントをとるとき、篠塚専務は、

「会社で会うのはちょっとまずいから、そちらへ伺います」

ということで、相談センターに即日やってきた。

「おお、和室の事務所とは趣があるねえ。これは杉山社長のこだわりがあるのですか」

「いやいや、金がないもので、自宅の離れを使うことにしただけですよ。ま、日本庭園を前にして、建物もビルの一室より落ち着くような気はしますがね。また、ご休憩にお立ち寄りください。おいしいコーヒーでも淹れますから。……ね、高木君」

高木はアシスタント兼事務員である。

「はい、頑張って淹れます」

「結構ですな。私も気に入りました」

そのコーヒーが出て一息入れると、篠塚専務は切り出した。

「以前、杉山先生にお世話になった管理会計システムは、山崎産業の本社ではできたのですが、子会社ができていないので、それをお願いしたいと思いまして。……特に今回は山崎流通株式会社を考えています。この会社は本社の山崎勝蔵社長の次男で山崎俊夫というのが社長をしていますが、私どもの取り扱っている日用雑貨品の中でもスーパーやコンビニなど量販店を対象にしている会社ですが、業績は近年好調で子会社の間ではトップになっています。以前から社内で本社の経営企画室などが管理会計システムの指導もしているのですが、経理の担当者はすぐに理解してくれるものの、営業とか業務、倉庫など各部門の理解が不十分でなかなか浸透しないので困っています。お願いできますか」

「喜んでやらせていただきます。管理会計はリアルに経営の実態を把握して全社員に経営参画の意識を持たせるのには欠かせないものですから、頑張ってやらせていただきましょう。いつからにしますか」

「ちょうど新年度ですから今月からお願いするとして、どれくらいの日数が要りますかね」

「そうですね、全社員へ徹底する期間を見て半年間ですか。担当に小西を付けさせていただきます。管理会計システムは彼の得意とするところです」

「それから……ちょっと杉山社長のお耳に入れておいていただきたいことがあるのですが……それがお恥ずかしい話なので、社外の方にはご内聞にお願いします」

「なんでしょうか」

「実は、先ほども申しましたように、山崎流通は私どもの山崎産業の取り扱う日用雑貨を量販店に絞って販売しています。スタートした当時は街の雑貨店さんのルートや、食品店向けの問屋さんのルートが圧倒的に強かったのですが、今では量販店の売上がわが社ではトップになっています。山崎流通は子会社でありながら本社の業績を抜いてしまうことが多くなってきました。それだけにこの山崎流通を担当している山崎俊夫社長の存在感が大きくなってきまして、経営会議での発言力も強いものを持ってこられました」

「なるほど……」

「それはいいのですが、実は山崎流通の社員というだけで匿名の内部告発が勝蔵社長のもとへ来ました。何か会社の会計処理で不正行為があるようだということで具体的なことは書かれていないので分からないのですが、本社のほうで調査をしてほしいということだったようです。本社の山崎勝蔵社長は、内部監査役がいてチェックしているのだから間違いはない、と断定されたのですが、その後、私が社長の長男の彰常務から内部監査役とは別の角度から調べるようにと内々の指示を受けました。もし、不正行為があったとしても、表沙汰にできるものとできないものがあるとは思われますが、この管理会計システムを取り込む作業の中で帳票類のチェックもしていただいて何か発見できないものかと思いまして……どうか、表には出さないように注意していただいて、この不正の発見もあわせてお願いしたいのですが」

篠塚専務の話は少々回りくどい。

「うーん、なるほど。うまくいくかどうかやってみなければ分かりませんが、全力を挙げて努力してみます。小西マネージャーには本来の管理会計の指導を当たらせて、私はただいまの篠塚専務からのご依頼の件を中心にやりましょう」

コンサルタント料は通常の料金の倍額ということになった。手数料の増額以外に口止め料も入っているということだろう。

杉山社長から山崎流通の受注内容を聞いた小西は、コンサルタント料が異常に高いのに驚いた。

「いずれ説明するが、管理会計システムの採用ということ以外にもう一つの依頼事項がある。そちらは追々僕がやるから、小西君は管理会計導入のいつものパターンでスケジュールを立ててくれ。これが山崎流通の全体の組織図だ。また、今年の方針書も一応はできている。検討しておいてくれ」

中小企業相談センターの第一号の仕事である。小西は山崎流通の全社員数、百五十人を対象にした研修スケジュールと、実務指導の計画を策定した。社員のレベル次第では半年では難しいので十ヶ月の提案になった。

小西マネージャーが山崎流通を訪問したときは、本社の篠崎専務に、流通の山崎俊夫社長と業務部長の清水晴子が応対した。

山崎俊夫社長は当地の青年会議所のメンバーである。三十歳後半の機敏な行動派青年社長というイメージであった。容貌も引きしまり聡明な印象を与える好青年であった。

小西はこういう相手は苦手だ。

(何かこの男には欠点があるはずだ。こういう男は全面的に信頼してはいけない)

と早速に決め付けた。

「……清水君は業務部長です。ほかに営業、経営企画、管理等も当然加わりますが、今回の管理会計システムの導入という作業は、統括責任者として清水君に担当してもらいます。全体的なことは清水君と直接お打ち合わせください」

俊夫社長は清水をそのように紹介した。

清水部長も賢そうな表情をしている。俊夫社長と並べてみると、外見を気にする山崎流通の企業イメージが分かってくるような気がした。

小西は用意してきた「管理会計導入企画書」を配って説明を始めた。

管理会計導入の目的、全社員の経営参画のあり方、部門別・階層別会議などの勉強会、年度計画、三ヶ月先行管理、月次決算等など、経営状況の日常的掌握の必要性と、それらを社員がマスターするプロセスが書かれていた。

小西の概略説明で清水は、

「詳しくは私もこれから勉強しますが、全体の流れは理解させていただきました。社員を集める日程とか部署別とかスケジュールを教えてください」

篠塚専務は、

「じゃ、俊夫社長よろしくお願いしますよ。また何かあればおっしゃってください。私はこれで失礼します」

と、席を立った。続いて俊夫社長も、

「僕もちょっと出掛けるので、あとはよろしく頼む」

と席を外した。

小西はその日、半日を掛けて清水晴子と打ち合わせをした。清水は女性ながら部長に就任していているだけあって理解は早かった。途中で事務員にコーヒーを淹れさせ休憩もした。

「清水部長はお勤めになって長いのですか」

「ええと、五年目かな……そうですね、五年目です」

「それで部長にご就任とはお見事ですな。途中ご入社の動機はスカウトだったんですか」

「まあ、……お誘いを受けてということです」

「前職はどういうお仕事でした？」

「なんだか面接試験みたいですね。……外資系の商社に勤めていました。私は主に営業の畑でしたから、管理面は素人なんですよ。社長に中小企業は万能選手やないとあかんとか言われて目下修行中です。今回の管理会計の導入は私にとってもいい勉強になります」

「いやぁ、そうですか。清水部長のような優秀な方と一緒に仕事ができてありがたいです」

最初から小西は、清水晴子に好感以上のものを持ってしまった。

翌週からコンサルタント業務は始まった。

まず各部門から今回の研修の中心になる代表者を一人ずつ集め、「管理会計導入推進委員会」を作り、研修の準備作業を開始した。

最初の作業は、現在使われている全社の帳票類を集めることから始めた。商品が発注されてから出荷され、集金されるまでの全体の流れを大きな図表に書き出した。

それができたところで各部門別に順次全社員を集め、管理会計システム導入の必要性や意義を繰り返し伝えた。そしてシステム図の誤りや、抜け落ちている部分がないかを検証し補充をした。

これらの作業にほぼ二ヶ月を要した。

三ヶ月目からは、この現在のシステムをどのように変えるのか、それはなんのためにするのかをよく飲み込ませるために、「管理会計導入推進委員会」十二名の泊り込み研修を行った。

宿泊研修は郊外に離れた里山の民宿を当てることにした。この人里離れたひなびた民宿は、春の桜や秋の紅葉シーズンに入ると連峰の山々や真下を流れる渓谷が美しく、観光客や釣り客を惹きつけていたが、シーズンオフの今は閑散としている。

この宿泊研修には山崎社長をはじめ役員や、相談センターから杉山社長も参加した。また、清水部長の補佐として業務課の女子社員も同行した。

研修会は午前十時から開始され、管理会計導入により伝票の流れや形式を変える箇所と理由を説明し、質疑応答を行った。

昼食にはこの民宿の鮎料理が出た。宴会は夜にということで酒席にはならなかった。しかし、杉山社長や小西マネージャーと山崎物流の幹部との会話も弾み、一人ひとりの性格を知ることで、今後の進め方の参考になる。

午後は取引先の与信等の管理システムの改革をした。この部門は相談センターでは小西に代わって杉山が担当する。まず全得意先の年間売上高を金額順に書き出した一覧表を基にして上位からＡＢＣ順にランク分け、次に利益高順に並べてこれも上位からＡＢＣ順にする。そして最後に興信所の調査を取り出し、信用度の高い数値から並べる。

「このＡＢＣ分析の結果で、いろいろな対策を重点的に打っていきます。たとえば三層管理で、社長が挨拶訪問をする先、管理職でよい先、情報の収集も同じです。今までＡＢＣ分析はおやりじゃなかったですか」

営業本部長の増岡常務が答える。

「今も上位三十社の業績の管理は一覧表にして見ていますが、あまりＡＢＣ分析として特別なことはしていません」

「分析のデータを基にしてマーケティングの戦略などに生かしてください。……では、次に仕入先の分析もやりましょう。購買部門で資料はできていますね」

「全取引先の一覧表は作ってきました。ただ、年額を月平均で出してますが、全部の取引先が毎月コンスタントにあるわけではありません。購買の金額と支払い条件、主な取引品目を書き出しました」

購買部長の大倉が書類を出してくる。これも膨大な件数である。

「取引先が多いですね」

「商品によって、競争させるために二社、三社で購買しているのもありますから」

仕入先の分類も購買金額でＡＢＣ順に表にまとめた。その横に取引条件、主な購買物件を書き出した。Ａランクの上位には大手総合商社とかプラスチックの成型メーカー、金物の大手問屋など、知名度の高い企業が多かったが、五位に挙げられている奥田興産株式会社は杉山もまったく知らない企業であった。しかし、当社の仕入金額は月平均二億円余りになっている。品目はプラスチック製袋類とあった。

杉山は表を見ながら、

「奥田興産は取引が多いですね。お客さんの持ち帰り袋が主ですか」

「そうです。量販店さん向けの主力商品ですから」

これは清水晴子が答えた。

「奥田興産の本社はどこにあるのですか」

杉山が顔を上げて清水に向き合って聞いた。

「本社は……大阪です」

「問屋さんですか」

「ええ、中国産の商品が多いので輸入商社の代理店のようです」

「ああ、輸入品ですか。だから手形サイトも九十日と短いのですね」

「そうです」

瞬間的に一座は静まった。

杉山も黙って頷きながら次の書類に目を通していった。

清水は社長の方を見たが、社長は俯いて知らん顔をしている。

一日目の午後は取引先のＡＢＣ分析で終わった。

夕食には多少の酒が出て賑やかにはなったが、騒ぐというところまではいかなかった。

山崎社長は、経済団体の会合があるということで、食事前に中座した。

杉山は隣席の大倉購買部長に機会を見て話し掛けた。

「奥田興産はこの業界では強いのですか」

「いやぁ、そんなことはないと思います。中国から輸入をしているのは別の商社があるのです。奥田興産はその商社の商品の専売権でも持っているのかな」

「奥田興産は営業活動で山崎流通を訪問することもありますか」

言いながらふと清水のほうを見ると、彼女は慌てて目を伏せた。杉山が大倉と話をしているのが気になるのか。

「いや、奥田興産の人は来たことはありませんね。その中国の輸入商社の営業マンは来ていますが」

「杉山社長、何か奥田興産に気がかりな点でも？」

大倉部長の隣に座っている増岡常務取締役営業本部長から声が飛んできた。

「いや、そういうわけではありませんが、中小企業でなかなか力を持っているところがあるのに驚いているのです」

「買い物袋を中国で最初に作らせたのは、たぶん奥田興産でしょう。うちは古い取引先ですから」

「よく分かりました」

杉山はそれ以上、奥田興産には触れなかった。しかし、山崎流通が取引をするのには少々胡散臭いものがあると感じた。


翌日、早朝からラジオ体操と朝礼をした。里山とはいえ山間地の七月の早朝は、身が引き締まる心地よさがあった。二日目は日曜日なので親戚や地域の用事で差し支えて欠席するものが出て、出席者は十名になった。

午前中、管理会計で改まる帳票類について意見交換や、余った時間を山崎流通の未来像などについて、これは意見交換というより雑談になった。その雑談の中で岡田という業務課長の発言が杉山の印象に残った。中年の目立たないサラリーマンタイプの男だが、

「わが社は、山崎グループの一子会社ですが、グループ全体もそうだと思うのですが、他社のことは私も分かりませんので別として、この山崎流通ははっきり言って家族経営の延長のような気がします。社長を中心にしてまとまっていていいのですが、反面、能力のある社員がその個性を伸ばすことが難しくなっていると思うのです。つまり典型的なピラミッド型の構造で、管理職の権限として委譲されている部分が少ないのです。それぞれの部門が切磋琢磨して自分たちが作った計画に全力を挙げて挑戦する、そういう気概が、たとえば事業部制に変えればもっと出てくるのではないかと思います。社員の関心が社長に集中するのではなく、外へ向かって遠心力を発揮していくほうが、会社の活動範囲が広がっていくと思うのですが」

岡田の発言が正論であっても、現在の山崎流通からすればかなり過激な意見であった。社長は欠席していたが、役員は二人残っている。ちょっと座がしらけて沈黙が続いた。

「どうですか、岡田課長の意見に対して何かありませんか」

と杉山。

「ま、それはいろいろな意見があると思うが……」

増岡常務が穏やかな口調で話した。

「山崎グループは現在七社に分かれている。わが社を筆頭にそれぞれがグループ全体の経営理念に沿って経営計画を立て、いわば独自路線で進んでいる。これは事業部制よりもっと進んだ分社制なんだ。もちろんわが社はオーナー会社だから、山崎家の一族が経営権を持っておられるのは当然のことで、岡田君の意見は組織全体の中では既に実践されていることなんだ。君もその中で頑張って、山崎流通に岡田あり、と存在感を示してもらうべきじゃないかな」

その場は岡田課長も笑って終わった。

その後雑談が続き、午前十一時に「管理会計宿泊研修会」は終了した。


翌日、相談センターで杉山と小西が打ち合わせをした。

「社長、管理会計の進捗具合をどう評価されますか」

「まあまあ、だな。小西君の奮闘の成果は評価するよ。ところでこのコンサルを引き受けたとき、表面上のこと以外に表に出せない依頼事項があると言ったな」

「聞いていました。なんですか、それは」

「うん。そのときの篠塚専務の話では、山崎俊夫社長の下で何か不正が行われているようなので調べてほしいということだった。山崎流通の社員と思われるものから、山崎勝蔵社長、これは山崎産業本体の社長だが、ここに内部告発の手紙が届いたそうだ。長男の山崎彰常務と篠塚専務が呼び出されて、『俊夫社長が商品の仕入れの段階で不正行為をしているようだが、山崎流通の社内ではそういう調査はできないので、本社でやってほしい』という内容を知らされたようだ。ただ、勝蔵社長は最初から大変怒っていて、『俊夫がそんなことをするはずがない。内部監査役が手抜きをしているのか。もっとしっかり監査をやれと言っといてくれ』そう言ってその告発文を破ってしまったそうだ。後日譚だが、社長が確かに破ってゴミ箱に捨てたはずのその告発文が、社長の帰った後にはなかったという。社長がゴミ箱から拾って持って帰ったらしい。

それで彰常務から相談を受けた篠崎専務が、相談センターに相談に来たというわけだ。具体的な不正行為は見当がついていない。その告発文にも具体的な指摘はなかったようだから、別の理由をつけて調べることしかできない。社内で動けば当然、俊夫社長に分かるわけで一騒動になるだろう。彰常務もその辺を気にしておられたという」

「それで、その調査もうちでやれというのですか」

「そうだ。今まで山崎流通の帳票システムの全貌を調べたわけだが、その途中でおかしいと感じるようなことは特別にはなかったか」

「特にありませんね。手書きの伝票ではありませんから、売上伝票だけ発行して控えを破るというような、古典的な不正行為はできませんから。また、商品在庫の少ない会社ですが、期末の在庫調査で落としていたのもわずかでした。調査中も狼狽しているような者もいなかったですね」

「そうだろうな。誰にも分かるような表面的な犯罪行為になるようなものでなく、社長が特定の社員を手なずけてやるのなら、もっと深いところでやるんじゃないか」

「そんな可能性はありましたか」

「無きにしも非ずだ。……あの、仕入先のＡＢＣ分析なんだが、これはまったく僕の勘だけど、五番目に出てきた奥田興産、どうもこれが胡散臭い。奥田興産という会社は幽霊会社じゃないかね。会社名鑑はもちろんだが大阪の商工会議所の会員名簿にもない。もちろんインターネットのホームページにもない。そんなところから年間二十何億円も、山崎流通のようなところが買うかね。どう思う？」

「うーん。そうですね……幽霊会社臭いですね。このトンネル会社経由して仕入れてマージンを取るのか。ありそうな話ですね」

「小西君、一度、この奥田興産に直接当たってくれないか。ここに住所と電話番号と社長の名前がある。君が直接当たってくれるのとは別に、念のため信用調査も掛けておこう」

「電話番号がありましたら、ここで電話してみます」

小西マネージャーが掛けたところ留守番電話だった。その日何回か掛けてみてもすべて留守番電話である。

「小西君、山崎流通の君の信頼できそうな社員を通じて、奥田興産のことを調べてくれないか。決して露骨にならないように。こちらの思うとおり動いてくれる社員はいるかな」

「清水部長は？」

「社長とグルになっていないかどうかだ。彼女の部長という地位は異常に高すぎると思わないか。何か社長との間にあるとか」

「分かりませんが、私が見たところでは彼女はしっかりしています。確かに仕事もよくできます。人材の少ない子会社で未来の幹部として育てようという社長の気持ちも分かります。社長が抜擢人事をしたということで、逆に特殊な関係はないと見るのが本当ではないでしょうか」

小西マネージャーはこの二ヶ月ほどの間に清水部長のファンに成り下がっていることを、杉山社長は知らない。

「ま、君の言うことを信じて任せるが、管理会計導入のコンサルタントとしての立場をわきまえて全貌を悟られないようにやってくれ」

男女の秘め事

管理会計宿泊研修会が終わって四、五日経ったころ、俊夫社長の携帯電話に清水晴子部長から掛かってきた。

「おっ、珍しいやないか。清水君のほうから電話が入るのは」

「すみません。今、大丈夫ですか」

「大丈夫かどうか分からんが、今、兄貴と親父と話し中だ」

俊夫はちょっと勝蔵社長と彰常務の顔を見た。場所は会社の近くの居酒屋である。客もかなり入って騒がしい状態になっていた。

「じゃ、またにします」

「どんな用件かな。会社で済む用件なら明日は会社にいるし」

「会社で済む用件ではありませんが、明日の朝もう一度電話をします」

晴子は一方的に電話を切った。飲み屋で聞いてもらう話ではない。

（……かといって会社もまずい。会って話すにしても……いつものホテルがいい）

晴子は中小企業相談センターの、今のような介入の仕方が気になっていた。商品の仕入、売上そして商品の払い出し、それらの整合性が随分チェックされているようだ。それらの点はよかった。何も恐れることはない。その箇所では何も悪い事はしていないのだから。

しかし、宿泊研修会のときは奥田興産に質問が飛んでいた。

（やばいなあ）

奥田興産は関わりのあるものにとって命取りになる。俊夫社長の裏金作りの原点であり、晴子や晴子の兄にとってもその恩恵は計り知れない。しかし、何事も長続きはしない。特に悪事は。

（もう、そろそろやめないといけない。私もやめたい）

と、社長に言おうと思っている。

そのころ、居酒屋「かつくら」では山崎親子三人が酒を飲みながら真面目に話し込んでいた。この居酒屋は女将が昔、芸妓をしていて廃業し居酒屋を始めるとき、長年の贔屓だった勝蔵が金も出し、知恵も出して支援をした。それでその店の名前は「かつくら」になっている。女将とも家族の一員のような付き合いをしていた。

「わしは今年で七十五歳になる。お前たちもしっかりやってくれているから安心、と言いたいところだが、どうだ俊夫、社長業が少しは分かってきたか」

「今、やっていることが社長業だとすると、少しは分かってきたのかな」

「俊夫は社長業五年目か」

これは彰常務。

「俊夫には帝王学として勉強するために人材を付けている。増岡や大倉は頼りになるだろう。社員に現場の仕事は任せるにしても、彼らを掌握して付いて来させる器量は持たないといかん。愛社心と忠誠心とを育てていくのが、お前の仕事だ」

「努力してます」

俊夫は上の空の態度である。五年間の企業の業績は良かった。昨年は本社を抜いて利益を出していた。それは自分の社長としての功績だと思っている。勝蔵社長のお説教はいつものことで逆らう必要はない。

「社長の行動はいつでも社員から注目されている。身辺を常に綺麗にして人の噂になるようなことはしてはいかん」

これは兄の彰常務である。彰は温和なサラリーマンタイプだ。

「そんなことは分かってる。ちゃんとしてるよ、言われなくても」

「金銭の問題にしても女性関係にしても、特に社内ではいかん」

「分かってるよ。うるさいな！」

「おい、やめとけ」

勝蔵が割って入った。

「そんなところでやめておけ。俊夫も立派な大人なんだから、ちゃんと考えて恥ずかしくない行動をすればいい」

あとはしばらく無言で飲んだが、俊夫が、

「ちょっと用事があるから帰る。さっき電話があったろう」

と言って席を立ち、続いて彰も帰った。

勝蔵は女将を相手に一人残って飲んでいた。


俊夫は外に出ると晴子に携帯電話を入れた。もう十時を回っている。晴子は風呂から上がって鏡に向かっているところだった。

「社長！　うれしい！　ねぇ、都合さえ付けばお会いしたいの。今すぐでも、だめ？　このマンションにでも来ていただければ、晴子の身体も何もかもすべて捧げてお仕えします」

「なんだ酔っ払ってるのか」

「酔ってなんかいません。ねぇ、俊夫さん、お会いしたいの。抱いてほしいの、ねぇ、分かって、お願い」

本当に晴子は俊夫に会いたかった。相談センターの件もあったが、俊夫の顔から、身体、下半身を含めて、自分のものにしておきたいのだ。

「分かった。すぐ行くよ。準備して待っていてくれ」

何を準備するのか分からなかったが、ベッドを整えたり、風呂を入れ替えたり、部屋を片付けたりした。

俊夫はすぐにやってきた。晴子は裸の上にガウンを着て出迎えた。

そして、入って来た俊夫の首に両手を巻きつけ激しいキスをした。

「晴子、えらく燃えてるな。魅力的だが気味が悪いな。何かあったのか」

「ただ、俊夫さんが好きだっていうことをちゃんと分かってほしい。それだけです」

もう晴子は裸になっている。俊夫もシャワーを浴びにいった。晴子も付いていった。

「洗ってあげるわ」

俊夫と自分の身体にシャンプーを塗りつけ抱擁をした。晴子の全身を使って俊夫の身体を擦った。すっかり欲情した二人は石鹸を落とすとベッドに転がり込み、艶のある若い身体をぶつけ合い、

「俊夫さん、俊夫さんは絶対に離さないから。もう他人じゃない。夫婦よ。俊夫さんはご主人様よ。一生、妻としてお仕えします。ああ……」

「晴子！　晴子は僕のものだ。一生離すものか！」

言い交わしながら二人は果てたのだ。

晴子はしばらく俊夫の肩に顔を乗せ、空いた手を艶々した筋肉の俊夫の胸に這わせていた。身体の中を心地よい疲れが満たしていく。このまま眠れば穏やかな睡眠が取れるはずだ。

（ああ、幸せ……俊夫さんと結婚すれば、こんな幸せが毎晩あるのだろうか）

こんなときに晴子は、別れた夫がセックスレスだったことを思い出す。夫は不能だった。前戯ではよくても本番ではできない。しかもセックスそのものに嫌悪感を持っていた。

「晴子が嫌いじゃない。セックスが嫌いなんだ」

「一度、病院に行ってよ。私も行くから。このままじゃ子どももできないじゃない」

「絶対に嫌だ。子どもは要らん」

結局、

「文句があるなら離婚してもいい」

と言うのに呆れて離婚した。母親コンプレックスで同居の母親には甘えて、晴子には冷たかった。

（あれは男性ではなかったんだ）

年下でおとなしくて優しく家庭的でとか、晴子の期待していたものはすべて裏切られた。

…………

「晴子、今日、携帯くれたのはこのことだったのか」

「ええ。主たる用件はそうなんだけど、ちょっと俊夫さん、この場合は社長か、社長のお耳に入れておきたいこともあって、お会いしたかったの」

「第一の用件はこれくらいにして、清水部長の社長への用件というのを聞こうか」

「あのー」

と言いながら、晴子は、

「やっぱり、このままじゃおかしいから、起きるわ」

ベッドから起きて下着を着て、部屋着ながら一応服装を整えた。そしてお茶を汲みにキッチンに向かった。それを見て俊夫もネクタイを締め髪もとき、帰宅できるところまで用意をした。そして、二人はソファに腰を掛けた。

「ちょっと改まりすぎたが、なんだった？　話というのは」

「あの、この間の相談センターの一泊研修のときだけど、社長、何かお気付きになりませんでした？」

「何かとは、何のことや。特に気付かないな」

「奥田興産の件を何回かあの杉山社長が聞いていたでしょう。奥田興産とはどんな会社かって」

「そうだったかな」

「幽霊会社じゃないか調べているのと違います？　私はドキッとして平静を保つのには困りました」

「なんで、そんなことを相談センターが調べるのや。関係ないやろ」

「それならいいのですが」

「それより君の兄貴はどうしてるのや。奥田興産に電話をしても誰も出ないぞ。これじゃ誰が見ても怪しいと思うだろう。事務所にいないでどこをうろついているのだ」

奥田興産の社長は奥田隆二になっている。清水晴子の実兄であった。奥田は他家の養子に行って姓が変わっていたが、俊夫社長の同級生であった。同窓会で再会し、失業して困っているというので、これも同級生の中国製品の輸入商社の社長をしている谷沢と話をして、山崎流通が谷沢商事からプラスチックの製袋関係を購入する条件に、奥田興産という会社を設立してその口座に五パーセントのマージンを落とすという仕組みを作った。奥田興産株式会社の資本金は一千万円で、俊夫が六百万、谷沢が四百万の出資をした。事務所も大阪に古いビルの一室を借り、事務机や電話、応接セットなど一応は揃えている。

その事務所の留守番に奥田隆二が妹の清水晴子を紹介した。晴子は結婚のために貿易商社を退職したのだが、一年足らずで離婚をして独身のまま無職でいたのだ。その清水が事務所に常駐していれば安心だということだった。もっとも、その取引がスタートしても、山崎流通と谷沢商事との連絡は直接担当者間で行われ、中間商社の奥田興産からは納品書と請求書が届くだけで日常の取引にはまったく関係がなかった。その納品書も請求書も谷沢商事が発行していた。したがって、そのころの清水晴子は一度も山崎流通の社員とは会っていなかった。

奥田興産の架空の事業は問題なく推移していた。途中で清水晴子と肉体関係を持った俊夫が晴子に泣きつかれて、晴子を山崎流通に入社させた。奥田興産にいてもまったく用事がなかったのだ。代わりに奥田隆二が留守番をすることになっていたのだが。

晴子が山崎流通と関係ができてから五年余りが立つ。その間、奥田興産の売上は山崎流通の成長とともにどんどん拡大した。俊夫と谷沢は奥田興産がスタートのころは月給を百五十万円ずつ受け取り、売上が十五億を超えた三年前からは、二百万円に昇給している。奥田隆二には何も仕事をしないのであるから、口止め料として五十万円である。隆二は晴子がそうであったように、出社しても用事がなく身体を持て余してしまうので、依然として競輪、競馬、競艇に凝っていた。

「兄は給料はいただいているのですが、会社に出てもすることがないので相変わらず競輪、競馬です」

「奥田にやる気があったら、奥田興産の内部留保がたくさんあるのだから、何か事業でも始めればいいんだ。内容によっては谷沢や僕も力を貸すこともできるんだ。彼はいつから駄目男になったんだ」

「すみません」

「君の責任じゃないよ。……しかし、相談センターとかは気をつけんといかんな。そもそも管理会計の導入というのは、どういういきさつから始まったのか。晴子は知らないか」

「私は本社の篠塚専務に言われました。時間が経たないと損益がつかめない財務会計だけでなく、月次決算も二、三日でできる管理会計を子会社を含めて全社で採用することにしたい、その指導に中小企業相談センターをコンサルタントに入れるからということでした。なんでも杉山社長は以前勤めておられたコンサル会社で山崎産業の担当をしておられたことがあるそうです。このことは経営会議でもご報告しましたし、社長も了解しておられますものね」

「そうか、あのコンサルか……しかし、子会社全部に管理会計を入れるという計画だろう。奥田興産を調べるのに、そんな手のこんだことをするだろうか。とにかく奥田隆二に会って、毎日出社して席にいること、何か問い合わせがあれば谷沢商事の代理店をしていること、経費の節減のため実務はすべて谷沢商事に委任していること、それらをきちんと説明するように言っといてくれ。このことは昔から随分何回も言っていることだぞ」

「分かりました。明日にも会ってやかましく言っておきます。管理会計導入のほうは、どうしたらよろしいか」

「どうしようもないだろう。このまま今までどおり続けていけよ。ただし僕は相談センターの連中にはあまり会わないようにしよう。晴子もその件の相談は増岡常務にしてくれ。いいな」

「……ま、あんまり気にするな。心配しすぎると美貌が台無しになるぞ」

俊夫社長は十二時を過ぎたころに晴子にキスをして帰っていった。晴子は疲れきった顔をして、精神安定剤をいつもの倍の二錠を飲んで、ベッドに転がり込んだ。


翌日、相談センターの小西が、帳票類の改革で新しく作り直すため、新形式の案を持って山崎流通に来た。清水と二人会議室に入った。

だいたいのチェックを終わり小休止をしたとき、小西は清水にさりげなく尋ねた。

「あの、仕入先に奥田興産というのがありましたね。あの会社はどんな会社ですか、何を調べても載っていないので、ちょっと不思議に思うのですが、清水部長はご存知ありませんか」

「私ども業務部では、購買からチェック済みの支払指示が回ってきて払うだけですから、あまり知りませんけど、中国のプラスチック袋の輸入に当たって日本での専売権を持っている会社だそうです。実際に輸入をしているのは別の会社ですが、そこの日本代理店ではないですか。毎日の折衝ごとも直接その輸入商社としているそうです。……何か問題でもありますの」

「いや、私のところでは何もありませんが、奥田興産について調べておいてくれとの指示があるものですから、会社へ電話を掛けているのですが、いつ掛けても掛からないのですよ。社員の方もおられないのですかね」

「代理店としての権利だけでできている会社ですから、普段は誰もいないのかな。輸入商社は谷沢商事というのですが、そこに私どもの担当者がおられて対応しておられるはずですから、会社の用事はそれで済んでいるのじゃないですか」

「なるほど。清水部長は、社長の奥田……隆二さんだったっけ、会われたことはありますか」

「ええ、一、二度は会ったことはあります。私が部長になったとき事務所へお伺いしたか、こちらへ来られたかは忘れましたが、そのときご挨拶をしたように思います」

「どうすれば奥田社長にお会いできるのかな」

「それは私では分かりません。だれか窓口の担当者か、社長にでもお聞きになったらいかがですか」

「気楽紛れに清水部長にお尋ねしてすみませんでした。なんというか、私は腹を割ってお話ができるのは清水部長しかありませんので」

そう言って小西は照れている。

「いいえ、私でお役に立つことならなんなりとお申し付けください。分からないことはお答えできませんが、分かることはなんでもお答えいたします」

清水は小西を味方につけるべく、できるだけいい笑顔をつくって、小西が膝に置いている手の甲をそっと握った。

「ああ、どうも、すみません。変なことを言ってしまって……」

と小西はますます照れている。

その日の昼食を食堂でとりながら、清水は自分の推理が当たっていたことに困惑していた。食事が終わって、ちょっと屋外の植栽のところまで出て、兄の奥田隆二の携帯に電話をした。

隆二は珍しく携帯に出た。

「兄さん、どうしていたの、ぜんぜんご無沙汰ばかりで。相変わらず、賭け事三昧ですか」

「そう言うなよ。なかなかこうやって暮らすのも大変なんだぞ」

「そうですか。私には分かりませんけど」

「用事はなんだ」

「電話では話せないから会って話がしたいの。奥田興産の事務所でも、どう？」

「事務所はいいけど、いつがいい？」

「今日の午後三時ごろというのはどうですか」

「勤務時間中にか」

「今日は大事な仕事の話です。社用ですから約束は守ってください。よろしいか」

「分かった。清水部長に叱られそうでこわいな」

「そうです。注意を申し上げに行くのです。その覚悟をしておいてください」

「お前も偉そうになったな。それでは彼氏は見つからんぞ」

「それはそっくり兄さんにお返しします。では三時に」

清水は唇を噛んだまま、事務所へ帰った。


「なあに……この事務所、まったく掃除してないじゃない。こんな事務所じゃ何を言われても仕方ないわ。ちょっと兄さん、話の前に掃除しましょ。まず机の上のものゴミ袋に捨てて。ゴミの回収にも出してないのでしょう。こんな事をしておいて、する事がないから困っているって、どういうことなの」

晴子の苦情は、隆二ももっともだと納得はしながら、

「誰一人として訪ねてくるものもないのに掃除をしても意味がないからしない。合理的な判断だろう」

一応事務所の体裁を維持すべく、衣類を入れるロッカーも書棚も揃っている。コピー機まである。それらの備品には触った跡もなく、ただ机上にパチンコや競輪の合間に立ち寄っているのだろう、コンビニの包装や雑誌などが散乱している。

「合理的かというより感覚的に嫌なの。こういう状態を見ると居ても立ってもいられなくなるというのが、普通の感覚なのよ。……あらゴミ袋ないの？　兄さん、近所のコンビニでゴミ袋買って来て」

「人使いの荒い女だ」

二人で一時間あまり掛けて掃除をした。窓も拭いた。電話機も磨くようにして拭いた。

「これで、少しは落ち着いたわね」

ようやく晴子も二人掛けの応接セットに隆二と向かい合って座った。

「あの、ここへ来た理由は、掃除をするためでなく、きちんと兄さんに言って来るように

という社長命令で来ました。そのつもりで聞いてください」

「社長か、俊夫は元気にやっとるか」

「もちろん元気です。でもそういう態度でいいのですか」

「はいはい、威儀を正して拝聴します」

組んでいた足を解いて座りなおした。

「社長の話は突然のことだけど、最近この事務所が社長の裏金作りに利用されているのではないかという疑いをもたれているようだということ。そしてその調査を中小企業相談センターという組織が当たっているようだということ。この相談センターというのは、表向きはわが社の帳票システムの改善の指導に来ているのだけれど、油断できない怪しい動きもしているらしいの。だから兄さん……奥田隆二には、どこかからどんな形にしろ調査が入っても、いつも言っているとおりの回答をすること。それ以上の質問をしてくる者がいても、部外者の方にはこれ以上お答えできません、ときっぱり断ること。以上が、俊夫社長からの伝達事項です。……それに兄さん、事務所をあんまり空にしないほうがいいわ。何回電話を掛けても留守番電話とはどういうことでしょうかって、私にまで問い合わせがあったもの。何か兄さんお金にならなくてもいいから、趣味でもなんでもいいからこの事務所で仕事を始めてよ。……でも女性を連れ込んだりしては駄目よ」

「分かった、分かった」

要件だけを済ませて晴子は事務所を後にした。世間話などする気は毛頭なかった。

後に残った隆二にしてみれば、ここで毎日留守番をするのなら、パチンコ屋にも居酒屋にも飲み屋にも馴染みの女性がいたから、電話番号を教えてやろうと思っていた。

（ここでできる仕事などあるわけがない。俊夫の悪友がやっている風俗営業の人材紹介業でもやれというのか）

と、自嘲していた。

それでも隆二は晴子に言われて、事務所になるべくいるようにした。月給五十万円の手前もある。

一週間ほど経ったころ、意外にも俊夫社長から隆二に電話があった。隆二も俊夫社長には頭が上がらない。

「事務所を預かっていながら留守ばっかりしていて申し訳ない。一週間ほど前に晴子から叱られた。それ以来、きちんと出社してるよ」

「それはご苦労さん。特に仕事もないのに留守番だけしているというのは大変だろう。その点は理解してるのだが、詳しい話は清水君から聞いてくれたと思うけど、ここしばらくは我慢して事務所にいてほしい。問い合わせや連絡が入るかも分からん。……それより今日、電話をしたのは、ちょっと相談に乗ってほしいことがあるんだ。その事務所にいるのなら、こちらから出掛けるよ。そこなら密談には最適だろ」

「ああ、待ってるよ」

俊夫社長が訪ねてくるというのは、何年ぶりかのことである。お茶だけでも沸かそうとやかんを洗い、ボトルに入れたりした。

(相談とは？　まさか、この奥田興産のことがばれてやめようと言うのではないだろうな。俺は仕方がないにしても晴子がクビになったら可哀想だ。……いや待て、ひょっとして俊夫社長が晴子と結婚したいということもあるかな。どうも二人の肉体関係は長い間続いているようだし、相思相愛かも知れん。それならすごいことだが。……ま、会ってみないと分からない、ということか)

俊夫は車を飛ばしてやってきた。予想外に早く来た。

「いやぁ、ご無沙汰。いろいろ厄介なことを頼んで申し訳ない。うん、なかなか部屋は綺麗に片付いているやないか。掃除も行き届いているよ」

「社長ご無沙汰。一向に間に合わないのに迷惑を掛けっぱなしで、申し訳ない。それに晴子までいろいろ面倒を見ていただいてありがとう」

「いや、清水晴子君は言っちゃ悪いが、兄貴とは全然違って本当によく間に合うよ。兄貴には出来過ぎた妹だ。だから山崎物流では何人も飛ばして部長職についてもらっている。面倒見てもらっているのはこっちだよ」

「ありがとう。……今日の相談というのは、何かな。社長に相談なんていわれるとびびってしまうよ」

「実は、ちょっと言いにくいのだが、同級生に免じて聞いてほしい。今、清水君の話も出たが、僕は本当に彼女の会社員としての実力は認めている。山崎物流では取締役の地位も保証されているようなものだ。その認識は絶対に変わらないのだが、実は僕は今、結婚を前提に付き合わざるを得ない人がいて、いずれ近い将来に僕はその人と結婚ということになると思う。そのことで言いにくいのだが、僕も晴子に惚れていて、彼女も僕のことを思っていてくれている。そんな関係になっているのも事実なんだ。こんなことを兄である隆二君に言って申し訳ないのだが、もちろんこの問題は僕と晴子との問題だから二人で話し合うべきことなんだけど、彼女との縁ができたのも、この奥田興産の社長である隆二君の出会いから始まったことなので、もし晴子と僕の話がこじれて奥田一族と絶縁状態にでもなったら大変なことなので、隆二君の智恵を貸してほしいと思ってきたんだ」

「えっ、どういうことかな。晴子との関係をどうするって？」

「それは晴子が決めることなんだけど、晴子との関係に関わらず、僕は別の女性と結婚するということなんだ。そのことを晴子に、まあ、いわば告白しようと思うんだけど、事前に隆二君の意見というか、了解を得ておきたいと思って」

「俺の意見といわれても、それは晴子が決めることだし、そのことと、この奥田興産のこととは関係はないのだろ」

「それはない。晴子がどんな反応をするか分からんが、この奥田興産の存在はまったく別の次元の問題だ」

「しかし、晴子にとっては、それは、ショッキングなことだろうな。俊夫社長一辺倒だったから耐えられることかどうか」

「ああ、僕も困っているんだけど……場合によっては隆二君の方から、晴子に因果を含めてやってもらうことはできないかなぁ」

「そりゃ無理だ。男女の関係はすごくデリケートなものだし、場合によってはとんでもない結果になるかも知れん」

「おい、脅かすなよ。晴子が取り乱してとんでもない事をしでかしそうなときには、兄であり奥田興産の社長である隆二君が身体を張って止めてくれんといかんのと違うか」

奥田隆二は俊夫の話を呆れて聞いていた。晴子の兄としてぶん殴ってやりたいところだが、毎月遊んでいて多額の月給を受け取っている以上、我慢、我慢、と自分に言い聞かせるしかない。

「そのときになってみないと分からない。とにかくこのことは、君……社長の個人的な問題だから、社長自身の手で穏便に収めてもらうしかないね」

「おいおい、水臭いことを言うなよ。君と僕の間じゃないか。それに君はこういう男女関係のもつれたときの解決は大ベテランだろ」

「そりゃ別の話だ。俺の妹の話なんだから、言わば俺は当事者の一人だ。間に入って丸く治めるなんてことはできん」

「そうかい、分かったよ。頼りにしてきたんだけど、こっちの間違いか」

俊夫は、まだ怒り心頭に発している隆二の気持ちが読めていない。

「じゃ、帰るよ。何かあったら連絡してくれ」

のん気なことを言って帰っていった。


「小西君、何かつかめたか」

毎週の打ち合わせ会に、杉山社長が尋ねた。

「申し訳ありませんが、清水部長に奥田興産のことについて話題を投げ掛けただけです」

「どう言ってた?」

「中国の輸入商社が奥田興産を代理店に使っているということを聞いているだけで、自分は購買の担当者ではないので、それ以上は分からない、ということでした。何かもっと知りたいことがあるのであれば協力しますって言ってくれましたよ」

「うーん。化成品大手の役員に聞いてみたのだが、中国産のポリエチレンの袋に、特許が絡んでいるなんてことはないということだ。それに、谷沢商事はプラスチックの商社で、中国産も扱っているのは知っているが、奥田興産は名前も聞いたことはない、と言っていた」

「社長と担当とが組んで悪事をするとすれば、幽霊会社を使うのは当たり前かも知れません。奥田興産を調べればすぐに分かることですね」

「ああ、奥田興産からの仕入高は、仮に五年間としても百億はあるだろう。その五パーセントとすると五億円だ。どんな分け前になっているか分からんが大きい金額だ」

「中国産とはいいところへ目をつけましたね。国産より安いに違いないから、少々マージンを上乗せしても目立たない。そういうことですね」

「小西君、管理会計のほうはどこまで進んでいる?」

「今、作り直す帳票類は、印刷中です。パソコンのソフトも並行して替えていっています」

「もう後半戦か」

「社内でも直接担当する者の理解はできていますし、新しい伝票に変わればスムーズにいくと思います」

「そうか、管理会計は半年で終了か。契約は十ヶ月だったが」

相談センターへのその他の依頼も照会事項も今のところ来ていない。商工会議所に提案しているのは「第二創業セミナー」五回シリーズである。社会が変わり産業が変わってくると、特に下請け一本の中小企業は、次の仕事を探しておく必要がある。その事業転換のことを第二創業というのだが、五回シリーズ三万円で、どれくらい受講生が集まるか分からない。

「小西君、時間的に余裕が出てきたら、こちらも手伝ってくれ。一回ごとのテーマと講師の最終案だ。高木君に協力してくれ」

「いいですよ」

と軽快な返事をしたが、小西はその日の夕食を清水晴子から誘われ浮き足立っていた。

「……小西先生の博学を聞かせてください。私、小西先生のタイプに弱いのです。一度お礼を兼ねて、夕食でもご一緒できませんか」

昨日、印刷物の校正を清水と二人でしているとき、あの笑顔の少ない、いつも真正面から仕事に取り組む清水部長が、その時はちょっと媚びた笑顔をした。小西はそれだけで舞い上がってしまった。

「えっ！　本当ですか。うれしいな。喜んで！　場所はどういったところがいいですか」

「私の知っている店がありますので、私のほうでエントリーさせてください。ニュージャパンホテルのロビーで待ち合わせということで」

「それは、すみません。……いつにします？」

「明日では駄目ですか。時間は七時ということで」

「いや、結構です」

「それじゃ、そうしましょう」

一瞬の間に決まった。

小西は自分に言い聞かせた。

（奥田興産の情報を取るためにも必要なことなんだ）

小西は約束の七時が待ちきれず、六時過ぎからニュージャパンホテルの喫茶に腰を据えていた。ホテルは観光もかねたシティホテルであったが、喫茶のほうは比較的空いていた。コーヒーを飲んでしまった小西は時間を持て余し、うろうろと入り口のほうに目をやっていると、期待していた清水晴子が入ってきた。通勤着を着替えてきて、黒を基調にしたワンピースに大きい模様の入ったストッキングまで、ファションモデルのようだと小西は思った。イヤリングやネックレスがきらきらと目立った。

「あら、小西先生。いらしてたんですか」

「ちょっと早すぎたのですが、待ちきれなくて来てしまいました」

「うれしいわ。私も三十分早く来ました。……今日は先生、ごゆっくりできるんでしょう」

「一人暮らしですから、今日は仕事もありませんし、何時まででも大丈夫です。清水部長もお一人ですか」

「バツイチですが、独身です」

「そうですか……」

小西もコーヒーを追加しての会話だったが、小西のほうが上がってしまっている。晴子はそんな小西を愛おしそうに見ている（と、小西は思いたかった）。

「先生、私のような出来の悪い生徒を持って、お仕事ではご苦労していただいているでしょう」

「いやいや、清水部長の頭脳明晰なのには驚いています」

「あら、お気遣いいただいてありがとうございます。……それに会社の外では、晴子って呼んでいただけません？　私も先生のことを（勇さんでしたね）勇さんって呼ばせてもらいますから」

「いやぁどうも、じゃ、晴子さん、これからも長いお付き合いをお願いいたします」

「勇さん、こちらこそ長いお付き合いを」

晴子はそこでウインクをした。

それからの会食も小西は夢中だった。好きなものは何かだとか、休みは何をしているかだとか、趣味は、未来に掛ける夢は、とか話題に限りがなかった。

「ねぇ、勇さん、奥田興産について何か分かりました？」

食事中のビールやワインでかなり酔いが回ったときに、さりげなく晴子が聞いた。

「奥田興産？　まったく分かりませんよ。しかし、調べれば分かることですから」

「調べるって何をですか」

「いやぁ、幽霊会社かどうか調べているのですよ。誰かが裏金を作るときに会社を一つ作ってマージンを落とす。その金を着服するとか。……いや、これはまずい事を言ったかな。晴子さん、あんたを信頼して、と言うよりあなたの愛を信じていったことですから、仕事の上では何も聞かなかったことにしてください」

「もちろんよ。勇さんと私の間だけの秘密。……そんなことを社外の勇さんがなぜ調べているの。誰かに頼まれたわけ？」

「本社の篠崎専務だったかな。……晴子さん、その話はやめましょう。それよりももっと個人的な話をしよう」

そう言って勇は、テーブルに置かれている晴子の手を優しく握った。晴子も握り返す。

「そうね……でも、関係のない私でも気になる話ね。社内の誰かがって、当然役員か部長級の幹部でないとできないことだし、やりそうな人は誰かしら」

「それは僕も聞いていない」

「ね、好奇心だけだけど、もっと詳しく聞かせて。お願い」

晴子は勇に握られた手をゆすって、しつこく催促する。

「晴子さん、君の言うことを聞いたら、何かお返しをいただけますか」

「いいわよ。私でできることならなんでもお返しするわ」

「キスとか身体とか、でも？」

勇は、とろんとした目をして尋ねる。

「いいわ、私も望むところ」

「本当!?　じゃ知ってること全部教えてあげる。……あのね、このことの発端は、本社の山崎産業の社長のところへ内部告発があったそうだ。それで、篠崎専務が社長特命で調査を命じられたんだ。子会社の出来事を本社の社長に直訴するというのは、その内部告発の本人は、山崎流通のトップクラスを疑っているのじゃないかな」

「まあ！　そんなことまでなってるの。……その内部告発をした人の名前は誰？」

「ちょっと待った。これ以上は、ホテルの部屋を取って、シャワーを浴びて、それからにしようよ。交換条件だろ。僕が部屋を取ってくる。いいね」

晴子は、内部告発をしたものが誰かを確かめなくてはいけない。誰がどんな内容で書いたものか知りたい。俊夫社長の一大事でもある。自分の兄の隆二も、場合によっては自分の運命も！　勇とセックスをすることになっても、そのことに対しては特に抵抗感はなかった。むしろ、身体の一部が疼いてくる。

(俊夫さん、ごめんなさい。でもこれは大変なことなんだから、仕方がないことなの)

そこへ勇が帰ってきた。

「部屋、取れたよ。すぐ行こう。晴子の気の変わらないうちに」

「本当に今夜するの？　勇さんて気が早いのね」

勇に腕をとられて晴子も立ち上がった。つい、勇の肩にもたれかかってしまう。誰が見ても恋人同士であった。

翌日、いつもと同じように、小西マネージャーと清水部長は印刷所から上がってきた帳票のチェックを続ける。

二人は、

「おはよう」

と挨拶をしたが、二人とも照れ笑いをした。小西は心からうれしそうであったが、清水部長の笑顔は短かった。

その日は午前中でチェックを終わった。

「じゃ、今日はこれで。次は各部門の担当に徹底する会議だね。日程のほう、組んでおいてください。ほかになかったですか」

「管理会計のほうは何もありません」

と言って晴子は意味ありげに笑った。

「あちらのほうはもっと頑張ってやりましょう」

小西もうれしそうに帰っていった。

小西を送り出して、清水は会議室から俊夫社長に携帯を入れた。

「ああ、清水君か」

「今いいですか」

「社長室で一人だ。いいよ」

「ぜひお耳に入れておきたいことがありまして、それも急ぎますから今夜でも会えませんか?」

「今夜か……経済団体の会合があるんだけど。その後でもいいかな」

「何時ごろですか」

「後の二次会に出なければ、九時ごろにはオーケーだよ」

「では、いつものホテルで待ってます。部屋の番号はまた携帯にします。きっと来てくださいね」

俊夫は、晴子に自分が結婚することを言わなければならない。晴子と結婚の約束をしたわけではないが、いつも愛の告白のようなことを晴子は言っていた。

(夫婦と、セックスフレンドとは別のものだということが、晴子も分かるだろう)

しかし、なんとなく気は重かった。

清水部長は事務所に戻っても上の空である。

「清水部長、大成商事の営業課長から電話が入っています」

受話器を持って声を掛けてきたのは、岡田業務課長である。

「もしもし、清水部長ですか。随分ご無沙汰してます。大成の栗田です。今も岡田課長にもお願いしていたのですが、今度の私どもの見本市にぜひひとも……」

大成商事の話は続いていたが、清水はほとんど聞いていなかった。電話をしながらふと、顔を上げると、岡田がこちらを見ている。視線が合って、岡田は慌てて目をそらせたが、清水には何か胸に刺さるものがあった。

（もしや、あの岡田課長が、内部告発をしたのでは……）

特別理由のあるわけでもないが、日常、清水部長には冷淡な態度をとることが多い。岡田の部長昇進を清水が横取りした、そんな恨みでもあるのか。

電話は反射的に応答をしながら切った。なるべく岡田とは接触しないようにしようと思う。日ごろ管理会計導入に時間を取られていたので用事が溜まっていた。


その夜、俊夫社長とのデートの場所である、隣の市のシティホテルに、会社が終わるとすぐに出掛けた。ホテルのレストランで一人で食事をした。そして部屋から俊夫社長の携帯にルームの番号をメールで入れる。

ベッドに転がりながらテレビを見ていて、こんな贅沢がいつまで続くのか、不安になる。

奥田興産が消えて、社長の責任はどうなるのか、そして、私は……？

相も変わらず、堂々巡りの心配事である。

（それより俊夫さんは、私のことをどう思ってるのか。好意を持っていてくれることは間違いないのだが、結婚まで考えていてくれるのか）

会社での清水に対する厚遇は、俊夫の贔屓であることは間違いない。そして、セックスも私できっと満足なはずだ。……でも、結婚はどうかな。

（結婚も早く決めておかないと、なにぶん女出入りの多い社長のことだから。しかし、私以外の女は水商売ばかりだから、その世界の人との結婚はないだろう）

彼女はシャワーで洗い、化粧をしなおした。会社員の化粧から夜の女の化粧に変えた。

俊夫は約束の時間に遅れてきた。

「二次会が断れなくて、少しだけ顔を出してきた」

「お疲れさま。バスにお湯入れますか。シャワーだけでいいですか」

「バスにしよう。晴子、体洗ってくれ」

いつものとおり、お互いに全身を洗い、愛撫して、激しいキスを繰り返した。バスを出る前にすっかり興奮している。

「何か飲まれますか」

「もうアルコールは要らない。ジュースか水かだな。晴子、話ってなんだ。急いでいるということだったが？」

「お話が先でいいの」

晴子が、ソファに掛けた俊夫の膝に割って入りながら聞く。俊夫は色白で美しい肌をしていた。晴子の肌と同じような感覚である。清潔感があった。晴子はつい俊夫の身体に唇を這わせてしまう。

その晴子の身体を持ち上げながら、俊夫は、

「気になるから先に話をしよう。話ってなんだった？」

「それね、ちょっと裸では喋りにくいけど構わない？」

「構わないよ」

「……じゃ、話を先にするけど、実は相談センターの小西マネージャーに聞いたんだけど、幽霊会社の裏金作りの話。内部告発は本社の山崎勝蔵社長のところへ来ていたそうよ」

「本社の社長に？」

「篠塚専務が社長と、彰さんでした？　常務のお兄さんに呼ばれて、社長の特命事項だということで真相を調べるように指示をされたのだって。それで篠塚専務が相談センターの杉山社長に管理会計の導入という名目で調査に入ってほしいと頼んだということだそうなの」

「うーん。そうか。やばいな。相談センターは小西とかいう男が調べているのか」

「いや、その特命事項はセンターの杉山社長が直接やっているということです」

「調査はどこをやってるのかな」

「小西さんは、奥田興産を調べていると言ってました」

「ずばり本命やないか。……晴子と奥田興産の関係は言ってないな」

「そんなこと、口が裂けても言いません」

「そうか。隆二に晴子と兄妹だってことは他人に絶対に言うなって、口止めしておく必要があるな」

「どうしましょう。どうすればいいですか」

「うーん。どうしようもない。奥田興産には帳簿もないし、谷沢商事に奥田興産の帳簿を消せと言ってもなんの効果もない。しばらくは事態を静観するしかないな。とにかく清水は何を聞かれても知りませんで通せ。それしかない」

「分かりました」

話が話だけに、すっかり興奮が醒めてしまった。

「……社長からのお話はなんですか」

「ああ、それね。ちょっと言いにくいことだけど。僕の個人的な話なんだ。実は今度、結婚することになった」

「えっ！　結婚ですか」

「それは、僕だって結婚はするさ。そんなに驚くなよ」

「いやぁ……」

晴子は悲鳴を上げて、体を入れていた俊夫の膝の間から抜け出した。

「結婚って私とじゃなくてですね」

「おいおい、まさか晴子とはできないだろう。バツイチの女性とこの僕が、それは無理だ。結婚の相手は取引先の社長のお嬢さんだ。サンマーケットって知ってるだろ。あそこの社長の次女なんだ。晴子にしてみれば不愉快なことかも知れないが、分かってほしい」

「私はどうなるのですか」

「君は今までどおり山崎流通の業務部長さ。君の能力次第では取締役も夢じゃない。今までどおり頑張ってほしい」

「私と俊夫さんの関係は？」

「これも今までどおりと言いたいけど、結婚してすぐ浮気もなんだから、しばらくはご無沙汰することになるけれど、あとのことは君次第でやっていけばいい」

「社長は私のことをどう思っておられたのですか。好きだとかはなかったんですか」

「それはあったよ。愛してるとも言ったかも知れん。それと結婚話とは別だよ」

「分かりました。ご結婚おめでとうございます」

晴子はそう言って下着を着け始めた。

「おいおい、まだしていないぞ。そんな中途半端で帰るなよ」

「そんな話を聞いて私には何もする気はありません。帰ります」

「待てよ。することはして帰れ。このまま帰ることは許さん。社長命令だ」

俊夫は晴子の下着を脱がせに掛かった。

「分かりました。社長命令ならなんでもしてください」

晴子はベッドの上に仰向けに転がった。その晴子に俊夫は向かっていった。なかなか目的を達しなかったが、ようやく事を終えて、

「晴子、君はここへ泊まれ。僕は先に帰る。いいか、明日からもいつもどおりだぞ。何も変わったことはない。いいな」

そう言って晴子の唇にキスをした。晴子は自分の唇をベッドのシーツで一生懸命ぬぐった。

取引中止命令

「小西君、山崎流通の裏金問題、大枠はつかめたぞ」

出勤をしてきた小西マネージャーに、待ち構えていたように杉山社長が言った。

「そうですか。どうなってました？」

「想定していたとおり奥田興産が幽霊会社だ。しかも奥田興産の社長の奥田隆二は、清水晴子業務部長の実の兄なんだ」

「えーっ、実の兄？……ですか。驚いたな」

小西の脳裏に、ホテルで恍惚感に浸っている晴子の顔が一瞬浮かんだ。

「俊夫社長と清水部長はできているそうだ」

「できている？　なるほど」

「清水部長の入社が五年ほど前だということだが、奥田興産と取引を始めたのは古い帳簿で六年前ということだ。つまり奥田興産の関係で入社したのだが、ろくに仕事もできないのに三年ほどで部長になった。社長と清水部長がグルになっているのは間違いない」

「よくそこまで調べられましたね。誰に聞かれたのですか」

小西は知らなかったとはいえ、晴子に質問をしていた自分が馬鹿に思えてくる。

「それが、岡田業務課長だよ。覚えているか、宿泊研修のときちょっと反抗的な発言を岡田課長がしていた。不満分子だと当たりをつけて、居酒屋に呼び出して聞いたんだ。清水晴子部長はどんな人か、どんな力を持っているのか、遠まわしに聞いたんだ。そしたら彼のほうからすべてを話してくれた。『内部告発の結果調査に来られたのだと思っていました』と彼ははっきり言ったぞ」

「内部告発をしたのは彼なんだ」

「さすがにそうとは言わなかったが、まあ、そうだろうな」

杉山社長は間をおいて腕組みをして考えた。

「これからどうしますか」

「それなんだ。これは山崎産業にとっては大事件になるぞ。まず、俊夫社長の首は飛ぶ。当然清水部長の首も。奥田興産は解散になる。奥田興産を通して商品を入れていたのは谷沢商事だ。これとは直接取引になるだろう。ま、この後の調査はオープンにやらないとできない。奥田隆二と谷沢商事、そして社長の関係。岡田課長に言わせるとこの三人は友達じゃないですか、ということだ。それに管理会計システムの導入は一時お預けだな。担当部長がクビになったんでは、進めることはできないだろう」

「そうですね。しかしそのことは山崎流通が判断することだし、一応最終段階なので粛々と進めていくしかありませんね」

「とにかく今までに分かったことは、山崎本社の篠崎専務に報告しよう。こちらで引き延ばす理由もないだろう」

「そうですね。途中で社内にばれて混乱が起こっては困りますからね」

しかし、小西は清水部長がどうなるのか、晴子の力になれればと思うもののこれという方法はない。

「いつ篠崎専務に会われますか」

「うん……電話してみて、できるだけ早く会おう。コンサル業務の契約書の終了日程よりだいぶん早いから大丈夫かな」

「料金の問題ですか。大丈夫でしょう。ちゃんと契約内容はできているんですから。管理会計のほうも予定どおり進めてほしいということであれば進めますから」

「よし、分かった。篠崎専務に電話をしよう」

結局、専務は出張中で、出先と連絡を取り翌日の午前中に会うことになった。

杉山社長から一部始終を聞いた専務は非常に驚いた。

「奥田興産に何パーセント口銭を落としていたのかな」

「それは分かりません。あとは会社のほうで権限を行使して調べていただかないと、これ以上、私どもでは踏み込めません。専務のほうで、なにぶん社長の息子さんのことですから、社長にご相談の上進めてください」

「そうですか。分かりました。それでは相談センターへの当方の依頼事項は完了ということですね」

「内部告発に関する件はこの報告で完了させていただきます。また、私どもでできることがあればおっしゃってください。それから、例の管理会計システムのほうは予定どおり進んでいまして、あとは出来上がった新しい帳票類を財務会計と並行して、それぞれの担当者に慣れていただくところまで進んでいます。ただ、この推進本部の担当者が清水部長ということですから、どうでしょう、途中で交代されることもあるということでしょうね」

「その辺はまだ白紙ですから分かりませんが、差し支えなければ小西マネージャーさんでしたか、あちらのほうで何もご存知ないということで、進めていただけるとありがたいですね」

「分かりました」

「さあ、これからは私のほうの仕事になりますが、腹をくくってやらないと、これは大仕事になりますな」

定年を過ぎて古稀に近い専務にとっては大きい溜息の出る話であった。

篠崎専務はその夕方、彰常務に杉山の話をすべて伝えた。

「分かった。俊夫の奴、それぐらいのことはしかねん。社の内外で噂にならないようにしないと信用に関わる。まず、うちの社長に報告をしておこう」

　彰は勝蔵社長に電話を入れた。

「夜分に申し訳ありませんが（言いながら時計を見る。八時である）、山崎流通の件で至急お耳に入れたいことができました。篠崎専務と今から家の方へ行っても構いませんか」

「今、晩酌を始めているところだ。それでもいいなら来てくれ」

　専務室を出たころは社内には誰もいなかった。戸締りをして彰の自動車で社長宅へ向かった。彰は結婚して別居するまではこの生家にいた。俊夫は大学を出るとすぐマンションを借りて一人暮らしをしている。

「おやおや、こんなに遅くまでご苦労さま。彰さんは車ね。じゃお酒は駄目ね。篠崎さんは晩酌のお相手してくださいますか」

「いや、もう遅いですから、お構いなく」

　勝蔵社長は妻と二人暮らしである。週に二日ほどメンテナンス会社から清掃や草むしりの人が来ている。

　応接室で接待をしようとする妻に、勝蔵が言った。

「会社の話だから、お前は席を外してくれ。……ところで二人揃って、話ってなんだ」

「僕から話すよ」

彰は身体を乗り出すようにして話し始めた。

「流通の社員から来ていた内部告発の件です。社長も随分怒っておられましたけど、こちらで調べてみたところ、やはり大きな裏金作りが行われていたことが分かりました」

勝蔵は口をへの字に結び正面を見つめている。緊張感が走った。

「中国製のポリエチレンの買い物袋を仕入れている奥田興産という会社がありますが……」

彰の話は三十分ほどかかった。

「……しかし、これらの話はまだ裏づけが取れていません。これ以上調べるには関係会社の実態に入っていかなければならないので、社長のご了解がいただきたいのです」

「そこまでは誰が調べたのか」

「私の独断で篠崎専務に言いまして、表向きは管理会計システムの導入ということで、社長もお会いになっていると思いますが、経営コンサルタントの杉山さんに依頼しました。社内の帳票システムの変更の機会に、社員に悟られず調べさせました」

「俊夫も知らないのか」

「知らないと思います。会社としての対応も瞬間的にやらないと、社の内外に広がると信用に関わります」

「どうしたいと言うのか」

「まず、実際の仕入先である谷沢商事の社長に会って実態を聞き、その日から谷沢商事との直取引に戻す必要があります。そして奥田興産のほうは、帳簿、預金通帳、印鑑などを押さえて即日取引は中止させます。もちろん、奥田興産は解散ということになるでしょう。実際の仕事の打ち合わせは、すべて谷沢商事の担当者としているそうですから、流通のビジネスの支障はなくいくと思います」

「奥田興産の取引額はどれくらいあるのか」

「昨年度の年間取引実績は二十五億円だそうです。奥田興産にどれくらいマージンを落としていたかは分かりませんが相当の金額です」

「そうか、ほかに社員で関わっていたものはいるのか」

「はい、奥田興産の社長の名義は奥田隆二となっていますが、これの妹が清水晴子といって流通の業務部長をしています。奥田興産から仕入れをするようになって六年になるそうですが、清水の入社はその一年後ぐらいです。俊夫に随分可愛いがられているそうで、先輩を飛ばして部長にまで昇進させたのですから」

内容が内容だけに、話し終えて彰はさすがに疲れた。椅子の背もたれに体を落とした。

「篠崎専務、僕の言い落としたことはないか。あったら追加してください」

「いや、すべて言っておられます。ただ、これからのことですが、経営コンサルタントの杉山社長には固く口止めして、この件からは降りてもらいます。ただ、杉山の部下がやっている管理会計システムの導入の責任者に清水部長がなっていますので、これを解雇した場合に続けるのかどうかを判断しなければなりません。また、これは社長のご決断ですが、俊夫社長の今後についてどうするかによって対策が変わります」

「俊夫の結婚式が一ヶ月後にある。これは相手のあることだし、もう後へは引けないから予定どおりいくしかない。かといってそこまで調べたこの件を一ヶ月も放置するわけにもいかん。俊夫の更迭は一両日に決めよう。それよりも、明日にでも谷沢商事、奥田興産の処理はしたほうがいいだろう」

「分かりました。ただ、谷沢商事にしても社長がこちらへ協力的であればいいのですが、最初は事実関係をつかむことをまずやって、それが明らかになってから会社としての対策は採ります。奥田興産にしてもそのとおりです。清水晴子はどうしたものですかね」

と篠塚専務。それには彰常務が答える。

「俊夫がお飾りで部長にしているのなら、即日解雇でも仕事には差し障りはないですよ。変な動きをされても困りますから即日解雇がいいと思いますが、やる前には、その周辺の者に聴いてみる必要はあると思うけど」

「分かりました」

「そして俊夫の更迭は先延ばしになっても、実務は取り上げたほうがいい。だれか社長補佐ということで社長代行を置くとか。どうでしょうか、社長」

社長は目を瞑っていた。居眠りをしているようでもあったが、俊夫の将来を考えて、煮えたぎる胸の怒りと悲しみを抑えていたのだ。

「うん。そうしろ。それから明日の夕方方針を決めるまでは、谷沢商事や奥田なんとかの話は俊夫にも社内の誰にも一切禁句だ。俊夫に明日の五時に社長室に来るように言ってくれ。篠崎専務と彰も。そこできちんと話をつけよう。それまでに社外の処理はしておいてくれ」

「分かりました」

「もう一度、晩酌をせんと寝られんぞ、今夜は」

彰と篠崎が帰ったのは十二時を過ぎていた。

翌日、篠崎は谷沢商事の谷沢社長に電話を入れた。

「ちょっと谷沢社長に新しい取引のことで相談したいことがあるので、突然で申し訳ないが、本社の私のところまで、すぐに来てもらえないだろうか」

篠崎専務は、日ごろの取引のない本社の専務から呼び出しがあったということで勘ぐられて俊夫社長に連絡されても困るので、新規取引の相談というニュアンスで呼び出した。

谷沢社長は受注に結びつくいい話だと思って、

「ありがとうございます。すぐに伺います」

山崎産業の専務室に飛んで来た。

しかし専務室に篠崎専務と彰常務がいたので、瞬間的に谷沢は悪い予感がした。

「いや、突然呼び出して申し訳ない。実は山崎流通の取引の件でお聞きしたいことがあったので来てもらいました」

篠崎専務は単刀直入に切り出した。

「今、お宅の商品を奥田興産経由で購入していますね。直接取引ができないのはなぜですか」

谷沢は顔面から血の気が引いていくのが自分でも分かった。

「それは、あの、奥田興産さんはわが社の代理店になっていますので、代理店経由でお願いしています」

「私どもでは分からないのでお聞きしますが、奥田興産という会社は谷沢さんの代理店になるほど大きい商いをしている会社ですか」

「いや、それほどではありませんが、お願いしているプラスチック関係につきましては、奥田さんが中国のメーカーとの間で代理店契約をしておられるようで、やむを得ないことなのです」

「しかし、実際に中国からの輸入業務をしておられるのは、谷沢商事さんですね」

「そうです」

谷沢は、俊夫社長が指揮をした裏金工作が既にばれているのを理解した。

この際どのような態度で何を言えば今後の取引に支障なく収拾できるのか、頭の中が大混乱してしまった。

そのときに彰常務が立って、黙って部屋から出て行った。谷沢には分からなかったが、彰常務は谷沢のここまでの反応で見当が付いたので、経理の内部監査の担当を二人連れて奥田興産へ向かったのだ。

「谷沢さん、もう隠す必要はないのですよ。山崎流通が承知の上で、そのためにだけ奥田興産を設立し取引を経由させ、裏金を作っていたことはもう分かっています。谷沢商事とは今後直接取引をしていただくことになりますが、取引の継続は原則としてお約束しますから、どうか正直にありのままお話しください」

「申し訳ありませんでした！　俊夫社長のご指示とはいいながらとんでもないことをして

おりました。すべてお話しいたしますので、どうかお取引のほうはご継続していただきますようお願いします」

谷沢はテーブルに両手をつき、頭を下げて詫びを言った。

「どうか頭は上げてください。あなただけの責任でなく、うちの俊夫社長の指示でやったということであれば非はこちらにあるのですから、どうか自然体でお話しください。スタートしたのはいつごろからですか」

「もう五、六年前からです。奥田興産とのお取引が始まったときですから、御社でもお分かかりになると思いますが。……実は私と俊夫社長と、もう一人奥田興産の奥田社長は高校時代の同級生なんです。確か同窓会の後、ゴルフに行って、この三人が同じ組になったのが始まりです。俊夫社長は私どもが中国からプラスチック袋を輸入しているのをご存知で、『どうだ、小遣い稼ぎに三人で会社を作って儲けないか』と誘われたのです。谷沢商事としては山崎流通さんとの取引は非常にありがたいことでしたので、少々の条件は丸呑みするつもりで承知しました。正直、現在も奥田興産の利益の中から三人は給料を取ってます。しかし、奥田興産の利益は谷沢商事のマージンを削って出しています。その点もご理解いただきたいと思いますが」

「奥田興産の概要は分かりませんか」

「資本金は一千万円で、俊夫社長が六百万、私が四百万出しています。株主総会も何もありませんのでよくは分かりませんが、流通さん宛ての取引以外は何もないと思います。たぶん利益は内部留保で溜まってきていると思います。いずれ機会があれば何か事業をしたいと俊夫社長は言っていますが」

「そうですか。この結末をどうつけるかはこれからの問題だが、谷沢商事と流通との取引は今日から直接、流通宛に伝票を起こしてください。……それから、このことについて俊夫社長や奥田興産には私どもで話をしますので、谷沢さんからは何も言わないでください。これは山崎グループの内部の問題ですし、社長の絡んだ重大なことですから、外部に漏れても困りますし、その点、お含みいただいてよろしくお願いします」

篠崎専務に念を押されて、谷沢はほうほうのていで帰っていった。

奥田興産に向かった彰常務と内部監査の二人は、奥田隆二に本社からの監査を行う旨を告げて、すべての帳票、銀行通帳、印鑑を出させて段ボールケースに入れた。

奥田はいつものとおりポロシャツにジーパンスタイルでいた。事務机の上には読まれずに積み上げられた古新聞やチラシ、漫画の週刊誌などが積み上げられている。半月ほど前に清水晴子が来て掃除をした跡はもう残っていない。

奥田は彰を見知っていたが、彰は知らなかった。

「あなたが奥田隆二さんですか」

「そうです。奥田です」

と言いながら名刺を出した。名刺には「奥田興産株式会社　代表取締役社長」と肩書が印刷されている。

「あなたは、いつから社長をしておられたのですか」

「会社ができたときなので……五、六年前になるのかな。一向に間に合わない社長ですが」

「毎日、出社してるのですか。社長としてどんな仕事をしているのですか」

「特に何もしていないよ」

「一人で何もしないで、五、六年もいたのですか」

「そうだ。俊夫に言われてここに座っていた。それが俺の仕事なんだ」

隆二はもう腹を立てていた。そして地金が出てきた。

「俊夫から明日にでも連絡がくると思うが、奥田興産の業務は今日で打ち切りになります。仕事の引継があったら、山崎グループの内部監査の二人に引き継いでくれ。……引継が終わったら帰ってもらって結構です」

隆二はしばらく呆然としていたが、雰囲気が理解できてくると怒りが爆発した。

「おい、俺は俊夫社長に頼まれてやってるんだ。お前らは関係ない。お前らこそ出て行け」

内部監査の社員は、ロッカーの中や机の引き出しをすべて開けて、参考になるものはないか調べていた。

「奥田君、俊夫社長は山崎グループの一員で、子会社の社長だ。俊夫は本社の指示で仕事をしている。われわれがやっていることに口を挟む権限は、俊夫にも君にもない。……入り口の鍵を置いて帰ってくれ。詳しい経過説明は俊夫がまたするはずだ」

「馬鹿野郎。勝手にしやがれ」

隆二は鍵を床に叩きつけて、部屋を飛び出していった。


当日、俊夫社長は青年会議所の懇親ゴルフ大会に参加していた。

奥田興産の処分を終えた彰常務と篠塚専務は正午過ぎ、それぞれの状況を報告した。奥田興産の帳簿はほとんど記帳がなかったが、おそらく谷沢商事で代行して記録されているのだろう。ただ、銀行預金の残高のあまりにも大きいのに二人とも驚いた。報酬を三人の合計で月額五百万円近く取っていたが、それで月々の収入の約半額である。家賃を引いても年間数千万円の利益が残り、その五年分の集計であった。

「五パーセントのマージンですから大きいですね。三人の報酬の高いのにも驚きましたが、この預金通帳の残高の所有権はどこに行くのかな」

「篠塚専務、当然、山崎流通の仕入れ価格に奥田興産が上乗せをして上げた利益だから山崎流通の雑収入でしょう」

「いや、無視すればいいのでしょうが、谷沢社長が奥田興産のマージンは谷沢商事の口銭を削ってつけたものですから、その点ご理解いただきたいと言ってましたよ」

「それは自業自得だ」

彰常務は、ゴルフをしている俊夫社長の携帯に留守番電話を入れ、五時に本社の社長室に来るように指示をした。

(俊夫の奴、図に乗りよって。一から始めてどこまでやれるか、もう一度苦労させないといかん)

社の内外で長男の彰が勝蔵社長の後継者になると見られているはずであるが、俊夫の手腕に対する評価も高かった。この辺りで俊夫を叩いておかないと危ない。そんなライバル意識が、彰にはあった。

勝蔵社長は三時ごろ出社した。彰が今日の谷沢商事と奥田興産の結果を報告した。ついでに俊夫社長は青年会議所のメンバーとゴルフに行っているが、五時には社長室に来るように伝えたことも報告した。勝蔵社長は苦虫を嚙み潰した表情で無言だった。彰はほかにも山崎産業の上期決算の中間報告もあり、五時ごろまで話をしていた。

「いやぁ、お父さん、いや社長、しばらくご無沙汰していました。お元気そうですね」

と快活な態度で俊夫が入ってきた。ゴルフに行ってきたというだけあって、かなり日焼けをしている。

「今日はサンマーケットの副社長も一緒でした。妹さんの結婚のことでいろいろ頼まれてきました」

「篠崎専務を呼んでくれ」

彰が隣室の秘書に声を掛けた。俊夫のサンマーケットの話題提供は無視した。

そこへ篠崎専務が入ってくる。四人が顔をそろえたところで、しばらく無言が続いた。

「今日は何か難しい話ですか」

口を切ったのは俊夫である。

「じゃ、私から話をしましょうか」

と、彰常務。

「うん」

勝蔵が呻くような返事をした。

彰は、今日、谷沢社長や奥田社長に会って、奥田興産を使っての裏金つくりの内容を精査したこと、俊夫たち同級生三人が集まって、奥田興産を設立して多額の口銭を落とし、裏金を作っていたこと、奥田隆二と清水業務部長とは兄妹であること、その清水と俊夫が肉体関係を持っていること、すべてが明らかになっていることなどを話した。

「俊夫、なんでそんなことをしたのか言ってみろ」

彰の報告はそれで終わった。俊夫は最初は落ち着かず視線を泳がせていたが、途中で腹をくくったのか俯いてじっと聞いていた。

「僕から話していいですか」

勝蔵社長の横顔をうかがうが、勝蔵は依然として黙している。

「確かに兄貴の言うとおり奥田興産に山崎流通の利益の一部を溜めていました。しかし、これはいずれわが社も第二創業として研究開発などの資金が必要なときに役立てようと思ってしたのです。何事にも慎重で臆病な担当常務の決済を待っていては間に合わないことがあるといけないと思って作った金です」

「そんな、先行投資は社内の規定どおりに稟議を上げれば済むことやないか。それに臆病なとはなんだ。お前のは無謀そのものじゃないか」

「彰！」

勝蔵が一言、止めに入った。

「じゃ、給料を取っていたのはなんだ。しかもあんな巨額な金額を」

「会社経営には表に出せない交際費もある。それに使っていたのだ。やましい金は一切使っていない」

「それじゃ、あの奥田隆二という男はなんだ。なんにも間に合わないあの男に給料を払っていたのは、清水とかいう業務部長に操られていたんだろう」

「清水とは何も関係はない。奥田隆二はいざと言うときに役立つように置いているのだ」

しばらく兄弟の間で議論が続いたが、ようやく勝蔵社長が口を開いた。

「とにかく結論だ。奥田興産は今日で取引中止。谷沢との直接取引に明日から代えろ。奥田興産は解散して、奥田なんとかいうその男とは縁を切れ。そして、清水とかいう業務部長は今月で解雇しろ。俊夫お前は来月結婚するのだぞ。そんな女に入れ揚げてどうする。今後一切縁を切れ」

「いや、あの……」

「黙って聞け。俊夫は結婚式も控えていることだし、社長は続けてもいい。しかし、山崎物流の増岡常務を社長代行にする。俊夫の社長室は増岡に渡せ。俊夫の部屋は別にしろ。篠崎。お前が行って細目の指図をしろ」

勝蔵の発言は低い声で威力があった。

「……あの、清水はこの件と関係はない。だからそのまま……」

「俊夫！　駄目だ。解雇だ。篠崎、いいな。きちんとやるのだ」

「分かりました」

勝蔵は相当腹を立てている様子だった。


「部長、今日からプラスチックの製袋関係は、奥田興産の口座でなく、谷沢商事の口座になるそうです」

岡田業務課長が清水部長に報告してきた。

「あら、いつ決まったの」

「今、会議室で増岡常務に言われました」

「えっ、私は聞いていないけど」

「清水部長に声がかからなかったのかなぁ」

部長席は仕切られていて事務所が見渡せない。

「分かったわ。担当への指示はどうなっているの？」

「しておきました」

岡田は清水の顔を見て薄笑いをしながら、席に戻った。

清水は岡田が席に戻ったのを確認して、奥田興産に電話をした。意外なことに、

「――この番号は使われていません――」

掛けなおしても同じである。電話は撤去されているのだ。

携帯で兄の隆二を呼び出した。

「おう、晴子か。俊夫の奴、やりよったぞ。事務所は閉鎖、貯金通帳も印鑑も取り上げ、俊夫からはなんにも連絡なし、酷いもんだ。……晴子のほうはどうなった？」

「何も変わらない、というより変わったのかな。とにかく分からない。また連絡するわ」

（いよいよ来るべきときが来た。私は解雇か配置転換か）

顔色が変わっていたかもしれないが、なるべく平静に経営会議の資料のチェックを続けた。

小西から電話が入った。これからのスケジュールの打ち合わせがしたい。今日の午後に会えないか、というものだった。

（小西なら何か知っているに違いない。この問題の調査をしてきたのだから）

清水は午後二時を待ちわびた。

小西が来ていつもの商談室で打ち合わせをした。

「……十月一日から全社一斉に管理会計に移行するというのは大丈夫ですね」

「あとはそれぞれの担当者が実行するだけだから大丈夫でしょう。ただ、社長や経営幹部の了解は必要ね」

「じゃ、管理会計移行の中間報告ということで、社長のアポイントを取ってもらえますか。そのとき都合のつく役員にも集まってもらって、どうでしょうか」

「分かったわ。……それよりも、奥田興産に何かあったの？」

「いえ、知りませんよ」

「今日から取引中止になったの。何か聞いているでしょう？」

「そちらのほうはわが社の杉山社長がやってますから、知りませんよ」

「ねぇ、小西さん、まだ私のところへは何も連絡はないのだけれど、何かあったら教えてちょうだいね。あなたとはもう他人じゃないのだから」

ちょっと拗ねた顔をしてみたが、小西は書類を見ていて無視している。

清水の胸に冷たいものが走った。いつも小西を見ると胸に熱いものがこみ上げてきたのに。

小西は打ち合わせが済むと早々に引き上げていった。

清水への解雇は翌日言い渡された。

清水は朝、増岡常務に社長室へ呼び出された。覚悟はしているというものの、つい足元が覚束なくなる。

社長室では俊夫社長は自席で新聞を読んでいた。

「社長、清水部長が来ました」

増岡が声を掛けても俊夫は清水のほうを見ようともしない。

「増岡常務から話をしてください」

俊夫は新聞を離さない。

「分かりました。清水部長、掛けなさい」

増岡と清水はソファに向かい合って座った。

「清水部長、突然のことだが、今月末をもって君を解雇することになった」

増岡は毅然として清水に向き合っている。言いにくいことだけに腹をくくっている態度だ。

しばらく沈黙が続いた。

「……突然の解雇は納得がいきません。理由はなんでしょうか」

清水の声も怒りで震えてくる。増岡に負けない姿勢をとって言った。

「奥田興産に関わることです」

「奥田興産と私は関係がありません」

「奥田興産の社長の奥田氏は、清水部長と兄妹ですね」

「そうですが、それが私の責任となんの関係があるのですか」

「今回、奥田興産との関係者に対しては処分をすることになった。それ以上のことは君の胸のうちに聞けば分かるでしょう」

「私はすべて社長の指示に従ってしてきました。仕事も一生懸命してきました。何が悪いというのですか。……社長、社長からも一言、言ってください」

俊夫はまだ新聞を読んでいる（振りをしている）。

「増岡常務が言っているとおりだ。僕の方から何も付け加えることはない」

「社長、私は社長の言われることにはなんでも従ってきました。私の身体も差し上げました。私は社長を他人とは思っていません。何か一言、増岡さんに言ってください」

清水は興奮して立ち上がった。増岡が慌てて座らせる。

俊夫はどういうことか薄笑いをして、依然として新聞を見ていた。

「清水君、落ち着いて。とにかく君は今月末を持って解雇だ。仕事の引継は岡田課長にしてください。引継が終われば出勤しなくてもよろしい。以上で終わります。……席に帰って仕事を続けてください」

まだ俊夫社長を睨んでいる清水を、増岡は肩を押すようにして部屋から出した。

清水は不覚にも涙を浮かべたまま席に帰った。こちらを向いている岡田の顔が見えた。

（絶対に俊夫は許せない）

俊夫ほど薄情な人間がいるだろうか。結婚の問題にしても、解雇の問題にしても。

清水は何を犠牲にしても俊夫の人生を無茶苦茶にしたかった。

最後の記念写真

清水が出社しなくなって二週間ほどたった。山崎流通の社内は奥田興産の件も谷沢商事の口座に引き継がれ、何事もなかったように日常業務は行われていた。俊夫社長は結婚を前にして忙しいようで、社長職は増岡常務が社長代行の職務につき、社内に指示を出している。

俊夫が社長室で相変わらず新聞を読んでいるところへ、清水晴子から電話が入った。

「おう！　清水か。元気にしてるか」

「元気にしてます。あのときはごめんなさいね。つい興奮してしまって余分なことを言ってしまって、ご迷惑だったでしょうね」

「いやぁ、済んだことだよ。今日はなんの用事?」

「あのー、言いにくいことだけど、俊夫さんのことが忘れられなくて、特に身体が疼いて我慢できないの。俊夫さんが結婚してしまうとしばらくは会えないと思うと、もう堪らない。ご迷惑かも知れないけど、一晩だけでもいいから逢ってほしいの。ねえ、お願いできない?」

「これは、ごちそうさま。据え膳食わぬは男の恥っていうから、ご要望にお応えしますよ。いつがいいの?」

「私は早いほうがいい。俊夫さんの気の変わらないうちに。私のほうは今夜でもお願いしたいのだけど、どうでしょうか」

「今夜とは気の早い。ま、晴子さんのご要望どおりに」

「じゃ、今夜、時間はお任せします。あの、場所は私のマンションに来てくださらない?思い出の一夜が明ければ、あのマンションともお別れなんだけど。最後の思い出づくりのために」

「あのマンションか。いいね。喜んで行くよ。時間は七時ごろになるかなぁ」

「楽しみに待ってるわ」

電話を切って俊夫は思わず笑ってしまう。

（女って可愛いもんだ。一度体が覚えてしまうと忘れられないということかね）

俊夫はその日の午後は上機嫌であった。

六時ごろ会社を出ると、近所のマクドナルドに寄り、夕食代わりのものを何点か買った。マンションの部屋に入ると、晴子が飛んできて俊夫にしがみつくようにしてキスの雨を降らせた。晴子はシャワーを済ませたのか、ガウンを着て香水の臭いをさせている。

「おいおい、ちょっと待てよ。夕飯を買ってきたんだ。まずそれを食べてからだ」

「駄目です。この部屋では私が支配者です。俊夫さんといえども命令に従ってもらいます。まずシャワーを使ってください。汗を流したら一刻も早くベッドに入ってください」

「おいおい、今日は女王様かよ。ご命令どおりやりますよ」

俊夫は喜んで裸になる。晴子はその洋服をハンガーに掛けながら、その横にある、外側にカーテンが引かれている、彼女の洋服掛けにちょっと注意を払った。

俊夫が上がってくると、晴子もガウンを脱ぎ裸になり、タオルで俊夫の身体を拭った。

「女王様、シャワーは済ませました。ベッドに入りました」

俊夫ははしゃいでいる。晴子のほうが無口で冷静に見えた。

全身に手を這わせてくる俊夫に逆らいながら、俊夫の筋肉を舌で辿っていく。晴子が知り尽くしている俊夫の性感帯に触れると、俊夫は身悶えた。

そして、

「早く！　早く！」

と急かせ始める。

その前後から晴子の洋服掛けの前のカーテンが、少し開きカメラのレンズが覗いていた。晴子は自分も写されていることを承知の上でますます性感帯を刺激する。

そして、俊夫が激しく求めて性交に進んでいった。晴子が俊夫の身体の上に乗り、行為を始めた。俊夫は目を瞑って快感に浸っている。

そのときカーテンが静かに開き、中から奥田隆二がカメラを持って出てきた。そして、俊夫の顔や裸体を写し、それが晴子と結ばれているところも執拗に撮っていた。

俊夫の興奮もやや収まったとき、俊夫はかっと目を開けた。ベッドの横に隆二がカメラを向けて立っているのを見た。

「お前はなんだ!!」

晴子を突き飛ばして、ベッドに起き上がった。

「いやぁ、記念写真を撮っただけですよ。また、プリントして持っていきますから、楽しみにしてください」

ベッドから飛び降りた俊夫が飛び掛かるのを見越して、隆二はドアの前に駆けていった。

「お邪魔しました。あとは存分に楽しんでください」

と言い残すと素早く外に飛び出した。俊夫は素裸であるから追い掛けようもない。

「おい！　晴子。これはなんだ。何をしたんだ」

晴子は黙ってベッドに座っている。俊夫は飛んできて晴子の顔面を殴った。晴子は悲鳴を上げたが、逃げずにベッドに裸のまま大の字になった。

「さあ、好きなようにしてちょうだい。殺したっていいわよ。これで社長の人生も無茶苦茶ね」

そう言って晴子は笑った。涙をこぼしながら無理に笑い続けようとしていた。

その後、直前になって俊夫の結婚式は取りやめになった。山崎流通の社長は暫定的に兄の山崎彰に交代した。俊夫は運送部門の子会社の管理部長に左遷された。

奥田隆二と清水晴子の消息は、その後、不明である。

ファイル02 ［同族］ 果てしなき相克

志村隆は社長室で、中小企業相談センターの杉山社長と会っていた。

志村工具株式会社を中堅企業に成長させるために、社員一人ひとりに経営感覚を持たせようと、その指導を頼んでいるところだ。

とりあえずは近々、大阪と東京に営業所を出す計画もあり、マネジメント入門編として管理会計による各部門の独立採算の意識を徹底するということになった。

「受け入れ態勢はどのようなものが要りますかね」

「まず管理会計推進委員会のような組織をつくり、各課長クラスを集めていただき、トップには社長、その補佐には総務部長クラスの方をお願いしたいですね」

「分かりました。時期的には来月から始めていただくということでいいですか」

「来月一日スタートということにしましょう」

話が一段落したところで、お茶を飲みながら杉山が聞く。

「ところで、志村工具さんとシムラ技研さんとは、どういうご関係ですか」

「よく聞かれるのですが、同族関係といいますか、社長同士は従兄弟です」

「それに同業種ですね」

「私どもの志村工具は創立八十年になる戦前からのスタートですが、シムラ技研は戦後今の社長の父親が志村工具から独立して始めたと聞いています」

「分家ですな。取扱商品はまったく同じですか」

「私どもは工具関係が主で一部機械関係もありますが、シムラ技研は工具以外に工作機械とか工場設備のような大型のものを取り扱っています」

「同族でありライバルということですか。この地域では工具関係の大手というと、この二社しかありませんね」

「ええ、おかげさまで、大手ではありませんが、二社合わせれば製造工場の設備はほとんど揃います」

「営業面では協調してやっておられるのですか」

「それがなかなかそうもいかないので、ま、当然ですがお客さんのご要望で、厳しい競争しながらやってますよ」

「シムラ技研の社長さんは同じぐらいのご年配ですか」

志村は苦笑する。

「……同じ歳で、小学校も高校も同級生です」

「じゃ、ずっとライバルですね」

「周囲も煽りますからね。長い間、ライバル同士で戦ってきています」

しばらく会話が途切れた後、杉山が聞く。

「志村工具さんの組織図をいただけますか」

「ああ、持って来させます。ほかに何か要りますかな」

「会社の沿革とか、できれば決算書も拝見したいですね」

こうして志村工具と中小企業相談センターのコンサルタント契約は成立した。


志村工具のマネジメント研修がスタートしてから三ヶ月がたった。梅雨明けはしたものの、まだ天気は回復しなかった。蒸し暑い曇り日が続いていた。

その日は土曜日だが休日出勤にして、会議室に営業部門の全員三十人余りを集め、部門別研修を行った。管理会計では、発行される売上伝票に原価が自動的に記載され、日計表に集計されると担当者別に利益も出てくる。その結果が経理から営業に連絡され、自分の目標に対する達成状況が日々明らかになる。結果として競争意識も刺激される。

その仕組みを実現するために、原価管理の徹底などの講義を受けた。

「これは大変だ。個人の成績も一目瞭然だ」

営業マンからそんな声が漏れる。同時に平均して出された経費も売上総利益から差し引かれ、部門毎の経常利益が毎日計算される。

「これが管理会計か。これだけで営業マンの自己管理も部門管理も全部できるな」

南営業部長も感心している。

昼食の仕出し弁当を食べた後、グループに分かれてテーブルディスカッションになった。テーマは「わが社の営業の問題点は何か」「その対策は」である。身近なテーマなので、各営業マンから活発な意見が出た。

客先から尋ねられた課題に的確に対応できる担当部署をつくってほしい。営業担当者だけでなく課長などの管理職や、社長や役員の経営層も交互に訪問をして、先方のそれぞれの立場の人と人脈をつくってほしい。仕入先を呼んでの商品研究会を増やしてほしい。など改善を示唆する意見が次々と飛び出した。

中には杉山を驚かせる話もあった。杉山が加わっていたテーブルで一人が発言した。

「おい、知っているか？　うちを退職した田中次長がシムラ技研に就職して外回りの営業をしているぞ」

「知っているどころか、困っているよ。田中次長がうちにいたころ担当していたライト産業にシムラの営業として来ている。このままではライト産業を取られそうで心配なんだ」

と言うのは現在のライト産業の担当者である。杉山は思わず口を挟んだ。

「田中次長というのはなぜやめたの？」

ちょっと沈黙があったが、そのテーブルの年長者が口を切った。

「使い込みです。現金で買ってくれる客先を見つけて会社の品物を伝票も切らずに持ち出していたと聞いています」

「次長って営業部の次長ですか」

「そうです」

別のメンバーが口を挟む。

「うちをクビになった、そんなのを採用するシムラ技研が悪いですよ。シムラ技研はうちと同族会社だというのに、やることが汚すぎる」

「そうだ、そうだ」

全員、同感である。

「けど、実際にシムラ技研に入社して敵の陣営に加わったんだから仕方ない。ほかを取られんように厳重にチェックしておかないと大変なことになる」

「まあ、田中一人の力ではそう恐れることはないやろう」

「しかし、この仕返しはどこかでやらんと舐められるぞ」

このテーブルではこの話がしばらく続いた。

各テーブルを回っていた南営業部長に杉山は、

「田中元次長の件は、結果として営業マンのやる気を引き出すことになればいいですね」

「そうです。私の直属の部下のしでかしたことですから、私にも責任があります。ぜひとも営業マンの動機付けに持っていきたいと思います」

「頑張ってください」

その日の夕刻まで、熱心な討議が続いた。


この街の商工会議所に、その年の秋会頭の任期が来るので新たな会頭候補が選出された。現会頭が四期十二年務めて高齢のため病気がちになり、若手の登用ということで会議所の議員の中で候補者が検討された。表には出なかったが、裏ではかなり紛糾があった。

その結果、シムラ技研の志村信彦が最終の候補者に絞られた。規定では議員会で選挙をすることになっていたが、狭い街でしこりが残るということで、立候補者は無投票になるように一人に絞り込むことになっていた。

会頭予定者も参加して臨時常任議員会があり、懇親会ももたれた。その後、志村会頭予定者の設営で二次会があり、その宴席は志村を取り囲み賑やかに盛り上がった。

「この街の発展のために頑張ってください」

「志村さんの経営センスで地域経済をよろしく頼みます」

「志村会頭の能力なら会頭ぐらい片手間にできます。これでわが街は万々歳だ」

盃を受けて志村信彦は豪快に笑っていた。

「私も頑張りますから、皆さんのご協力をお願いしますよ」

一方、志村工具の志村隆は少し離れたところで静かに飲んでいた。

信彦と隆が従兄弟であることをほとんどの出席者が知っていた。それを理由にときどき杯が回ってくる。隆は信彦の姻戚として挨拶をしていた。

信彦と離れた席では、

「あの、志村信彦が会頭とはまいったな。品性が無さ過ぎる。恥ずかしいよ」

「まだ従兄弟の志村工具のほうがいいのにな」

「下相談では、志村工具へ頼みに行ったらしいが、彼は固辞したそうだ。『私にはとても務まりません』の一点張りだったそうだ」

「従兄弟でも性格が全然違うな」

「会頭はお神輿に乗って『あっそう。結構です。ご苦労さまです』って言っていればいいんだから、志村隆のほうが良かったんだかな」

「それなら、君でもできるだろう」

「うん、充分できると思うよ。しかし、俺には全然声が掛からなかった」

「誰も、君に気付かなかったな」

「そうだよ、……悲しいことには」

この席でも、志村信彦を会頭とすることに不快感を持つものが多かった。


月初にシムラ技研の「月次営業会議」が行われる。営業マンは十五名である。信彦社長が正面の席に陣取り、営業部長の斉藤をはじめ全員がコの字型に座る。各自の名札がテーブルに置かれていた。前月の売上目標の達成率を点数と見做し、高得点順に席順が決められる。斉藤営業部長の席も営業部全体の達成率によって営業マンの中の席順にいた。

会議は前月度の業績の発表に続き、一人ひとりが反省と翌月の具体的な計画を発表し決意を述べる。最後に斉藤部長から連絡事項があり前半は終了する。

後半は社長の厳しい叱咤激励の独擅場である。

シムラ技研は販売不振が続いていた。特に最近は客先の設備投資が少なく、機材の補充や修理の仕事が主な受注になっていた。シムラ技研の商圏は県内が中心であり、志村工具と正面から競合していた。客先もそれを利用して、両社から相見積を取り安いほうに発注する。その繰り返しで利益率は低下し続けていた。

「……この月の業績はなんだ。今月も赤字になる。責任は営業の君たちにある。年末のボーナスは到底無理として月給もカットしなければならん。達成率の悪いものは覚悟をしておけ。ただ一つ今月の良かった点は、……田中君、立ちたまえ。田中君が新規開拓で取ってきたライト産業だ。プラスチックの成型機の成約ができた。久しぶりの大型機械だ。皆も知っていると思うが、田中君は志村工具の営業部次長をしていたんだ。事情があってわが社へ入社してくれたが、得意先のライト産業との人間関係は堅くつながっていた。会社を変わっても田中君個人への信頼感は薄れていない。だから注文が取れたのだ。こういうセールスマンシップをしっかりと持つことが大切だ。よく覚えておけ。田中君はよくやった。今後とも頑張ってほしい。もう一つ、田中君からのお土産がある。斉藤部長、あとで説明しなさい。……その前に、いつも最後尾に座っている中川、そこは君の指定席のようだが、毎月そこに座っていて少しは恥ずかしいと思わないのかね。目標も年度ごとに減らしてきているそうだが、それでもこの達成率の低さでよくもシムラ技研のセールスマンですと言えるものだ。土下座してでも注文を取ってくる、そのど根性がないのだろう。いい歳をして恥を知りたまえ。もう一度、営業マンの『いろは』を新入社員にでも習ったらどうか」

中川社員は四十歳を超えている。彼は妻帯者で子どもも二人いた。最初は照れ笑いをしていたが、最後は俯いて口を真一文字に結んでいた。眼も潤んでいる。

続いて斉藤部長が話し始めた。

「では、私から説明します。これはライバルの志村工具の得意先を記したものです。名簿になっていますが、田中君が記憶によって記録したものです。社名に丸印の付いたものがありますが、これらはかなり販売利益の上がっている会社です。この名簿を成績下位の人から渡しますから、自分が担当して必ず取ってくる、自分に任せてほしいという先を三社まで選んで、社名の後ろに名前を書いてください。皆さんの目標額は動かしません。この名簿からできた新規取引先は担当者の実績として評価します」

最初に渡されたのは中川である。何も考えないで名前を書き込んで次に渡した。渡された次の営業マンは目を皿にして見ている。さすがに志村工具の安定した取引先にはいい会社が揃っていた。以前に一度は新規開拓先として挑戦したことのある先が多かった。

「おい、早くしろよ」

次の者が督促している。

「いいか、ビジネスというものは戦争だ。どんな親しい間柄でも手段は選ばない。勝つか負けるかは生きるか死ぬかということだ。志村工具を叩き潰してやる。それぐらいの覚悟でやれ」

この社長の一言が会議の総括であった。


そのころ志村工具の社長と息子の誠一営業課長はライト産業を訪問していた。ライト産業の社長との面会については、志村社長が直接アポイントを取っていた。

「いやぁ、お待たせしました。仕事着のままで失礼します」

ライトの社長はシャンバー姿である。

「どうもお忙しいところ申し訳ありません。外ではお目にかかっていますが、こうしてご挨拶にお伺いするのは本当に久しぶりです」

「経済団体などでは大変お世話になっています。……それはそうと、このたびの成型機の件では申し訳ないことをしました。私も担当から聞くまでは気がつかなかったのですが、御社におられた田中次長さんが進めていてくれたものですから、途中でシムラ技研に移っておられるのを知らずに、志村工具さんのご了解の上のことと思って、担当がシムラ技研さんと契約してしまいました。先日、南部長さんが来られてそのことを伺ってお詫びをしていたのですが、申し訳ありませんでした」

「とんでもありません。お詫びしなければならないのはこちらです。ことにわが社の社員がシムラ技研に変わったということ自体、こちらに落ち度があるわけです。南部長がどう申し上げたか分かりませんが、御社に対して失礼なことがなかったか心配になりまして、改めてお詫びに参りました。これからのこちらの担当を志村誠一課長に替えまして、なんとかライトさんのお役に立てるように頑張ってまいりますので、よろしくお願いいたします」

「いやぁ、痛み入ります。志村課長さんは社長さんのご子息ですか」

「そうです。よろしくお願いいたします」

と誠一。

「愚息です。どうかライト産業さんで厳しくご指導ください。よろしくお願いします」

本来の訪問の目的は、今回の樹脂成型機の導入についてはシムラ技研になるのは仕方がないが、今後の取引は元通りわが社でお願いしたいということである。

「かしこまりました。わざわざ社長さんにお越しをいただいたのですから、その辺は担当に厳しく申し伝えておきます。志村課長さんよろしくお願いします」

ということになった。

帰りの車の中で志村社長は、

「こんなことはライト産業だけでなく、ほとんど全部の取引先に起こる可能性はある。厳重に注意するように営業に徹底しているな」

「しています。訪問回数を増やすことと、田中次長がなぜ退職したのか聞かれたときは、本当のことを話すように言っています。それにしてもシムラ技研は汚い手を使いますね。いくら長年のライバルだといっても、おかしいですよ」

「この狭い県内での競争に明け暮れていると、そういうことになる。わが社が近い将来に広域展開をしたいというのは、狭いところで価格競争に明け暮れするのをやめようというわけだ。それには独自の戦略が要る。また、県内に限って代理店契約をしているところは、メーカーの了解も必要だ。しっかりと市場を見て打つべき手を積み上げていくのだ」

その日の夕刻、志村工具では経営幹部が集まって経営会議が開かれた。この会議には南営業部長をはじめ各部長のほかに、中小企業相談センターの杉山も出席していた。

最初のトップ講話の中で志村社長は、解雇した田中次長が志村工具として売り込んできたライト産業宛の成型機をシムラ技研の口座で契約されてしまったことを例に上げ、

「田中次長の行為は決して許されることではないが、それに気付かず見逃していたわが社

も反省しなければならない。お客様から見て高い機械の購入に当たっては、サービスやメンテナンスを考えて信頼できる先を選ばれるのが本当だ。お客様がなんの抵抗もなくシムラ技研で契約されたということは、わが社の良い点がお客様に認知されていないということだ。長年のお取引をいただいているお客様に対して、わが社の特徴がご理解いただけているか、そういうお付き合いができているか、この機会に反省し、足らない点は改めてしっかりやってほしい」

と語った。

また、南部長は、

「わが社が将来、県外に営業範囲を広げていくためには、現在の地方問屋の域を脱して、特徴のある商品の品揃え、真にお役に立てる情報の提供などが必要になる。そのために、エネルギーの削減や、環境対応型の機械や機材、工具の品揃えをしていきたい。また、その品揃えを見ていただくための展示場も作りたい」

と語った。また大阪と東京の営業所設立計画も示された。

シムラ技研との競合の問題もあったが、未来を語る経営幹部の瞳は輝いていた。

最後に、杉山コンサルタントが、

「この広域展開の事業を成功させるためにも、まず、地元の占有率を上げ、シムラ技研などに負けない日常活動をする必要がある。その地元の信用が不動のものとなって初めて全国展開への道が開けるのだ。ビジネスに必要な情報をしっかりつかんでお客様に提供できる、他社に真似のできない地域ナンバーワンの企業を目指そう」

と結んだ。

数日後、志村隆社長が杉山を夕食に誘った。

「いつもお世話になっていながら、なんのお構いもできていません。一度ゆっくりお食事でもしませんか」

杉山は隆社長の電話を聞いたとき、何か込み入った依頼がある、と思った。杉山は隆社長の経営理念や経営方針に基本的に共鳴していた。また、本人の人格にも好感を持っていた。ビジネス以外の付き合いもやぶさかではなかった。

隆社長に呼ばれたのは、小さくて粋な料亭である。座敷は離れに二室しかなく、一晩に二客しか客を取らない、まさに隠れ家である。

女将と女中が料理を運んでくる。ほかに板前がいるはずだが、採算は合わないだろう。

「杉山さん、ここなら気楽に裃を脱いで話ができます。ざっくばらんにいきましょう」

女将や女中の応対を見ても、隆社長はかなりの馴染客のようだった。

「杉山さんは、おいくつですか」

かなり酒も回ってから志村隆が聞く。

「私は六十四歳です。志村さんと一緒ぐらいでしょう」

「そうですね。私は六十五ですから同じですね。それなら老境を迎える心境はご理解いただけるでしょう」

「余生をどう生きるか、生涯をどう締めくくるか、そういうことですね」

「さすが先生だ。杉山さんも『中小企業相談センター』を還暦後にお始めになったのは、何か志があってのことですか」

「ま、私の場合は食べていくためと、大好きな中小企業経営にどっぷり漬かっていたかったということですかね。私はほかに何も能力がありませんから。……志村さんのこれからのお志は？」

杯を交わしながら、気の合ったところで話が進んでいく。

「私も父親から後を継いで二十五年。経済成長の波に乗って、お蔭様で今日まで来ました。企業の規模も随分大きくなりました。そして、これからは先生にご厄介になっていますように、広域展開を考え、中小企業から中堅企業へ脱皮をしていきたいと考えています。売上も今の百億から二百億へと伸ばしていきたいと夢を持っています。しかし、私も先生と同じ六十五歳です。いつまでも自分ひとりの力でやれるものではありません」

「二百億とは大きな夢ですね」

「売上高ばかりではありませんが、工具店からスタートして多角経営にもっていき、いずれ上場企業も目指せるようにしたいというのが、私の若いころからの夢でした」

「それで、何か具体的な戦略をお考えになりましたか」

「ええ、……この地方都市で、一つの業種で拡大していくのには限界があります。しかし地元で磐石の存在感を持つためには、圧倒的なシェアをとる必要があります。そのためにはできれば機会を見つけて地域の邪魔者は排除していきたいのです」

「なるほど、どこですか邪魔者とは」

志村隆の眼光がきらりと光った。

「ええ、はっきり言ってシムラ技研です。社長とは従兄弟ですが、シムラ技研の創業のときの経緯は詳しくは知りませんが、技研の創業者の強引なやり方で喧嘩別れだったようです。分家とか子会社からのスタートだったら株の持合などもあったでしょうが、お互いに一株も持っていません。スタートのときから顧客の取り合いで、業界では顰蹙されたようです。ただ、狭い県内で顧客の争奪戦をやりましたから、二社合計すると県内のシェアは圧倒的になっています」

日ごろの温厚で寛容な志村隆と違っている。

「なるほど、それで」

「シムラ技研の最近の経営はかなり無理をしているようです。近ごろは資金繰りにも窮しているという話を聞きました。たぶん累積赤字で債務超過になっているはずです。銀行筋の裏情報を取ったのですが、主力銀行も融資に当たって保証協会の保証を要求しているようです。それもまともな決算書では協会の保証を取るのも難しいようなことも聞きます」

「それは大変ですね。緊急事態じゃないですか。会頭を引き受けるような余裕はなかったでしょうに」

「杉山さん、あなたのところの中小企業相談センターさんでは、M&Aの斡旋もされると聞いていますが、いかがですか、この件も引き受けてくれませんか」

「なるほど、面白そうですね。どこまでできるか分かりませんが、やってみましょう」

杉山は志村社長にシムラ技研の主力銀行や、取引先、実力のある役員などを訪ねた。

主力銀行は地方銀行として、この地域を代表する新星銀行であった。

「それはちょうどいい。新星銀行のM&Aの担当者には面識があります。相談センターの経営セミナーで講師をお願いしたことがあります。一度当たってみましょう」

杉山は志村社長の相談のあった翌日、新星銀行のM&Aの担当者の田島に電話を掛けた。

田島は出掛けていたが、三十分ほどで折り返し電話があり、翌週の月曜日に新星銀行の本店で会う約束ができた。

「……そうですか、シムラ技研さんと志村工具さんですか。いけそうな話ですね。シムラ技研はうちが主力銀行のようですし、そうすると、うちも当事者の一人ということですな」

「両社は、社長同士は従兄弟でも資本関係も何もないそうです。志村隆社長は風の噂でシムラ技研の経営危機を聞いて、同業者であるし従兄弟でもあるのでできることならなんとかしてあげたいとおっしゃっていました」

「分かりました。シムラ技研の状況も詳しく調べまして対応策を考えてみます。ところで杉山さんは志村工具の経営相談を受けておられるのですね」

「そうです。コンサルをお引き受けしています」

「それなら、今回の志村工具さんの交渉の窓口は、杉山さんということでいいですね」

「帰って了解を取りますが、たぶん結構かと思います」

「シムラ技研の志村社長は相当のワンマン社長のようですね。感情的になられると話がぶち壊しになりますから、息子さんの勝専務に持ち掛けたほうがいいかもしれません。シムラ技研との対応は私がいたします。経過については逐一ご連絡ください。私も連絡させていただきます」

第一回のM&Aの予備会談は終わった。

翌日、新星銀行では支店長代理と営業統括課長、そしてシムラ技研の担当者を入れて、M&Aの田島課長が会議を開いた。

「それはいい話だと思うよ。今、貸付残高はどれだけある？」

ひととおり田島課長から説明を聞いた、支店長代理の感想である。

「シムラ技研には短期、長期を入れて十八億あります。直近の融資には保証協会をつけてもらいました」

担当者が答える。

「最近の決算は赤字続きだろ」

「今年の決算では五千万でしたか経常利益は出ていました。しかし、過去の累積赤字でかなりの債務超過になっています」

「志村工具の取引は？」

「わが行は短期が一億あるだけです。主力は毎日銀行です」

営業統括課長が志村工具のデータを持ってきていた。

「どんな経営状態なんだ」

「志村工具は売上高はここ二、三年、百億円平均というところです。経常利益は毎期、四、五億は出ています。純資産も中小企業にしては出来過ぎです」

「シムラ技研と志村工具の違いはどこにあるんだ。田島課長はどう理解している？」

「志村工具は創業八十年以上経っています。シムラ技研は志村工具から分かれたのですが、創業時にごたごたがあったようで、こちらも業歴は五十年あるのですが、未だに亜流、二流と見られているようです。それに経営理念の違いがあるようで、志村工具はアフターサービスや専門の情報提供が評価されていますが、シムラ技研は価格で勝負というところで業界での評価は低いようです。したがって、一流メーカーの代理店契約なども志村工具から動かないように聞いています。シムラ技研の売上は四十億前後で、県内のシェアでは志村工具に次いでナンバー2と言われてはいますが」

「うーん。このM&Aはいい話になるな。シムラ技研への貸し出しはもう限界だろ」

「限界を超えています。今回の融資も保証協会の保証なしではできなかったところです」

これは担当者。

「よし、このM&Aの話は進めよう。ただ、志村信彦社長は会頭在任中ということになるな。ま、表面的には単なる合併ということで面子は立つか。時が経つとそれも怪しくなってくるぞ」

銀行内での正式な稟議は必要だが、基本的にはこのM&Aの推進はやるということに決まった。

「田島君一人で足りないところは、うちの担当者を使ってくれ」

「はい、分かりました」

田島はその後、行内の上司に稟議をだして決済を受けた。また、シムラ技研担当の係長、担当者と相談して、いきなり志村信彦社長に話を持っていくのではなく、社長の息子である勝専務に打診をしてみようということになった。銀行側からすればシムラ技研は倒産に向かって走り出しているので、拒否することはできないはずなのだが、そこのところを冷静に受け止めて、しかも社長以上に未来に対する責任を担っているのは、勝専務以外にないという判断である。

田島課長が勝専務に直接電話をして、折り入って話があると伝えた。勝専務は一瞬、怪訝そうに、

「銀行筋のお話は、社長か経理部長が承っていますが、私でいいのですか」

と問い直してくる。

「ええ、ちょっと貴社の将来に関わることですから、勝専務お一人にお目にかかりたいのです」

「ほほう、なんでしょうか。怖いですね。明日の午前中なら空いてますからよろしければどうぞ」

勝専務はあまり気乗りのしない応答だった。銀行側も田島課長一人でシムラ技研に行くことにしている。

「……最近のお仕事の景気はどうですか。少しは忙しくなってきましたか」

「いやぁ、駄目ですよ。バブルが弾けて国の救済策もあったようですが、地方の生産工場は海外に移転するところや、残ったところもガソリンの値上げ問題もあり、徹底的なコストダウンで、われわれの商売は大変ですよ」

「実は、専務、今日は格好を付けずに、ずばり本音のところで申し上げますがよろしいですか」

「それは結構ですが、怖いですね。どうぞおっしゃってください」

「私どもは御社の主力銀行としてお取引させていただいてきましたが、実はこれ以上の貸付は不可能なところまで来ています。先にお申し出のあった一億円も、保証協会の保証をつけていただくことを条件に融資いたしました。決算を拝見していますと昨年は利益を上げていただいていますが、累積赤字があり債務超過になっています。シムラ技研の将来を担っていただく専務からご覧になって、この状態から抜け出せる可能性はあるとお考えですか」

　勝専務の顔色は次第に青ざめてきた。

「なかなか難しい問題です。わが社の状況は私も分かっているつもりですが、営業戦略上で何ができるのか、会社を縮小して一からやり直すか、それもしなければならないときが来るだろうという覚悟はしています。田島さん、今日のご来訪の目的は、まさかその、最終宣告に来られたのではないでしょうね」

「最終宣告とかそんなものではありませんが、シムラ技研さんの過去の累積を清算して、一からやり直したいとお考えでしたら、専務さんにご相談に乗っていただきたいことがあります」

「なんですか、それは」

「実は、シムラ技研さんをM&Aしたいという会社があります。もちろん具体的にどんな条件でできるかは、もっと詰めてみないと分かりませんが、不渡り事故を出して倒産というような最悪の場面は避けられると思うのです。今すぐに決められる話ではありませんが、この話の交渉に入ってもいいものかどうかを、ご判断いただきたくて来ました」

「どこですか、わが社をM&Aしたいという会社は？」

「社名は、シムラ技研さんが態度をお決めになってから申し上げたいと思います」

「私どもの取引先とか、県内の企業とか、ですかね」

「それは今はお答えできません。専務から社長にご相談いただいてお決めいただくか、専務ご自身が腹をくくられるか、どちらにしても私にご返事をいただけませんか。もちろん、この件に関しては一切他言はしておりません。その点よろしくお願いします」

「いま頭の中が整理できず、なんとも申し上げられませんが、M&Aというのはどんな条件をつけてくるものですかね……」

「それはデータを出し合って、その上で決めることになるのでしょうから、その時点で決裂ということもあるわけで、今はなんとも言えません。くどいようですが、この話は外部に対しては一切極秘で進めることになります。その点はご安心ください」

「そうですか。お話は分かりました。よく考えてご返事します」

三十代の勝専務には大きすぎるテーマである。帰る田島課長を見送りもせず、勝はソファに沈み込んでいた。

その勝専務から回答があったのは、二日後である。勝専務の方から新星銀行の本店に出向いてきた。

「……私は営業しか分からないのですが、それだけに営業戦略などで打つ手がないことはよく分かっています。現在の粗利益の範囲内で経費を抑えていくしか方法はありません。

しかし、それにはやはり資金が必要になりますので、銀行さんに頼らざるを得ないと思います。……そこで、なんらかの方策が見つかるとすれば、M&Aでもなんでもやる以外にないと私は腹をくくりました。社長とは話をしていませんが、そちらのほうはなんとか説得します。田島課長この話もう少し詳しくしていただけませんか」

「専務、よく決断していただきました。当たって砕けろで社長にぶつけてみましょう」

「M&Aの先はどこですか」

「志村工具さんです」

「ええっ！　志村工具ですか……」

「同族のようなご関係ですから、話しやすいのではないですか」

「そうですが、長年のライバルでしたから、どうでしょうか。社長は拒絶反応かも知れませんね」

「勝専務、やりましょう！　はっきり言ってほかに選択肢はありません。社長にぶつかりましょう」

残暑の厳しい日であった。銀行の帰り道、勝は公園に車を止めて、木陰のベンチに腰をおろした。M&Aと言えば聞こえもいいが、結局、シムラ技研の終わりである。個人保証の借り入れもある。全財産を投げ打つ覚悟がいる。父、信彦社長の人生のとんでもない終焉である。激しいセミの鳴き声の中で、勝は呆然とベンチに掛けていた。青ざめた顔には汗も出なかった。

勝専務は勇気を出して信彦に会うことにしたが、信彦の平日はスケジュールが詰まっていた。土曜日の午後、信彦の自宅で会うことになった。勝が結婚するまで暮らしていた家である。勝が来るというので母親の芳子は喜んだ。

「家族みんな一緒でしょう?」

「いや、社長にちょっと込み入った話があるので、僕一人だよ」

「あら、残念ね」

信彦は外から帰ってくると、扇子をばたばた使いながら忙しそうにしている。

「会頭の引継ぎ事項が大変なんだ。商店街もイベントも問題だらけだ」

勝には信彦の忙しいというのは、現実からの逃避にしか見えない。

一呼吸おいて、勝は新星銀行の申し出を包み隠さず信彦に話した。M&Aの申し出が志村工具であることも……。

信彦は想像どおり激昂した。

「わが社の五十年の歴史はどこへ行った。先祖や先輩が営々と築いてきたこの歴史をどう思っているのだ！　今の赤字経営はお前たちの営業の責任だぞ。志村工具ぐらいに負けて情けないにもほどがある。そんな話は聞きたくない！」

「しかし、資金繰りはもう限界です。今の赤字が一転して黒字になるような対策はありません。次に資金繰りをするときは『街の金融業者』に頼むほかありません。冷静になって現実を見てください！　怒っていれば済む話ではありません！」

勝も声高になる。

そのとき母親の芳子が応接間の扉を恐る恐る開けた。

「あなた、電話ですけど……」

信彦は電話を引ったくった。

「もしもし、なんだ。竹内常務か。なに⁉　自殺？　誰が⁉　中川？　営業の中川か。彼が自殺したって？　そうか、常務、ご苦労さんだが花輪や香典を手配しておいてくれ。葬儀の参列は君が行ってくれればいい。うん、ご苦労さん」

「社長！　営業の中川が自殺したのですか。本当ですか！　中川さんが、大変だ！」

「彼は駄目男だったな。彼一人減っても補充は要らんだろ。これもリストラの一つと思えばいい」

「葬儀には僕も出ます。死んでいった彼の気持ちや、残された家族のことを思うと……」

「馬鹿、これぐらいで感傷的になるな。そんな弱気では人の上に立てんぞ」

その日のM&Aの話は中断した。しかし、勝は社長にはっきりと伝えたのだ。あとは社長の心境の変化を期待するしかない。

翌日の中川社員の葬儀には勝専務と斉藤営業部長、同輩の営業マンたちが参列した。中川夫人は泣くばかりでほとんど対応できなかった。中に親戚の男性から、

「おい、シムラ技研の連中。中川はなんで死んだんや。会社で一緒にいて分からんかったのか!」

と声が飛んできた。勝専務以下シムラ技研の社員は黙々と参列した。皆の心に営業会議のたびごとに社長の怒声を浴びている、在りし日の中川の姿が焼きついている。

(これは社長への恨みだ)

これだけでは終わらない予感があった。

葬儀の翌日、田島から勝専務に電話があった。

「大変なことになりましたよ。御社の内部告発です。わが社の決算書は偽造ですと言ってきている。保証協会の方に出したのも偽造だということです。うちの貸付の専門部隊がシムラ技研に調査に入ります。もう着くころでしょう。その結果が出るまでM&Aのほうは

一時お預けです」

決算書の捏造など勝はまったく知らないことである。

（内部告発はあの中川が……？）

あとで分かったことだが、目標未達の営業マンに斉藤部長が指示をして架空の売上を計上させていたようだ。勝は専務だったが正式には知らされていなかった。たぶん社長から営業部長に指示が出ていたのだろう。

経理部のほうに数人の調査担当が入り、やがて保証協会からも調査が来た。勝が呼ばれたのは、営業担当に架空の売上を指示したのは誰か、専務自身は関与していないか、ということであった。勝はまったく知らない、自分が関与したことはない、と断言した。社長も知らぬ存ぜぬで通しているらしい。とりあえず、大橋経理部長と斉藤営業部長を中心に説明が求められていた。営業マンも架空売上の内容を個別に説明したようだ。調査は数日で終わった。その間シムラ技研の営業活動は、ほとんどストップしていた。社員も部長の指示どおりしただけなのに、犯罪の片棒を担いだように言われて大きな不満が出ていた。

その結果は地元新聞に詳しく報道された。「新会頭の会社で詐欺的行為、保証協会に偽造の決算書を提出する」という見出しである。新聞社の取材結果というより、よく知ったものが社内からリークしている内容だ。

信彦社長は沈黙のまま、社長室に籠っていた。

勝専務は新星銀行の田島課長に紹介してもらって相談センターの杉山社長に会い、「もうシムラ技研の倒産は避けられない。取引先や従業員に迷惑を掛けることになるので、あとの業務を志村工具に引き継いでほしい。社員も営業を始め希望する者は使ってほしい」と依頼した。杉山は志村隆社長に了解をとり、すぐに取引先に宛てて志村工具とシムラ技研の社長連名の挨拶状を出し、善処すると回答した。

新星銀行は保証協会の保証が偽造であった以上、そのときの貸付の返還を求めてきた。信彦社長は相変わらず受け答えはほとんどできない。勝専務が税理士から紹介された弁護士に破産管財人を依頼した。そして、裁判所の手続きにも入った。ただこの件は民事ばかりでなく、刑事責任も問われることになる。その点は覚悟をしておくようにと信彦社長をはじめ経営幹部は言われている。

商工会議所にも、会頭を辞任することを連絡した。

そのころから信彦社長は経営幹部を呼び怒鳴り始めた。

「シムラ技研は倒産するはずがない。志村工具の奴に乗っ取られたのだ。お前たちは馬鹿者だ！　しっかり目を開いて判断せんか！　シムラ技研の五十年の歴史はそんなものじゃない。こら勝、お前はシムラ技研を継承する責任者だぞ、しっかりしろ！　絶対にシムラ技研は倒産させんぞ！　分かったか！」

狂った父親を、勝は自動車に乗せ自宅へ連れて帰った。

中小企業相談センターの杉山社長から、すべて事の経由を聞いた隆社長は息子の誠一を呼び満面の笑みで言った。

「どうだ！　五十年来の懸案、ここに果たすだだ。よく見ておけ、誠一！」

新星銀行に宛てた告発状は誰が書いたのか、分からずじまいだった。

ファイル03 ［第二創業］ 男たちの夢

野地プラスチックの社長室から、社長の野地光一があわただしく出てきた。秘書の智恵を従えている。そして隣の専務室のドアをノックもせずに開けたが、修二専務はいなかった。そこへ経営企画室の女子社員が駆けつけた。

「あっ、社長。お出掛けのところすみません。社長にお電話が入っています」

「誰からだ」

「営業の山口課長からです」

「ここで出る」

光一は経営企画室に入って受話器を取り上げた。

「あっ、社長。申し訳ありません。得意先の日本電材さんから社長に電話を代われと言っておられますので」

「日本電材さん？　なんの用件だ」

「実は昨日からうちのラミネート機が故障して生産が止まっていて、昨日の納期に納まっていないので……ご立腹なんです」

「そんな話は、わしでは分からん。専務に代わってくれ。社長は出張で出払っていますと言え。専務はいるだろ」

「いま工場に入っておられます」

「とにかく専務に代わってもらってくれ。今から東京へ行く。新幹線に間に合わん。いいな」

光一は電話を切った。

「時間がない。車は玄関に来てるか」

「はい、さっきから来ています」

これは秘書の智恵である。智恵は大きいカバンを二つ下げて玄関へ急いだ。

「じゃ、木曜日に帰ってくる。留守を頼む」

智恵も同行するので、企画室の小林室長に向かって言った。

「はい、お気をつけて。行ってらっしゃいませ」

「行ってまいります」

智恵は丁寧に頭を下げた。


ラミネート事業部では、修二専務が日本電材の電話に出ていた。

「本当に申し訳ありません。私どもの不手際で納期を遅らせてしまいました。……はい、はい、申し訳ありません。あの、それで先ほども山口が申し上げたと思いますが、明朝一番には間違いなく納めさせていただきますので、それでなんとかご了解をいただきたいのですが。……なんとかそこを曲げて、申し訳ありません。……はい、社長が戻ってまいりましたら、早速お詫びにお伺いさせていただきます」

修二専務は何度も頭を下げて、電話を切った。

「おい、山口課長。外注先の東洋プラスチックは間違いないだろうな。うちの機械は古いから修理に時間が掛かる。それまで、外注でしのがんといかん。購買の大橋課長と日本電材以外の納期もチェックを頼むぞ」

それだけ言うと修二専務はまた工場へ駆け込んだ。

「まいったなあ。うちのラミネート機はガタがきてるから、まったく困るよ」

と、山口課長がぼやく。

野地プラスチックは、創業三十年のプラスチックフィルムメーカーである。年商五十億円の中堅企業だ。今では顧客の要望でフィルムの二次加工も手がけていた。

初代の野地壮一郎は十年程前に急逝し、跡を長男の光一が引き継いだ。そして大手のフィルムメーカー技術部に勤めていた次男の修二を呼び戻し、技術担当の専務にしている。

光一社長は独身である。母親と二人で広い家に暮らしていた。

修二は元の勤め先の秘書課にいた智恵と恋愛結婚をしている。マンション暮らしだ。

問題は、光一が業界や経済団体の仕事をいくつか手がけるようになって、会社の業務を部下に任せがちになっていることである。おまけに社外の仕事が増えてくると秘書が必要になるということで、智恵の希望もあったのだが社長秘書に智恵を起用した。智恵は大手企業の秘書課にいた経験で、中小企業の雑務を抱えた秘書とは違っていた。仕事もよくでき、周囲の評価も高いということで、光一社長は満足している。

しかし、

「泊まりの出張に智恵を連れて行くとは何事だ！」

修二は、今回の社長の出張に智恵が同行することを聞いたとき怒った。

「智恵、お前は俺の嫁や。いくら歳がいってるから言うても、男と二人で何日も泊りがけで行く、そんなことが許されると思うのか。あかん、俺は反対や」

智恵は修二の突然の怒りに驚いた。確かに光一社長と同行して宿泊の出張をするのは初めてである。

光一社長も智恵も、四十歳を過ぎている。修二との倦怠期でもないだろうが、最近の智恵は光一に強く魅かれているのも事実だ。いつも工場にいる技術系の修二とは違って、光一はどこから見ても垢抜けした青年経営者である。智恵に対する気遣いも修二にはないものがある。

修二とは結婚十五年、子どもに恵まれず、仕事一途で無趣味の修二と暮らしていくのには、智恵も仕事一途になる以外はなかった。家での会話も会社のことを話さないと話題が途切れてしまう。修二の頭の中は会社のことと、兄の光一社長への批判でいっぱいになっているようだ。修二には智恵が秘書の職務を超えて社長の世話をしているように思えて仕方がない。また光一社長に対しては、会社経営上の不満もあった。職権にものを言わせ、修二には頭ごなしだ。

智恵はこのように不機嫌な修二の日常を見ていると、たった二人の家族だからと思うものの、修二が夫としても男性としても魅力を失っていることに気付き、がっかりしてしまう。

（……出張中に光一さんとの間に間違いが起こる、そんなことはありうるはずはないが、もしあったら、それもいい！）

そんな期待がないといえば嘘になる。智恵が出張を前に浮ついているのを、修二は気付いたのだろうか。

「もし社長が何かたくらんでおられても、私はまったく大丈夫です。愛する修二さんを裏切るようなことは絶対にありません」

と冗談にしてやり過ごそうとするが、あまり修二が言い募るので、

「社長にあなたから言ってください。私から社長との同行は危険だから行けません、なんて言えないわ」

「だいたいだな、今度の出張はなんだ『温暖化対策ビジネスマッチング』か、そんなもんにわが社が出品して何の価値がある。兄貴のはまってる『バイオマスエネルギー』なんていう世界はわが社には関係ない。兄貴の夢物語や」

修二専務は智恵の前では鬱憤を並べたが、直接、社長には何も言えなかったようだ。光一社長の新産業を目指す意気込みには、口を挟むにはかなりの抵抗があった。

修二専務はラミネートを担当する社員とメーカーの修理マンと油にまみれて働いていた

が、フィルムをローラーに巻き込みながら引き出してくる部分が、コンマ数ミリの単位でいびつになっているようで、巻き上げていくと蛇行して製品にならない。

「とにかく、ローラーを替えてみよう。ローラーの受け軸の位置の精度も問題がある」

「今日夕方にローラーの新品を持って本社から応援が来ます。専務さん、ありがとうございました。あとはわれわれでやりますので」

とメーカーの修理マンが言う。

「じゃ、頼むよ」

「専務、ありがとうございました」

このラミネート機の不調は昨日からである。社員の中には徹夜をしたものもいた。

「夕べ遅かった人は、今夜は早く帰ってくれ。ご苦労さん」

修二専務は社員のそばにいて目配りをするタイプだ。社長の光一とは対照的であった。

工場を離れるとき、石鹸で手と顔を洗い、作業服を事務所のジャンバーに着替えて専務室に戻った。専務室は経営企画室とつながっている。

「専務、大変ですな。ご苦労さまでした」

小林室長は専務をねぎらった。

「……先ほど営業本部の北村常務が来られました。専務にお話ししたいことがあるそうです」

「北村常務？　また、原料値上げの話か。ま、聞かんわけにもいかんから、呼んでくれ。……ちょっと、その前に冷たいお茶を飲ませてくれ」

季節は梅雨の時期であったが、湿った空気に日が射し暑かった。

北村常務は営業本部長を兼務していた。役員定年は六十五歳であったが、彼は定年をかなりオーバーしていた。本来、野地プラスチックの営業統括は光一社長が見ていたが、暇がなくなり、社長の信頼の厚い北村常務が、特命で本部長を委嘱されていた。「販売なくして事業なし」というのが光一社長の口癖で、それだけに営業本部長は重責だった。

「おう、北村常務。今日は社長は東京出張だ。木曜日まで帰らんそうや。僕でよければ聞かせてもらいましょう」

修二専務は笑いながら、北村を応接セットに掛けさせた。

「たぶん、ご想像が付いておられることと思いますが……」

「ずばり当てようか。またまた原料値上げ。そうでしょう？」

「正解です。さすが専務よく見ておられます」

「毎日の業界紙はそればっかりや。今回はどういう内容ですか」

「朝日化学が今度は二割の値上げを言ってきています。来月分からお願いしたいということです。おそらく大阪石油化学も同一歩調でしょう。まいりました。売価に転嫁する暇も余裕もなくて、なんとかしないと今年の決算は大赤字です」

「来月から原料が二割上がるとして、変動費のトータルがどう変わるか。値上げの状況別に想定して損益の予想を出してみてほしい。そうだ、これは経営企画室だ。……小林室長！　ちょっとこっちへ来てくれ」

それから値上げ対策の会議が、担当者を呼び込み就業後まで続いた。

会議が終わって、修二専務は智恵がいないこともあり、食事かたがた希望者だけを連れて居酒屋に行った。

そして十二時過ぎにかなり酩酊して帰宅した修二専務は、真っ暗な家に明かりをつけて、冷蔵庫の冷えた水を飲み、汗をかいてきたので風呂に入りたかったが、沸かすのも面倒でシャワーで済ませた。

(今ごろ、智恵の奴どうしてるのかな。……もし、兄貴とできていたら絶対に許さん！)

修二は自分で布団を敷き、その上で再び水を飲んで寝た。

日本産業会館の「温暖化対策ビジネスマッチング」での野地プラスチックの「セルロース系エタノール生産開発」のプレゼンテーションは好評だった。

現在、地球上では石油資源の枯渇とCO_2削減対策から、ガソリンに生物資源から作るバイオ系のエタノールを混入させることを義務とする、京都議定書が発効しつつあった。エタノールの資源としては、糖質資源、澱粉資源（水陸稲、馬鈴薯、甘藷《かんしょ》、サトイモ、トウモロコシ、サトウキビなど）が効率よく、主たる原料として使われ始めていたが、貴重な食料資源の流用は人類の生存を脅かしかねないとして、反対意見が多かった。

これに対し植物繊維などのセルロース系の原料から、効率よく安価にエタノールを生産する技術・システムの開発が急がれていた。野地プラスチックが研究費を負担して大阪先端工科大学の高村教授と共同開発しているのは、様々な植物繊維、間伐材や木質系建築廃材、稲藁、籾殻など農業廃材、水草、古紙などを分別せず、混在したまま処理できる一貫したシステムで、これは廃棄物を処理する上からも画期的な手法として注目されていたのだ。

展示はパネル展示で、難解な可溶化装置や発酵槽、蒸留のプロセスなどが解説されていたが、専門の研究者でない限り理解はできなかった。

光一社長のプレゼンテーションは、展示会場の一角に設けられた会場のステージで、一人二十分の持ち時間で行われた。

光一は、この事業の特徴は何か、中小企業のわが社がどこに惹かれて多額の研究開発投資をしたのか、新エネルギーの未来についてどう考えているか、そして、この事業のパートナーを求めていること、などを熱弁をふるって話した。

五十人ほどの聴衆から拍手が来た。また、秘書の智恵は光一の講話中にパンフレットを配っていた。

一講話ごとに十分間の休憩があり、名刺交換が行われる。かなりの人数が光一に押し掛けた。

智恵も名刺交換をした。智恵の苗字が社長と同じなので、名刺交換をした相手から、

「奥様ですか」

と聞かれることが多かった。違いますと言えば、ご兄妹ですかとか、中にはお嬢さんですかというのもある。最近では「奥様ですか」にも「ええ」と答えて笑顔を向けることにしていた。だから仕事上では、二人は夫婦であると思われている。光一社長は背が高く、好男子であったし、智恵も目元の明るい、笑顔で仕事をこなす洗練されたビジネスウーマンの印象である。「似合いの夫婦」と言う人もいた。智恵はそう言われることを楽しんでいた。

この「ビジネスマッチング」の展示会は三日間開催される。他社のプレゼンテーションも会期中行われたが、初日は夕刻から交流会が企画されていた。親睦を深め情報交換をし

ようということである。

交流会の会場は近くのシティホテルだ。光一もそのホテルで宿泊の予約が取ってあった。予約はツインの部屋とシングルが一室ずつである。

「ホテルの予約は僕がするから」

と光一が言うので智恵はどうなっているのか知らなかった。微かに光一と同室の期待もあったが、それは裏切られたようだ。

光一がフロントでチェックインをして、二人で六階の６１０の部屋に向かった。

「私も同室させていただいていいですか」

エレベーターで智恵が聞く。

「ああ、化粧するぐらいならいいやろ。打ち合わせもあるからな」

「分かりました」

智恵は下半身が痺れるような感覚で、光一の肩に寄り添うようにしてしまう。

「夜までこき使ったりはしないからね」

「ぜひ使ってください。なんでもしますから」

智恵にすれば口説いているつもりである。

六階で降り、６１０号室に入ると、二人は夫婦のように自然体で、智恵は服を着替え化粧を直し、光一も顔を洗って髪を整え、交流会に出る用意をした。

立食の交流会では、二社から光一のプレゼンテーションに対する問い合わせがあった。今後の開発のプロセス。必要な資金。事業として収益性の概略。ライバルはどこかあるのか。ビールを片手に質問が飛んでくる。智恵は光一の陰で手帳にメモっていた。後日改めて連絡を取り合い、詳細の打ち合わせをすることにする。

最終の日は午後、経済団体の「第二創業への挑戦」というテーマのパネルディスカッションがあった。光一社長は実践していることをモデルケースとして話してほしいという依頼でパネラーも引き受けていた。

このディスカッションが終わって夕方、展示していたパネルを片付け、会社へ転送の手配もし、そして自分たちの荷物を取りにホテルへ向かった。

光一は連泊していたホテルの610号室に入ると、突然、智恵の両手を握りしめた。

「ありがとう。大成功だったよ。わが社にも、ここからきっと新しい世界が開けるよ」

智恵は微笑みながら、次に抱かれるものと思い光一のほうに倒れ掛かろうとしたが、そのまま光一は握った両手を離し、トイレに向かってしまう。

(社長！　いったい、これはなんですか！　私は社長のなんなの！)

と、智恵は心の中で叫んだ。

そのころ野地プラスチックでは、修二専務の元で営業幹部会議が開かれていた。

根岸部長が説明を始めた。

「先だっての原料値上げの対策について、昨日、営業を集めて会議をしました。ご承知のとおり、わが社のプラスチックフィルムの客先は、いずれの業界も不況の中にありますので、製品値上げは非常に難しい状況にあります。原料やエネルギー関係の値上げ分をそのまま客先に転嫁しますと、やはり二割程度の値上げに踏み切らざるを得ません。しかし、実際には、その半分も実施することはできないと予想されます。今後、業界の状況をよく見定めた上で客先別の対応を含めて方針を立てたいと思いますが、昨年対比売上総利益で二、三億の減益になることは避けられないと思います」

北村常務が補足説明をする。

「いやぁ、専務。値上げ交渉に入る前からこんな弱気なことでどうするのかと、私も発破を掛けました。もちろん、方針が固まり次第、営業一丸となって値上げに走りますが、その前にどういう結果が出ても大丈夫な対策を経営上は打っておく必要があると思って、とりあえず専務の耳に入れさせてもらったわけです」

修二専務の前には資料が置かれている。今期の赤字決算を覚悟しておいてほしいという根回しだ。

「そうか……まあそうだろうな。根岸部長、値上げ戦略として、どうしても値上げのできない先、したがって受注しても赤字が増えるだけという先はどうするかだな」

「粘りに粘ってできなければ、取引を断る以外に方法はないと思います。おそらく同業他社も同じでしょうから、他社に取られるということはないと思います」

「最悪の場合は縮小経営だな。赤字のところを断って注文がなくなった分、わが社もリストラをやるか」

「そうでしょうな。徹底的なコストダウンは社内でやりますが、本社関係の間接費用のダウンも、専務、お願いします」

と北村常務。

「うん……社長にもこの辺をよく理解してもらっとく必要があるな」

「公職や経済団体の活動も、ほどほどに控えていただくより仕方がないですな」

北村常務は経営部門の冗費を知っていて発言しているのだ。

「よく言っとくよ」

「社長はいつお帰りですか」

「明日は出社すると聞いている」

「長い出張でしたな。智恵秘書も一緒ですか」

「そうだ」

会議に出席していた営業課長二人は終始無言だった。


その夜、智恵は十時過ぎに帰宅した。土産に菓子箱をさげている。

「ああ……疲れた。修二さんにも不自由をお掛けしましたけど……私も疲れました」

「仕事のほうはうまくいったのか」

「それは社長から聞いてください。うちの出展や社長のプレゼンは好評でした。まだビジネスになるというものではありませんが」

智恵は光一との関係について何か言われないか気になっていたが、修二は何も触れず黙って寝てしまった。

翌朝、修二は光一に呼ばれて社長室に入った。

「長い出張ご苦労さまでした」

「智恵さんにも苦労を掛けた。彼女、疲れてなかったか」

「あれは強いから大丈夫ですよ」

「……実は、例の東京で出品したバイオマスのエタノールの件だけど、なかなか好評だった。いずれ各方面から競争相手が出てくると思うけど、今のところわが社が最先端を行っている。大阪先端工科大学の高村教授の発想が良かったのだ。これは将来きっとわが社の第二創業の柱になると思うよ」

「……」

「それで実は相談したいことがあるんだが、植物系の廃棄物を混在させたまま繊維を可溶化し発酵させるシステムは実験室では成功しているんだけど、今年はフラスコ実験から機械を使った実用化への実験に入ることになっている。全体の流れから言うと、その機械化実験に成功すると次は事業化できる機器の開発ということになる。順調に行けば来年度中に開発は終了することになるはずだが、とりあえず、その今年の実験プラントに五千万円ほど掛かるので、その金策をどうするかという相談だ。一つは政府の補助金の申請だけど……」

「ち、ちょっと待ってください。その前にこちらからも報告したいことがあります」

「おい、まだこちらの話は終わっていない。後にしてくれ」

「そうもいかないんですよ。社長のお話の前提として知っておいていただく必要があります」

「お前は勝手な奴だな。なんだ、言ってみろ」

「社長の出張された日に朝日化学が原料値上げを言ってきました。来月から二割の値上げを要求しています。いずれ各社も同じベースで来ると思いますが、今年度の予算のうち変動費が五億円以上アップすることは確定的です。そのうち客先にどれぐらい転嫁できるか概算で計算をしましたが、最終的には昨年度対比二、三億の減益は覚悟しなければならないようです。そうすればわが社の決算は赤字に転落します。この対策に製造部門はもとより、間接部門に至るまで徹底的なコストダウンを図る必要があります。一部リストラを含め社員にもかなりの負担を掛けることになります。社長のご発言はこのような事態をご承知の上でお願いしたいと思います」

「二割の値上げとは大きいやないか。他社も足並みは揃ってるのかな」

「原油の値上げに始まり、後進国の需要の増大など、メーカーも耐え切れない状況ではないですか」

「客先への転嫁はそんなに難しいのか」

「今回の値上げは単なる相場で動いているのではなく、もっと深いところの原因で動いていますから下がることはないでしょう。ということはこの価格体系に対処できないところは、減産や廃業なども視野に入れて考えていると思います。その意味ではわが社も赤字で受注している先に対しては、取引を中止することもありうるということです。また消費者の買い控えや企業の設備投資も少なくなれば、景気はますます後退するでしょうし……」

「ま、そちらのほうは北村常務に営業の尻を叩かして、全社挙げて頑張るようにしてくれ。また僕も営業会議には顔を出す。専務、しっかり頼む」

「もちろん全力を挙げますが、決して易しいものではないということはご承知ください」

「そんなことは分かっているよ。だからこそフィルム以外の分野に進出するために、東奔西走しているのやないか。いつも言っているとおり常に現状の仕事は長続きしない。必ず崩れる。あらゆるものが本体の内部に矛盾を持っていて、その矛盾が拡大し内部から崩壊する。プラスチックフィルムの場合は仮に需要があったとしても、資源涸渇で調達ができなくなるか地球温暖化で人類が石油への依存を減らしていったときは市場から姿を消すことが早晩おこる。そのときにわが社はどう生き残るか、既存の経済社会の中で新製品開発をするというのではなく、今回の改革は完全に現状否定から始まる。だから従来の枠の中での試行錯誤では成果は上がらないということを言ってるのだ」

「それは何回もお聞きしています。でもこの緊急の事態に五千万円出せとは、ちょっと無茶ですよ」

「じゃ来年ならいいのか、再来年ならいいのか。先へ行くほど状況は悪くなる。それを見越して今やろうと言っているのだ。どうにか日銭を稼いで、赤字にも耐えながら、まだ手の打てる間に未来の投資を考えないといかん。それが分からんのか」

「とにかくしばらく考えさせてください。役員の意見も聞いてみますから」

「ああ、しかしやめるということは駄目だぞ。五千万円の調達方法と、その支出を前提にした今後の経営方針を考えるということや」

「そんなうまいこといきませんよ」

専務は社長を説得できなかったことで、憮然として出て行った。光一はブザーを押して智恵を呼んだ。

「なんでしょうか」

「君の旦那は石頭だ。今やらないといかんということが理解できない。ま、君に言っても仕方のないことだが。……ちょっと開発の宮川課長を呼んでくれ。今回の出展の成果を整理しよう」

智恵秘書の連絡を受けて、宮川課長はすぐにノックして入ってきた。

「ああ、知恵君も同席してくれ。プレゼンテーションのときのパートナー募集に反応してきたところに連絡を取って話を進める。智恵君、出展の資料を持ってきてくれ」

社長室のテーブルでは、プレゼンテーションのあとの交流会で名刺交換をした先のチェックが始まった。

「あ、社長、連絡帳に書いておきましたがご覧いただきましたか。イーアンドジーの関口社長から電話があり、大阪先端工科大学の高村研究室のほうで試験機の製作に入りたいので、本年度の研究委託費のうち半額でいいから今月中に二千五百万円ご入金をお願いしますとのことでした」

と、宮川課長。

「そうか、分かった」

光一は少し暗い顔で頷いた。イーアンドジー株式会社は今回のシステムを高村研究室と共同開発をしているベンチャー企業である。野地プラスチックはそのシステムの実施権を得て事業化しようとしているのだ。

「なんとかこの事業のパートナーを早く見つけんといかん。新事業開発に二、三億円掛かるのは常識なんだが」

とりあえず光一は受け取った名刺の中から四、五枚を取り分け、智恵に、

「どうだ可能性のありそうなところはこんなもんか」

「そうですね」

智恵は手帳を見ながら考えていたが、

「もう一軒、大阪の商社がありましたね。随分熱心に質問しておられましたけど」

「商社ではなあ。それに彼は若かったから調査のデータ集めと違うか。……宮川課長、とりあえずこの名刺の人に電話をしてくれ。事業化に関心をお持ちでしたらお伺いさせていただきます、と言ってアポイントを取ってくれ。依頼があった先には、こちらから先に訪問することが大きな判断材料になる」

先方が共同開発に乗ってくれれば、開発費用も負担してくれるかもしれない。したがって、費用負担もせず権利だけ主張するとか、その能力もない企業では駄目である。訪問をしてそれを確認する必要がある。

「じゃ、宮川君頼むよ。もういい、席に帰ってくれ。……智恵君、小山経理課長を頼む」

智恵が小山課長に電話を入れたとき、課長は席を外していた。北村常務と専務室に呼ばれていたのだ。

「すぐ参りますと返事しといてくれ」

智恵秘書の電話を受けた経理課の女子社員の連絡に、小山はちょっと修二専務の顔色をうかがって電話を切った。

「社長の用事はたぶん研究委託費のことやろ。分かりましたと話だけは聞いて来い。イーアンドジーや大学などへ振り込んだりするのは駄目だ。まだ検討中だから」

と部屋を出て行く小山課長に、専務は声を掛けた。

「北村常務、どうしたものかな。率直な意見を聞かせてくれ」

「困りましたな。確かにわが社も第二創業を探さなければならないのは分かりますが、大学の最先端の研究と連携して、すぐに売れる商品ができるとはちょっと考えられませんね。もっと身近な分野での新規開発がいいのだが」

「社長も自分の独断でこれがいいと決めてしまっているから、曲げないしね」

「本年度はテスト用の機械で五千万ですか」

「そうだ。来年は事業になる実用機の開発でそれ以上のコストが掛かるそうだ。北村常務、何か根本的な解決法はないかな」

「と言いますと」

「ちょっと言いにくいが、社長の考えている事業を、その開発をしているベンチャーと共同出資で別会社を作るかして、最悪でも野地プラスチックに累が及ばないようにするとか」

「なるほど。野地プラスチックの社長から降りていただくということですか」

「まあ、そういうこともありうるということで、今年の研究委託費の五千万を出資金として出して、新会社で独自に経営してもらうというのはどうかな……正直、兄貴とのチームプレイは疲れたよ」

「そうですか。取締役会の議決権が取れればできますよね」

しばらく二人とも黙って考えていたが、

「どうだろう。とりあえず五千万円の研究費の出費の要求があったわけやから、臨時の取締役会を開いて諮ってみるというのは」

「そこで研究費は出さないという議決をするのですか」

「そうや、そこで別会社案を提案する。別会社案は兄貴にとっても好きな道に邁進できるいいチャンスだと思うがな」

「なーるほど。取締役の根回しが要りますね」

「やってみよう。北村常務、頼りにしてまっせ」

一方、社長室では社長が小山課長に、バイオマスエタノール事業がいかに地球を救うことになるか、この事業こそ新世代を開くビジネスだと、熱弁を奮って説明をしていた。小山課長は既に何回も聞いた話ではあるが、光一社長の熱弁にはいつも共感してしまう。

小山課長が予想していたとおり、社長は本年度の研究委託費五千万のうち前期分として二千五百万円を至急にイーアンドジーに振り込むように指示をした。小山は、

（ああ、これが専務の言っていたことだな）

と理解したが、

「実は今、専務からもし社長の指示があっても、研究委託費は払ってはいけないと言われ

たばかりなんですけど」

「なに！　専務の言うことなど気にするな。今言ったようにこの事業を継続することは絶対的に必要なことなんだ。社長が真剣に考えて判断してやっていることを、専務ごときに止める権利などない。小山君、これは社長命令や。誰がなんと言おうと社長が指示していることを君は実行したらいいのだ。すぐに手配をしてくれ。当座には金はあるのだろ。なければ銀行は僕が説明して借り入れる」

「当座の残高はありますが……」

「君は言われたとおりすればいい。社長の指示でやりましたと言えば、誰にも文句を言わせない。いいか、このことは専務にも常務にもしばらくは内緒にしておくのだぞ。いいか」

小山課長は渋い顔で握りこぶしをつくって社長室を出てきたが、廊下の途中まで来ると決心をしたという表情で、専務の部屋を通り越して自席に帰り、銀行に連絡をすべく受話器を取り上げた。


翌日、専務から取締役会を開きたい旨の連絡があった。

「社長の研究委託費の件を役員会で決めたいのです。今日の午後三時は空いていますか」

「今日の午後三時？　なんでそんなに急ぐんや」

「事が事だけに早いほうがいいと思いまして」

社長のスケジュールは空いていた。

「智恵君、君にも連絡が来てたのか」

「いえ、ありませんが」

と言っているところへ、智恵にも修二専務から取締役会への出席の指示が来た。智恵秘書も取締役である。

野地プラスチックの取締役は、光一社長、修二専務、北村常務、そして中西工場長、根岸営業部長、小林経営企画室長、そして智恵秘書であった。全員出席で臨時取締役会は開かれた。

進行役はいつものとおり小林経営企画室長である。

「ではただいまより臨時取締役会義を開催いたします。出席数は全員の出席であります。ではこの取締役会の召集の要請のありました北村常務から、本日の議題のご審議に入っていただきます」

北村常務は光一社長が睨みつけている視線から目をそらし、紙を読み上げるように淡々と進めた。

「ではご指名により、議長代行として本日の議題の審議を進めさせていただきます。まず議事録署名人を中西工場長お願いいたします。本日の取締役会にお諮りしますのは、社長からバイオエタノール開発研究委託費として五千万円を支出する件のご提案がありました件につき、金額が取締役会の決議を要する範囲に入りますので、取締役の皆様にお諮りしたいと思います。だいたいのご提案の骨子は出席の取締役は理解しておるはずですが、社長、何か補足されることはありますか」

「なんだ、この取締役会は。なっとらん。このような内容で臨時取締役会とは呆れてものも言えん」

「では、ただ今の件につき採決に入ってもよろしいな。ほかの皆さんもいいですね」

拍手するものがあった。

「では、ご意見もないようですので採決に入ります。五千万円の研究委託費の支出に賛成の方」

光一社長が面倒くさそうに手を半分上げた。次に智恵取締役がすっきり手を上げた。

「賛成です」

声に出してまで言う。修二専務の方を見向きもしないで智恵はまっすぐ前を見ていた。

ほかにもう一人小林室長が恐る恐る手を上げた。

「ほかにございませんか。よろしいですね。では反対の人、挙手をお願いします」

これには修二専務、根津営業部長、中西工場長が手を上げた。

「三対三の同数でありますので、議長代行の私の一票で決めることといたします。私は反対であります。よって取締役会の決議は研究委託費の出費は認めないということに決しました」

「分かった。お前らの汚いやり口でせっかくのチャンスをぶち壊すのだったら、小林室長、臨時株主総会を招集してくれ。取締役の入れ替えをやる。みんな、文句ないな」

「社長」

修二専務が落ち着いた声を出した。

「一つ提案があるのですが。今、というよりこれからプラスチック業界は大変な時期を迎えます。その困難を乗り越えるために、バイオマスエタノールの開発に取り組んでこられたのはよく分かります。しかし、わが社の経営は原料値上げや、需要の減退で今期も赤字になる恐れがあります。もっと言えば来期に向かって企業規模の縮小を含めた、根本的な改革を必要とする状態になる可能性があります。その経営危機をすぐにバイオマスエタノールが救ってくれるかといえばとても無理でしょう」

「修二、何が言いたいのだ。はっきり結論から言え」

「だからこの際バイオエタノール開発部門を分社して、とりあえず五千万円を資本金として当社が出資して、野地プラスチックとけじめをつける形でやってもらってはどうかということです。新会社の今後の資金は銀行借入や、あるいは投資をしてくれるところがあるかも分かりません。しかし、野地プラスチックからの資金提供は今回限りということにしていただきたいということです。いかがでしょうか」

「野地プラスチックの社長は誰がやるのか」

「それは新しい役員会で決めることですが、私も候補の一人に加えていただきます」

「俺はその新会社の社長ということか……」

光一は腕を組んで考え込んでしまった。

「新会社へ移行する事業とか社員はあるのか、ないのか」

「それはまた後でご相談します」

取締役会の会議室を黙って出てきた光一社長に智恵が付いて来た。

「社長、私は社長と一緒に付いて行かせてください。……一生お供させてください。修二さんとは別れても構いません」

「なに?」

光一は驚いて顔を上げた。智恵は上気して真っ赤な顔になっている。

「私は社長が、光一兄さんが好きなんです。どうかお供させてください……」

言っているところへ小山課長が飛び込んできた。

「社長、昨日社長の言われたとおりイーアンドジーへ振り込みをしたのですが、すぐに銀行のほうへ取り消しの電話が専務から入ったようです。だから振り込まれてはいません。今、北村常務に呼ばれまして大変叱られました。上司の指示に従えないものはクビだと言われました。社長、私は社長に付いて行きますのでよろしくお願いします」

と必死の形相である。

「そうか、それは悪かった。責任は僕が取るよ」

光一社長も腹が据わったのか落ち着いてきた。

「この船は、野地プラスチックを離れて新しい航海に出る。リスクはもちろんあるが希望に向かって船出するのだ。数少ない味方だけどどうかよろしく頼む」

小山課長と智恵に笑顔を向けた。

その夜、修二の家で一騒動あった。智恵は取締役会での自分の態度に対して覚悟を決めていた。食事の用意を済ませて、修二の帰りを待ち受けていた。

ところが、修二は帰ってくるなり、

「智恵、お前は兄貴と浮気したやろ！　この馬鹿者が！」

と、怒鳴りだしたのだ。

「そ、そんなこと……していません」

智恵は出鼻をくじかれた。

「ホテルに二晩も一緒に泊まってもか！　あの兄貴とお前なら何もありませんでしたで済むはずはない。お前らのことを夫婦だと世間では思っている奴もある。仕事がしたいなんて格好つけて、社長秘書になったのも、ただ浮気がしたかっただけやろ。今日の取締役会の態度はなんだ、あれは。兄貴にべったりなところを見せつけやがって」

「取締役会ではすみませんでした。私は悪いことをいたしました。修二さんにどれだけ責められても申し開きはいたしません。……もう私は修二さんに付いて行けません」

「馬鹿やろう。お前みたいなうそつきで、ふしだらな奴は顔を見るのも嫌だ。今日から別居だ……だが兄貴にだけは近づくな。これはお前らのために忠告してやる。世間に笑われるぞ。分かったら出て行け、すぐに今から出て行け。顔も見たくない」

「分かりました。それではお暇をいただきます。長い間ありがとうございました。荷物はまた取りに来ます」

智恵はカバンに身の回りのものだけをつめて飛び出した。光一社長の家には行くことはできない。義母も住んでいる。

当分はホテルに泊まる以外はない。智恵は目を吊り上げて、ハイヒールのかかとを響かせながら勢いよく歩いていった。

中小企業相談センター主催の「第二創業支援セミナー」は十回シリーズで月一回開講されている。受講料は五万円。創業間もない中小企業相談センターにとっては、将来を賭けた大切な事業であった。

受講企業が今回のように十五社あれば、会場費と講師代がわずかに出てくることになる。相談センターの事業としては、個々の企業からの個別相談に応じたり、長期契約のコンサルタント契約等で経営の主体としたいところだが、見込み客をつかむためにも多少の損失は覚悟の上でセミナーも開催しなければならない。

今日は第五回の開催日であった。

第二創業というのは、「現業を持っていて、なんとか現状では経営ができているものの、一業種だけやっていたのではいずれ時代の変化とともに、衰退の局面に立たされるのが一般的である。その中で企業の永続を願う中小企業に向けて、将来性のある新しい産業分野を紹介し、多角化のための創業の支援を図ろう」というのが今回のセミナーの狙いである。

今日は「介護事業の実態と将来性」がテーマで、専門の研究者の立場から大学教授と、実践している企業の社長の事例紹介があり、その後、質疑応答などを行った。

午後一時から五時まで四時間に及ぶセミナーがようやく終了したとき、このセミナーの参加者である野地プラスチックの野地修二専務が、小西マネージャーを呼び止めた。

「ちょっとご相談したいことがあるのですが、疲れておられるところ申し訳ないけど、よろしいか」

「どうぞどうぞ、場所はどこがいいかな……」

会場はマネージャー補佐兼女子事務員の高木が机を元どおり片付けていた。今日は杉山社長は呼び出しを受けて、他社へ出掛けている。

「高木君、後頼むよ」

「はーい。片付けておきまーす」

修二と小西は会場のロビーにある談話コーナーに席を移した。

「あの、この第二創業セミナーは、新事業をやろうと思っているものにとっては、すごく元気付けられますね。私もやりたいことがあって悩みながらやっているのですが、個別の相談も聞いていただけますか」

「もちろんです。個別のご相談を承って、その新規事業を軌道に乗せていっていただくのが中小企業相談センターの事業目的ですから、なんなりとご相談ください。野地プラスチックさんの現在のお仕事はなんでしたか」

「プラスチックフィルム生産と二次加工業です。受注はかっての二割ダウンになっています。原料高の中にあって、今期は赤字の決算を覚悟していますし、従業員の解雇もしましたが、どうしても事業の新規開発に力を入れていかなければなりません」

野地専務は四十代前半の若さであった。

「……しかし新規事業に多額の開発投資が要りますし、どんな事業に投資をすればよいか分からないので困っています。社長は兄の光一といいますが、社長が今バイオマスの事業にはまり込んでいて、実はそのことでご相談をしたいのですが、その事業にはリスクが多いように思えて私は反対しているのですが」

「社長さんの取り組んでおられるバイオマスとは、どんな事業ですか？」

「植物系の繊維からエタノールを取り出す事業です。琵琶湖の水草や、里山の下草、稲藁や籾殻などの農業廃棄物などから、僕ではうまく説明できませんがセルロース系エタノールを作るという事業です」

「ほほう、面白そうですね。ただ、繊維系では、サトウキビやトウモロコシなど澱粉系のものに、量的にも価格的にも対抗できないと言われていませんか」

「そうなんです。しかし、社長の言うのには、近い将来地球上の食糧不足がひどくなって、農地で生産された穀物から油を取るようなことは人道上許されない時代が必ず来る、澱粉系は続かないと言うのです。それに集中的に大規模な施設で作るのではなく、小規模なものを各地に作り、地域の廃棄物を地域で集め、そこでエタノールの生産販売もやっていこうという考え方です。言うなれば地産地消の一つですね」

「それで、研究や実験は商品化できるところまで進んでいるのですか」

「実験的な機械は大学の研究室ではできているということです。あとは事業用の施設の開発や、生産原価をはじき出すための実務上の研究が残っていると言っています」

「その開発はどこがやっているのですか」

「独立したベンチャー企業でイーアンドジー株式会社というのが大阪で開発しています。それで、その会社に野地プラスチックが投資をして共同経営をしようと考えているようです。とりあえず、ベンチャー企業のイーアンドジーでは資金がありませんから、大学の研究開発に要求されている五千万円が調達できないということだそうです」

「トータルではどれくらいの投資になるのでしょうかね」

「事業化に進む速度にも拠るでしょうが、実用機の開発までで一億ぐらいは要るのではないでしょうか」

「ちょっとお話を伺っただけではお答えのしようもありませんが、よく調べられてご判断されてはいかがですか。こういう分野はうまくいくと利益も大きいのですが、商品として市場に出した場合必ずしも成功するとは限りません。そのことを覚悟して掛かる必要はありますね」

「それで、小西先生。中小企業相談センターでこの件を進めるにあたって、コンサルタントをしていただくわけにはいきませんか」

「うーん。お話をいただいたことはありがたいのですが、どこまでご期待に添えるか分かりませんが、私どもの杉山社長とも相談してご返事させてもらいます。……そのイーアンドジーが提携している大学はどこですか」

「大阪先端工科大学です。特に環境機器の分野では面白い挑戦をしている大学です」

「なるほど、また、われわれもこの分野を得意としているわけではありませんので、よく考えてご返事をさせてもらいます」

後日、野地プラスチックを訪問して返事をするということで終わった。


「……なるほど」

小西マネージャーの報告を聞いて、杉山社長はしばらく考え込んだ。どんな手順でコンサルをやるか。野地プラスチックにとってメリットがあり、立ち上げたばかりの相談センターにとってもプラスになる方法はあるのか。

「とりあえず繊維系のエタノールの事業化についての調査依頼ということで受けさせてもらおう。大学の研究者やバイオ事業の推進団体のようなところに聞けば調査はできるだろう。その調査結果を出して、その上で野地プラスチックかそのイーアンドジーか分からんが事業化に進むということになれば、そのときの状況によってコンサルは引き受けたらいい。バイオ産業はこれからの産業だから、われわれシンクタンクを目指すものにとってもいいテーマに違いない」

杉山は友人の大学教授に電話を掛け、植物の発酵関係の教授を紹介してくれるよう依頼した。どうやら適当な研究室はありそうである。

「ま、調査費は五十万というところか。知名度のある機関だったら百万は取るぜ」

その腹づもりで野地専務に面談のアポイントをとった。


野地プラスチックの応接室である。壁に創業者の先代社長の肖像画が掛かっていた。

野地修二専務に小西マネージャーのほうから、「バイオマス事業調査企画案」が説明されたところである。見積書も出ている。納期は二ヶ月。修二専務は説明を聞いた後も仔細に読み返していた。

「……分かりました。うちの社長もこのテーマで講演に歩くぐらいですから、研究はしていると思いますが、なにぶん先端的な狭い範囲の研究者に囲まれてのことですから、現実に事業化していく視点からの検討は充分できていないと思います。……この企画案は一度社長に相談をしますからしばらく時間をください。いま社長は新会社設立について、パートナーになるイーアンドジーの社長と詳細の詰めをしているところだと思います」

「新会社設立はもう決定しておられるのですね」

と杉山社長が聞く。

「一応、方向性については役員会では決めました。社長は新会社設立の暁には当社の社長を退任する、その条件についても役員会では既に議論されています」

「ということは、新会社についてリスクを社長自らが背負い込まれるわけですか。大変ですね」

「ですから、できればお宅のようなところにマネジメントの指導を含めて、全体的なコンサルタントをしていただけたらと思いまして。将来、光一社長の右腕になってもらえるようなことができればいいのですが」

「そうですか。ご用命いただければ、頑張ってみます」

あと杉山社長は野地プラスチックの概要を聞きとっていった。中小企業のプラスチックのフィルムメーカーとしては、相当の業歴を持っていた。創業以来一度も赤字を出していないということである。事業の内容が時代の波に乗っていたのだ。

修二専務は、

「いずれわが社のほうも社長を交代して新体制を創るとき、ご指導ください。また改めてお願いしますが……」

後日、野地プラスチックのほうから連絡をするということで、その日は退散した。

帰りの車の中で、

「どう思われますか、社長」

と小西。

「うーん、結局は社長と専務の兄弟喧嘩かなあ。余裕の資金か、調達した資金で野地プラスチックが開発投資をするというのが、無難なことなんだが」

「それと、ちょっと小耳に挟んだのですが、修二専務の奥さんが光一社長の秘書をしていて、その奥さんが独身の社長と浮気をしたことが原因で修二専務は離婚をしたということですよ。それが今回の騒動のそもそもの発端かも知れませんね」

「そうか、光一社長にも会ってみないと分からないが、バイオマスエタノールの事業化の可能性はどの程度あるのか、それこそ調査が要るね」

それから一ヶ月ほどして、野地光一から中小企業相談センターに電話が掛かってきた。

「以前、野地プラスチックの社長をしていました野地光一と申しますが……」

社長の杉山が電話に出た。

「……このたびベンチャー企業として『バイオエネルギー株式会社』を立ち上げました。なにぶんスタートしたばかりですから、いろいろご指導をお願いいたします」

光一社長は低音の魅力のある声で続けた。

「ああ、修二専務さんから承っていました。新事業に挑戦されるそうですが、もう会社を立ち上げられたのですか」

「ええ、……」

あとは事務所の位置や電話番号等を説明して、センターさんにご相談したいので、できるだけ早く来訪してほしいということであった。

「かしこまりました。ご都合がよろしければ明日でも構いませんが」

ということになり、翌日の午後、杉山と小西はバイオエネルギー㈱を訪問した。

建物は新築ではないが、事務所は新しい事務機器が揃っていて新鮮な印象を受ける。

カウンターがあり、そこに三人分の事務机が並んでいる。受付嬢のようにすぐに立って来たのは、修二と離婚して臼井姓に帰った智恵である。杉山と小西はその端麗な容姿と美貌に、驚いた。

（これが、騒動の原因になった女性か）

二人は目で頷きあった。来客の名刺を受け取り、事務所の一部を囲った応接室に案内する仕草もそつがない。

（これは三角関係になるのも無理はない）

と小西は思う。

「やあ、わざわざお運びいただいて申し訳ありませんでした」

光一社長が、大きな声で入ってきた。ゴルフ焼けか浅黒い顔色をしている。

「このたび野地プラスチックでは社長を退任しまして、私は代表権のない会長になっています。弟の修二がいろいろとご無理を申し上げまして申し訳ありません。弟から貴社の調査企画書をいただきましたが、実のところバイオマス事業の調査研究は既に済ませておりまして、今は実行あるのみの段階に来ているわけです。……ところで、今日ご相談したいと思いますことは、わが社としてとりあえず日常の事業として、分別された特定の植物繊維の廃棄物からエタノールを作る既存のシステムをイギリスから輸入して販売していこうとしています。これが日銭稼ぎの分野で、本来の万能セルロース系システムはもう少し時間が掛かりますので、まず日常の資金集めから掛からないとどうしようもありません。そういう企業計画についてどう思われますか」

「なるほど、それで本来の事業開発の資金は増資などでやっていかれるわけですね」

杉山社長が対応していく。

「そうです。既にファンドの各社に相談してやっています」

「反応はいかがですか」

「新事業の開発のほうはかなりの評価をいただいています。……ただイギリス製のバイオマスのシステムで日銭を稼ぐといっても、農業団体とか地方の自治体や、それこそ第二創業を目指している中堅企業などに売り込んでいくわけですから、そうすぐに業績が上がるわけでもありません。それだけに期中ではしばらく赤字経営が続くと思います」

「先駆けとして取り組まれる難しさはありましょうが、なかなか面白い事業ですね。ところでバイオエネルギーさんは私どもに何を期待しておられるのですか」

「まあ、どう判断されるか分かりませんが、当社の営業活動にお力を貸していただけたらと思います」

「コンサルをさせていただくということですか」

「ただ、普通のコンサルというのではなく、なにぶん貧乏会社ですから私どもの事業に協賛していただくということで、パートナーとしてご支援いただけないものかと思うのです。ご出資いただだいて共同経営ということでも構いませんが、営業指導のできる方をお一人常勤でも非常勤でも構いませんが派遣していただき、その人の給料はこちらで払わせていただきますが、営業責任者として責任と権限を持っていただくという立場でお願いできないでしょうか……いかがでしょうか」

「なるほど。営業の責任と権限とをもってですか。それは難しいコンサルタントですねぇ小西君、どうかな」

「コンサルタントをお引き受けする限りは、間接的であっても責任の一部があるのかも分かりませんが、コンサル自身が事業主ではないですから、責任と権限と言われても……難しいですね。それに相談センターもボランティア団体ではありませんから、事業利益がないことには、いかがなものでしょうか」

「小西さん、私どものバイオエネルギー株式会社も営利事業を行いますし、債権債務もありますから株式会社にして経営しますが、軌道に乗るまではボランティア活動と同じです。将来、事業が成功して初めて利益が出ますが、それまでは地球の未来を守るための、NPO活動として覚悟を決めて取り組まないとできません。その趣旨にご賛同願えませんか」

「とにかく、お申し出のとおりいくかいかないか分かりませんが、何か方法がないか考えてみましょう」

杉山社長の発言が締めくくりの言葉になって、その日は終わった。

中小企業相談センターの事務所は、改装を終えたばかりのセンタービルである。事務室の脇に植えられた紅葉は鮮やかに染まり、時雨のなかでなおいっそう艶やかに眼に映った。少しぐらいは濡れても思わず歩き出したくなるそんな風景であった。

「バイオエネルギーは難しいですね」

と小西。

「……やはりベンチャー企業では、コンサルタントの客先にはなりませんね」

「しかしなぁ、ベンチャーにこそコンサルタントが付いて支援しないと、モノにならないと思うがね」

「何か良い方法がありますか」

「それを考えてみろよ。小西君、君の頭で」

次回の第二創業セミナーに、野地プラスチックの修二新社長は出席していた。

セミナーが終了して、小西マネージャーのところへ修二が挨拶に来た。

「このたび野地プラスチックの社長に就任しました。兄はベンチャーとしてバイオエネルギーを立ち上げ、社長になっています」

「ああ、光一社長さんのところから先日お電話をいただいて、杉山社長とお伺いしてきました」

小西は光一社長からの提案というか、相談を受けた内容をそのまま話した。修二は光一から聞いていなかったようだ。

「なるほど、そういう話ですか。それで相談センターさんはどうされるのですか」

「いや、修二社長のお考えも承った上で考えようということになっています」

その日のセミナーにも杉山社長は出席していなかった。

「野地プラスチックさんは長い社歴をお持ちですし、業績も立派に上げておられます。野地プラスチックのコンサルでしたら二つ返事でお引き受けするところですが、ベンチャーの場合は経営が軌道にのるまでの問題点があって、なかなかそこまで到達することが難しい。コンサルよりも良い研究結果や行政の補助金の獲得のほうが先でしょうし……」

いずれにしても日を改めて杉山社長と野地プラスチックに出向いて相談しようということになった。

その後、何度かの会合の末(一ヶ月ぐらいかかったが)、野地プラスチック、バイオエネルギー、相談センターの三者間で取り決めが行われた。

「小西マネージャーがバイオエネルギーの販売指導に週二日を当てる。立場はコンサルタントというより営業の責任者として、既存のバイオマスエネルギーのシステム販売を、これから採用する一名の部下とともに担当する。また並行して野地プラスチックの中堅幹部の『中堅幹部モチベーション（やる気を出す）教育指導』を行う。これは本来のコンサルタントの仕事であり、野地プラスチックの小林経営企画室長を窓口として小西の提案するカリキュラムで行う。相談センターへの報酬は野地プラスチックとバイオエネルギーがそれぞれ分担して、小西マネージャーの年収程度とする」ということである。

小西は、業績責任のある仕事ということに、責任を感じると同時に不快感もあった。しかし、いつもの結婚願望の悪い癖で、魅力的な女性に出会うとそちらへつい引き込まれてしまう。今回は事務処理をはじめ事務所を取り仕切っている、野地プラスチックの修二社長の前妻の智恵とともに仕事をするということで、

「どこまでできるか分かりませんが、ベストをつくしてやってみましょう」

と言ってしまったのだ。

杉山は、バイオエネルギー㈱の光一社長がファンドや投資家から資金を集め、株式の上場までいこうとする過程や顛末を見届けたいという思いがあった。小西の営業活動以外に、独自でバイオエネルギーや光一社長の周辺を調べてみることにした。

現在のバイオエネルギー㈱はまったく売上も利益もない。人員は光一社長、経理畑の小山（野地プラスチックからの移籍）、それに智恵の三人、そこへ小西が非常勤ながら加わり、その下にセールスマンとして（新しく野地プラスチックから移籍した）藤田が増えて人件費だけでもかなりの支出になる。プラス事務所費、販売経費がかかる。とりあえずは野地プラスチックの資金援助ということで、相談センターの小西の報酬は別として、あとは野地プラスチックの給料負担で出向という形態にはした。

しかし、一刻も早く既存のエタノールシステムを販売して利益を上げる必要があった。まず販売ツールとしてカタログの製作、見込み客に公開する既存施設の受け入れ態勢、展示会やセミナーによる告知活動、行政、農協、環境市民団体などへのセールス活動など、全社員で手分けして多忙な活動を繰り返したが、商品やその周辺事情に関する知識不足や、経験もまちまちな寄せ集め部隊であること、業界での知名度の低さ、何をとってもマイナス要因ばかりで、具体的な問い合わせもないまま日が過ぎていった。

光一社長は、知名度を上げるために、経済団体や行政、環境団体などの主催するバイオ系、炭素削減系の会合やセミナーには、できる限り参加し機会を見つけて発言するようにしていた。

小西たちは、農業団体に対しては藁やモミなど農業関係の廃棄物処理、山林関係では間伐材や草などの廃棄物処理を対象に提案書を提出して歩いた。その結果、半年ほどしてようやく具体的な照会が来るようになり、既存施設の視察の申し込みもぽちぽち入るようになった。

海外から輸入するサトウキビなどを原料とする澱粉系のエタノールと比較して、セルロース系のエタノールはどうしても製造原価としては高くつく。しかし廃棄物処理をして、その副産物としてエタノールができるのであれば、廃棄物処理の必要に迫られているところでは魅力的なシステムであった。

小西は週二日のバイオエネルギー㈱への出社契約だったが、社内処理はその日程ででき
ても、見込み客の訪問は先方の都合もありランダムに決まってくる。小西の仕事は今のところ野地プラスチックのコンサルタントだけであったから、それ以外の時間はすべてバイオエネルギー㈱の仕事に没頭していた。

小西は「日銭稼ぎ」として、当面の必要資金を稼ぎ出していかなければならないという義務感はもともとあったが、植物性廃棄物処理として、このエタノール製造システムの販売に自分を賭ける気持ちになっていた。智恵とパートナーを組んでいる満足感も大きかった。智恵の相手をその気にさせていく対応のよさは見事なものだった。また、化粧品か彼女の体臭か分からなかったが、智恵の醸しだす甘美な香りにも、小西を陶然とさせるもの

があった。控えめな説明の口調、相手の話を興味深く聞き取る真摯な態度、ときおり身体全体で見せる笑顔も小西を魅了した。とても小西がコンサルタントとして指導的役割を果たす余地も機会も、智恵に対してはなかった。

一方、当初野地プラスチック単独の出資で立ち上げたバイオエネルギー㈱の経費は、その後、第三者割り当ての投資を募集してその中から使っていった。その作業は専門のコンサルタントが付いている。一株あたり五百円だった額面が今では三倍の株価になっていた。取扱商品の利益はまだなかったが、出資金として集めた資金は巨額に膨れ上がっていた。光一社長は投資家や、ファンド、銀行などが投資をしてくれることに、ますます自信を深めていた。投資家の心理としては、背後に堅実経営で知られる野地プラスチックがついていること、光一社長が野地プラスチックの社長の座を投げ打ってまでバイオエネルギー㈱の事業に打ち込んだということに、外部は期待と信頼を寄せていたのだが、光一にとっては、この事業の着眼点のよさが評価されて投資が集まっていると信じていた。

バイオエネルギー㈱は、元々イーアンドジー㈱と提携している。光一社長は酵素などバイオの知識も技術もまったく分からないので、イーアンドジーの関口社長に任せていた。光一が、植物系廃棄物を分別しなくても混在したままで分解する万能型酵素を開発した大阪先端工科大学の高村教授に会ったのは、過去一度きりである。光一は正直、そのときの高村教授の話はほとんど理解できなかった。ただ、異種の植物が混在する中で高い確率で糖化するこのような酵素は、まだ世界中でどこにも開発されていないこと、実験室でのテストは成功していて、あとは前後のシステム化を含めて実験機に取り掛かるところまできている、それだけは理解できた。

杉山はバイオエネルギー㈱からコンサルタントの委託は受けていなかったが、光一が全幅の信頼を寄せているイーアンドジーの関口に会い、新発明が信頼するに足るものか確かめたかった。できれば高村教授にも会いたかった。

「社長、一度関口社長に会わせていただけませんか」

杉山は光一を訪ねたときに切り出した。

「ああ、結構ですよ。ただ、この件に関しては、まだ工業所有権（特許）が確立していないので外部の人には詳しい話をしないかもしれませんが」

「関口社長とはどうして知り合われたのですか」

「自治体の外郭団体でバイオ産業のセミナーがあり、その中で先端企業の事例報告ということで、関口社長のプレゼンテーションがありました。その後の交流会で名刺交換したのが始まりです。低炭素化社会に貢献する新事業ということで、将来性に期待しました。その後、事業の詳細な計画書を合議して作成して提携することにしたのです」

「その事業計画書は拝見できませんか」

「それは申し訳ないが勘弁してください。この計画書を作るために私どもの権利を含めてかなりの対価を払っています。失礼ながら杉山さんにはこの事業についてのご指導をお願いしているわけではありませんので、その辺の事情はお察しください」

「分かりました。関口社長にお目にかかるだけにしておきましょう」

結局、光一が電話で関口に杉山を紹介した。その結果、三日後に関口の事務所で会うことになった。

杉山は関口の人物に興味を持っていた。イーアンドジーも社歴があるわけでなく、関口は今回の高村教授の発明に魅かれて商社を退職してその事業化を引き受けた様子である。イギリスのエタノール製造の機械も、イーアンドジーを経由して仕入れをすることになっていた。今のところイーアンドジーの主たるスポンサーはバイオエネルギー一社ということになっている。

「いらっしゃい。どうぞ」

関口社長は小柄な体格をしていたが、知的な風貌の商社マンタイプである。

「……ほほぉ、中小企業相談センターさんですか。これは経営コンサルタントというふうに理解させていただいてよろしいか」

「そうです。中小零細企業が専門でして、お困り事はなんでもご相談に乗るという会社です」

杉山は笑って答えていたが、間仕切りされた事務所には女子社員が一人だけいて物音一つしないことに、何か違和感をもった。

「私どもも困り事はどっさりありますが、野暮なことばかりでご相談できるようなレベルには達していません。……野地光一さんのご依頼を受けておられるのですか」

「そうです。今回のご依頼は一般的なコンサルタント業務ではなく、バイオエネルギーさんの営業の管理職をお引き受けしています。例のイギリスのエタノール製造機の販売業務ですね」

「それはご苦労さまです。どうですか販売の成果は上がりそうですか」

「最近、ようやく引き合いも具体化してきて、既存設備の視察にもご案内できるようになってきました。なんとか今期中に少しは売りたいと頑張っているところです。……ところで大阪先端工科大学のほうは進んでいるのでしょうか」

「ええ、研究室では成功していますので、今、実験機について鋭意やっています。廃棄物ですから、これをまず細かく粉砕してタンクに溜めたものに酵素を投入して糖化します。それを次の工程で発酵させるのですが、第一次の設計で組み上げたものを細かくチェックしながら修正をしているところで、まだ業務に使うところまではいっていません。本格的な試作機までは一年ぐらいは掛かるのではないでしょうか。もうしばらくのご辛抱です」

関口は微笑みながら言っている。

「そうですか。特に問題点が出てきているようなことはありませんか」

「小さな間違いや修正はあるようですが、実験室でのデータには誤りはないそうです」

「一度、後学のためにその高村教授の研究室やその機械を拝見できませんか」

「杉山さん、それは無理です。一度、野地社長は高村先生にご紹介しましたが、これはあくまでも企業秘密で、われわれのようなベンチャーにとっては命懸けでやっていることですから、一般公開というわけにはいきません。なぜご覧になりたいと思われるのですか」

「特に理由はありませんが、どんな仕組みでエタノールが作られていくのか、また先生のご研究の内容も勉強したいと思いまして」

「勉強されるのであれば、今回のようにビジネスの世界でなく、ほかにもたくさん機会はあると思いますがね。杉山さんなどは経営コンサルタントをやっておられて、こういう分野のベンチャーの仕事もおありになるのじゃないですか」

「今はまだありませんが、これからはきっと出てくるでしょうね。そのときに備えていい経験をさせていただいています」

「国や県の補助金の申請はバイオエネルギーではやっておられますか」

「ええ、資金の調達は証券会社系のファンドから専門の担当者が来ていますから、詳しいことは分かりませんが、当然、申請はしておられると思います」

「そうですか。相談センターさんは営業の管理職を引き受けておられるのですね。ま、頑張ってください」

関口は光一の紹介に対する義務は果たしたというように、三十分ほどで会話を打ち切った。

「なにぶん関口社長が頼りのバイオエネルギーですから、よろしくお願いします」

最後に杉山は丁寧に挨拶をしたが、関口は、

「あっ、どうも」

と、答えただけであった。全体に事務的な対応だ。これ以上は踏み込むなという意思が見えていた。

(この関口社長を信じて大丈夫なのか)

杉山は一抹の不安を感じた。光一に質したときは、

「行政の主催するセミナーで紹介されたのだから、間違いはない」

と、まったく疑っていなかった。確かに特許権がないから公開できない、盗まれたら大

損害であると言われれば、関口社長の言うことの裏づけを取ることはできない。最初の出会いを作った行政の外郭団体を信用するほかはないようだが、それでいいのだろうか。

　杉山の疑問は関口社長に会っても解消されなかった。


　それからも盛夏の中、小西の仕事は多忙を極めていった。野地プラスチックの中堅幹部対象のセミナーや個別指導も最終コーナーにさしかかってきた。長い講習の結果、その気にさせてきた受講生に、決定的な決断をさせるタイミングが来ている。外部講師の選択や、ロールプレイング、個別相談など、小西の時間が取られることが多くなってきた。このところバイオエネルギー訪問は当初の計画どおり週二日程度になっていた。例のごとく智恵が商才を発揮して、本社からの派遣できている藤田の尻を叩いて売り込みに奔走していた。また、県庁の商工部の新産業課に働き掛けて、このシステムを購入したところに国の補助金が斡旋できる体制も、だいたい整ってきた。

　智恵もこの販売に将来を賭けていたのだ。

　新会社の設立の前夜、修二から離婚届を渡されていた。別居してアパート住まいになっていた智恵は躊躇することなく捺印した。そして旧姓の白井智恵になったことを光一に告げたが、期待した反応は何もなかった。離婚してその兄とすぐ結婚することは確かに異常である。まず新会社のバイオエネルギーを成功させることが先だろう。光一の愛情を確かめる方法もないまま、イギリス製のエタノール製造機の販売に智恵は熱中した。

客先から植物性の廃棄物についての相談を受けると、小西がエタノールに再生する企画書を書く。ただし現状では間伐材や建築廃材などの木質系に限られていた。そして設備投資の金額が計算され、その資金調達に補助金を取ってくる相談にも乗った。智恵にとってはこのような仕事は経験がなかった。智恵が先方の要望や問題を抱えて帰ると、小西マネージャーが解決策を提案してくれる。それに基づいてまた智恵が先方と交渉する。

智恵は小西が自分に好意を寄せていることを、漠然と意識していた。それだけに外回りを終えて帰ると小西が待ち受けていて面倒を見てくれることに智恵は癒されていた。その日の活動報告も楽しくなる。このまま小西と一緒に働いてもいい。そんな思いもしていた。

継続して訪問する先が二十軒余りあったが、中でも土建業の横山建設が有望であった。林業と建設業者から排出される廃材のリサイクル事業を始めようとしていた。補助金もバイオエネルギー㈱の斡旋で環境産業振興支援金から三分の一支給されることも決まり、どうやら第一号の対象になりそうで、智恵や小西そしてセールスの藤田は大いに盛り上がった。生産されたエタノールの販売については、この地域のガソリンスタンドの業界の集まりで順次買い上げるということである。

ビジネスはここまで具体化してくると、イギリスのメーカーの日本代理店でもあり設備、メンテナンスの業務を任せられている平井商事という会社が直接契約の詰めに入って来る。機械システムを設置するには専用に設計された工場が必要になり、基礎工事も地下に埋設する機器やパイプの設計が関わってなかなか難しい。最終の見積書はそれらの実施図面ができてから提出することになる。

この商談がほぼ整ったところで、小西と智恵、そして藤田の三人は祝杯を挙げた。居酒屋にしても三人で飲むのは初めてのことだ。

「これから一つ商談がまとまったら、その都度、一杯やろう。割り勘でな」

三人とも上機嫌である。

「さんせーい」

何度も乾杯をした。

その帰路、電車で帰る藤田と別れて、小西と智恵は足元をふらつかせながら裏通りを歩いていたとき、小西は、

「白井君、君が好きだ。お祝いにキスしよう」

と智恵を抱きしめた。

「私たちのお祝い？」

智恵も応じた。

小西は背が高かったが、四十歳に近い年齢であり、決して美男子とはいえず、外観はどこにも魅力的なところはなかった。光一と比較すると泥臭い中年男だ。そして口も悪かったが、人間的な大らかさや優しさには、智恵はいつも包み込まれる思いがしていた。

「これからもよろしく」

と優しい声で言う小西。

「こちらこそ」

抱き合いながら微笑みあう。智恵は新しい世界が開けていくような喜びがあった。

そして智恵の中の光一の影は静かに薄れていった。


ところが、数日たって思いがけない話が飛び込んできた。土建業の横山建設からである。

「白井さんですね。横山建設の社長です。エタノールの件ではいろいろお世話になっています。……ところが、今朝とんでもない電話が入りまして驚いているのですが、白井さん！ これはいったい何が起こったんですか」

「いえ、なんのことか分かりませんが、何がありましたの？」

「実は今朝、平井商事の営業部長から電話が入り、今回の取引に関しては事情ができて、バイオエネルギーを通さずに平井商事の直接の口座でお願いしたいと言ってきたのですよ。私は、理由も聞かずに返事はできないし、そんなことは納得できないと言ったんですが、先方の部長はその事情は電話では話ができないので明日お伺いして説明しますって言うばかりで、理由は分からずじまいでした。わが社も各方面に今回のエタノール事業のことは話していますし、補助金も申請していますので、引くに引けないところまで来ています。いったい何があったのかすぐに調べてご返事ください」

「分かりました。すぐに調べますが、ただいま社長も外出していますし、小西も席を外していますので……とにかくすぐ調べます」

いつも冷静な智恵が、顔を上気させて慌てている。

「ねぇ、小山君！　社長に連絡取りたいのだけど」

「携帯に入れましょうか」

「いい、こちらで入れる！」

智恵は携帯をわしづかみにすると、応接室に飛び込んだ。

「社長ですか。智恵です。今、初取引のできる横山建設の社長から電話が入りました」

声を落として、智恵は横山社長の電話の趣旨を話した。社長は意外に、

「うん、うん」

と聞くだけである。

「社長は何が起こったかご存知なのですね。いったいどうなったのですか」

しばらく社長は言い渋って、沈黙をした。

「社長！」

「関口が、とんずらしたみたいだ」

「とんずら？」

「金を持って逃げたようだ」

社長の声は落ち着いて聞こえる。あるいは腰が抜けてしどろもどろなのだろうか。

「社長はどこにおられるのですか。すぐ行きますから、どこにおられるか教えてください」

「いや、一度帰る。すぐ帰る」

社長の携帯は切れた。

「智恵さん！　何があったのですか」

小山が応接に飛び込んできた。

「今、社長が帰ってくるそうよ。私、何がどうなったか、訳が分からないから社長から聞いて」

智恵も応接のソファにどすんと座って、頭の中を整理しようとするようなのだが、

「あーあ！」

と溜息が先に出てしまった。

（すべては終わり。……何もかも終わりよ！）

と言いたいのを堪えているのが関の山だった。

しばらくして、社長が帰ってきた。小西も出てきた。

「関口さんが逃げたとはどういうことですか！」

社長が椅子に掛けると同時に、智恵が上ずった声で聞く。

「……一昨日だったかな、電話をしても全然出ない。それで、昨日事務所に行ったら鍵が掛かっている。家主に鍵を借りて開けたが、おらん。女子社員も誰もおらん。机の引き出しもロッカーも空っぽだ。それから関口の取引していた銀行の支店長に内密で頼んで分かったことは、関口の口座には残高がなくなっていることだ。それ以上は手続きを踏まんと詳しい事は教えてくれないが、数日前に全部現金で引き出されていたそうだ」

小西が聞く。

「共同研究していた大学の高村教授には聞かれましたか」

「うん。……それが、開いた口が塞がらん……。関口から委託を受けていた件は打ち切りになっています、と言うのだ。設備投資も大きくなるし、エタノールのコストも掛かるので事業化が難しい、という結論だそうだ。関口と相談してやめることを決めたと言っている」

「ええっ！　機械の制作費は五千万払ったじゃないですか！」

これは経理の小山である。

「関口の詐欺だったんだ。どこでどうなったのか分からんが、結果的には関口の詐欺だ。大学の研究室での打ち合わせをしたところは、確かだったのだか……」

「これは事件ですね。警察に訴えないと」

と、小西。

「わが社ももう終わりだ……。バイオエネルギー株式会社は事業を始める前に倒産だ」

「社長！　しっかりしてくださいよ。できるだけのことはやらないと。小山君、イーアンドジーには全体でいくら払っているんだ」

小西も社員のつもりになっている。

「全部で一億近く払っています」

「一億⁉」

「過去にイーアンドジーが立て替えてきたという研究費も含めてです」

「その金は高村教授に渡っているのかな。とにかくこれは警察に知らせましょう。海外にでも逃げられたら困る」

「小西君、君は社員でもないのだから黙っていてくれ。表沙汰にするかどうか考えてからだ」

「しかし、社長このまま逃げられたのでは、出資者にどう説明するのですか」

「それも今後の問題だ！　小西君、君の仕事はもう終わった。引き取ってくれ。……帰ってくれ」

「しかし、社長」

「うるさい！　帰ってくれ！」

小西は智恵の顔を伺う。智恵は口を真一文字に閉じていたが、小さく頷いた。

「そうですか、それじゃ、帰らせてもらいます」

小西が踵を返して出て行くのを、智恵は小走りに後を追った。

「また、あとでね。連絡するわ」

「無理するなよ」

「ありがと」

扉の外で、二人は恋人同士のように頷き合った。

それから光一社長は、荒れた。社長のデスクで腕組みをしていたかと思うと、

「俺たちは何をしてきたんだ！　この一年間、エタノールがどうしたとか、廃棄物のリサイクルだとか、偉そうに講演したりして、ああ、俺は馬鹿もんだ。救いようのない馬鹿もんだ」

前のデスクにいる小山、智恵、藤田に叫ぶように愚痴る。

「社長、済んだことは済んだこととして、これからのことを考えませんと」

「なんだ、智恵。お前に知恵があるのか。お前の知恵は名前だけだろう。何かあったら言ってみろ」

光一は罵倒する。

「本社に連絡して相談したらどうでしょう」

小山が遠慮がちに言った。

「相談しても遅い。なんの役にもたたん」

「社長、今日はお帰りになって、お休みになったほうがいいんじゃないですか。お疲れが出てますよ」

智恵も不快感があるのだろう。事務的な口調になる。

「うん。夕べも寝てないからな。帰って寝てくる。お前たちも適当に休め。ここにいてもなんともならん」

「社長、小西マネージャーを呼んでもいいですね。横山建設のシステムの件については、わが社の口座で取引したいのですが」

「智恵、お前は馬鹿か。このバイオエネルギーは倒産するのだぞ。そんな会社にものを売る馬鹿はおらん」

「……」

智恵は何も答えなかったが、社長のいないところで皆に相談したいと思っていた。

社長が帰った後、

「ねぇ、小西マネージャーを呼びましょうよ。私たちだけではどうしていいか分からない。この会社を潰すにしても生かすにしてもトップの考え方次第だと思うけど、社長があの調子じゃ冷静な判断なんてできそうもないわ。この際、小西君の意見を聞きたいと思うの」

「本社に報告して本社の判断を仰ぐのが普通だと思うけど、智恵さんも僕も本社には顔を出しにくいものな」

「とにかく社長のいない間に小西さんに相談しよう、ね」

智恵は小西に携帯電話を入れた。智恵の電話に小西はすぐ行くと返事をした。

小西は相談センターの事務所で杉山社長に報告をしていたのだ。

杉山は小西から概略を聞いたとき、

「なるほどなぁ。詐欺事件ということで公になると、野地プラスチックにも影響があるだろうし、光一社長が講演や何かで顔を売ってきているだけに、信用に関わるということだろう。これから先、企業をなんとか継続させるのか、解散するのか。そのとき、光一社長をどう処遇するのか、これはなかなか難しい問題だぞ」

と言っているところへ智恵からの電話が入ったのである。

駆けつけた小西に智恵は早速尋ねる。

「小西さん、私たちは今何をしたらいい？　どう思う」

「会社を潰すのなら話は別だけど、残すのならせっかくの横山建設の商談を、わが社経由にしてもらう必要がある。なんといっても七千万ほどの売上金額だから、あるのとないのとは大違いだ。とりあえず平井商事と掛け合って、イーアンドジーは倒産したけれど、今後の取引はぜひともバイオエネルギーの口座を通してほしいと頼まないといかん。それが第一の仕事だと思うよ」

「分かりました。今から平井商事に掛け合うわ。小西さんも来てくれる？」

智恵は平井商事の平井社長に電話を掛けて、すぐにアポイントを取った。

平井社長には、「イーアンドジーの関口社長がいくつかの事業を兼業していたため資金繰りが付かなくなり倒産したこと。バイオエネルギーもイーアンドジーには相当の研究開発費を払っているので、大損害を蒙ることになる。それだけに平井商事のエタノールシステムの販売には今後とも力を入れて行きたいし、今度の横山建設の仕事は、その第一号としてバイオエネルギーの窓口で取引きをさせてほしい」と、真剣に頼み込んだ。

「趣旨はよく分かりました。しかし、突然、創業間もなくて業績もこれからというバイオエネルギーさんに直接取引をと言われても困ります。たとえば取引を野地プラスチックさん経由にしていただくとか、そういうわけにはいきませんか」

「そうですか。帰って相談しないと分かりませんが、私どもはたぶん異存はないと思います。なんとかバイオエネルギーの実績になりますようにお願いいたします」

智恵がほとんどを喋ったが、最後は二人揃って最敬礼をした。

「こちらのほうこそお願いいたします」

平井商事にしても、商談の成約までに手数の掛かるこのエタノールシステムを専業で取り扱ってくれる先はなかなか見つからない。信用面さえしっかりしていれば結構なことである。平井社長は機嫌よく二人を送り出した。

「どうしよう。うちの社長に相談してもこの話はぶち壊しになるわね」

「会社を立て直して継続させるという意欲が、あるのかないのか分からんからな」

「直接、野地プラスチックの北村専務にでも話してみようかしら」

「修二社長と話せばいい。話が早いよ。それに、今後バイオエネルギーや光一社長をどうするか、結局修二社長の決断にかかってくるだろうし」

「修二さんと私は特殊な関係なので何か抵抗があるわ。私も行くけど小西さんが話してくれる？」

「それはいいけど、君も公私混同はやめんといかん。交渉相手は昔の亭主じゃなく、社長なんだから」

二人は帰りの車の中で打ち合わせをした。

「光一社長には何も言わないで、野地プラスチックへ行くのね。いいわね」

「うん、光一社長が駄目だ行くなとはっきり言ったら、ややこしくなるものな。今、修二社長に電話をして、おられたら直接行こう」

修二社長は在席していた。

「なんだ、智恵が電話をしてくるとは珍しいな。元気に頑張っているか？」

「お久しぶりです。でも、大変なことができまして、できればこれからそちらに伺いますから、会っていただきたいのです。相談センターの小西さんも一緒です」

「なんだ、何事が起こったんや」

「お目にかかってお話ししないと、とても電話では話せません」

「分かった。待ってる」

修二と話をするのは離婚のとき以来、初めてである。智恵には修二の声が懐かしく思えた。

（……何年か前には、あの人は恋人だったんだ）

電話でデートの約束をすると胸が躍ったことを思い出す。

（いや、それどころじゃない。気持ちをしっかり持って……）

と、自分に言い聞かせる。

「どうした。何が起こったんや。珍しい顔ぶれで」

「実はバイオエネルギーと提携してきたイーアンドジーが、金を持ち逃げしていなくなってしまったんです」

小西が切り出した。

「なに⁉　持ち逃げした？　それはどういうことですか」

「光一社長が会いに行って分かったのですが、事務所は空っぽで、預金口座も引き落とされて行方知れずです。それに連携しているはずの大学のほうも、この研究の完成は不可能ということで、委託契約はもっと以前に白紙になっていたそうです。つまりどう考えてもイーアンドジーの関口社長の詐欺事件に引っかかったようです」

「兄貴はどうしているのですか！」

「ひどいショックで、バイオエネルギーは事業を始める前に倒産や、言っておられます。今は少し休むといって帰宅しておられますが」

「バイオの損害はどれくらいになるのですか」

「詳しいことは経理の小山がご報告すると思いますが、一億ぐらいイーアンドジーに払っているようです」

「うーん、最悪の状態になったんやな。小西さんの営業のほうはどうなってますか？」

「実は、そのこともあってお邪魔したんですが……」

小西は智恵の方を見て、喋るように合図した。

「実は木質系のセルロース専用のエタノールシステムが、横山建設という会社とようやく契約できるところまできました。金額で七千万ほどのものです。平井商事という会社が発売元なのですが、本来はそこからイーアンドジーを経由してバイオに入る予定だったのです。それがこんなことになったので、平井商事の社長といろいろ話し合った結果、野地プラスチック経由ならバイオに売っても構わないということになりました。今後、バイオエネルギーをどのようにされるのかは分かりませんが、私たちはなんとか継続していただきたいと思っていますので、それだけにこの横山建設の物件はぜひとも野地プラスチックの口座を使って、バイオの売上実績にしたいと思います。そのことについての社長の許可がいただきたいのです」

「そうか、その口座を通すぐらいは結構だが、イーアンドジーの件の後始末があるな。どう対処したらいいのか、赤字の処理の問題や、バイオを解散するのかどうか、兄貴は何か言っていなかったか」

「考えられた結果とは思えませんが、バイオエネルギーは倒産だ、と言っておられました」

「とにかく平井商事のほうは０Ｋだから進めてくれればいい。兄貴は今日は駄目だというのなら明日の朝一番に僕がバイオへ出向いて兄貴から話を聞こう。智恵、兄貴にそう連絡してくれ」

「分かりました。すぐします」

智恵と小西は帰っていった。

修二社長はしばらく考えいたが、

「北村専務を呼んでくれ」

と秘書に命じた。北村は修二が社長になったときから専務に昇格していた。

「何かありましたか。智恵さんの顔を久しぶりに拝見しましたが」

「珍しいことが起こるとろくなことはない。少しは予想していたことだけど、最悪の事態が起こった……」

修二社長は、バイオエネルギー㈱に起こったことを、そのとおり話した。

「そうですか……詐欺事件ですか」

「こんな場合は、その関口とかいう男を告発するのかな」

「詐欺容疑ですか。自分の会社の金庫の金や銀行の口座を持ち逃げしても、倒産しての逃亡なら詐欺にはならないでしょう」

「大学に研究委託していると言って莫大な委託費を取って、実はその委託は白紙になっていましたというのなら、詐欺だろう」

「しかし、光一社長もその大学の教授に会って話を聴いた上での資金提供をしたのであれば、どうですかね。一般的には見込み違いということで、一方的に関口とかいう男に騙されたとは言えないのじゃないかな」

「難しいな。とにかく明日一番にバイオで兄貴と話し合うことにした。北村専務も同行してくれ」

「分かりました」

一方智恵たちは帰りに平井商事に寄り、平井社長に野地プラスチックの了解を取ってきたので今までどおりバイオ経由で取引をしてほしいと改めて頼みに行き、次に横山建設も訪ねたが社長は留守で担当の常務に事の次第を話し、今回のビジネスはいろいろとあったけれども引き続きバイオエネルギー㈱が担当するのでよろしくお願いしますと伝えた。

光一社長には帰社してから智恵が電話をした。電話には光一の母親が出た。母親と二人暮らしである。

「実は、光一は帰ってきて疲れたから寝るといって寝てるわ。起こしましょうか」

「いいえ、結構です。それではお目覚めになられましたら、お言付けをお願いしたいのですが」

と言って、明朝一番に会いたい旨の修二社長からの伝言を伝えた。

「ねぇ、小西さん、この会社どうしたらいいと思いますか。イーアンドジーに引っかかった分を損金で落として、あと、やっていけるのかしら」

「今この会社の資本金は、資本準備金を入れて三億円ほどあるらしい。投資してもらった金額だ。仮にそのうち一億円詐欺に引っかかったとしても、債務超過になるわけでないしまだ余裕があるのでやっていけると思うよ。ただ、平井商事のエタノール再生システムを売っていくことはもちろんだけど、もっと商材を集めて売上を上げないと、黒字経営にはならない。それができるかだ」

「仮に、仮によ、光一社長が会社を投げ出してもやっていけるかな」

「誰が社長をするかによるよ。修二社長が兼務するとか」

「それはないと思うわ。この会社が嫌いで別会社にして社長を追い出したくらいだから。……それより小西社長という線はないの」

「えっ、僕が？　それはないだろ。僕は部外者だ」

「小西社長に白井専務って体制ではどう？」

「冗談も休み休みに言ってくれ」

しかし、智恵は小西の目がきらりと光ったのを見て取った。

（案外こんなところへ落ち着くかもしれない）

智恵の第六感である。


翌日、九時に光一、修二の両社長と北村専務、それに小西、智恵の五人がバイオに集まった。

「……修二、すまん。えらい迷惑を掛けた。……取り返しがつかない」

「関口のどこを信用したのですか。関口の家族とか住所とか信用調査の何かとか分かっているのですか」

「関口の家は賃貸マンションだ。夫婦で暮らしていた。今はもちろん、もぬけの殻だ」

「それだけしか分かってないのですか」

「……」

「一億円も騙されるなんて信じられん。大学はもう縁が切れているのですか」

「うん」

「本来、無理な開発だったということか、そんな気はしていたな。……これから兄さんはどうしようと考えているのですか」

「……分からん。お前らのいいようにしてくれ……」

「そんな、無責任な」

「じゃ、どうしろと言うのだ！　死んで詫びろと言うのか！」

「そんなことは言ってませんよ。今後どうするか、社長としての意見を聞いているのです。会社を解散するとか、継続したいとか、何か考えはないのですか」

「……」

「いずれにしても、投資してくださった皆さんに事情は説明して、了解を取る必要もあるし、それ以前にこのバイオエネルギー株式会社を、どう永続的に黒字で経営していくのかその経営戦略がないと説明もできない。『俺は知らん』では済まないですよ」

「……」

光一社長は沈黙してしまった。何を言っても黙って俯いている。

「兄さん、黙っておられては分かりません。後のことはわれわれに任せるということは、兄さんは野地プラスチックのグループから離れる、というふうに解釈してもいいということですね」

「……後のことは任せると言ったろう。俺のことは構わないでくれ。……俺は帰る」

光一は力なく立ち上がると、誰の顔を見ることもなく、俯いたまま出て行った。

「大丈夫ですか、ほっておいて」

智恵が立ち上がりかけた。

「大丈夫だろ。ほっとけ。それよりこれからの相談だ。早急に結論を出す必要がある。ところで小西さん、智恵もだが、このバイオエネルギーはやっていけると思いますか」

「スタート早々、大きな損失を出しましたが、これからの環境産業の先駆けとして始めた会社ですから、ビジネスチャンスもエタノールばかりでなく、ほかにもきっとあると思います。言い方は悪いですが、今回の詐欺事件にならなくても、本来の万能酵素によるエタノール計画も途中で挫折することは充分あり得たわけですから、こういう損失を乗り越えていくことはベンチャーの宿命みたいなものだと思います。私はやっていけると思います」

「智恵はどう思う？」

「私も小西さんの意見に賛成です。今回、商談が一つまとまりそうですし、営業活動をしている中でやっていく可能性があることは感じました。ただ、光一社長のように一点に凝り固まっているというのでは駄目だと思いますが」

「北村専務はどうですか」

「まさに誰が経営をして、誰がパートナーになるかによって決まるでしょうね。自分の生涯をかけて石にかじりついてもやるという情熱と、先見性のある経営方針があれば、やっていけるのじゃないですか」

「分かった。小山課長から会計の状況も聞いて、その上で決めよう。明日にでも結論を出そう。今日の午後に小山に帳簿を持って本社に来るように言ってくれ。小西さんも他人事でなく自分も当事者だという意識でお願いします」

この日の午前中の会議はそれで終わった。


相談センターの会議室。

杉山社長と小西が小さい声で話している。

「なに⁉　小西マネージャー。君がバイオエネルギーの社長になる？　おい、気は確かか」

「まだ分かりませんが、営業の責任者としてやってきて、今、僕が抜けたらバイオエネルギーの存続は無理です。白井智恵は営業の責任者としては抜群の能力があると思いますが、彼女の理解者が横についていないと駄目だと思います。経理と経営管理は小山というのがいます。経営陣にこの三人がいればやっていけます」

「親会社の修二社長が兼務するとか、野地プラスチックにはほかに適任者はないのか。君は相談センターのビジネスの一つとして営業管理業務を引き受けたのだぞ。それに会社そのものを引き受けるとは行き過ぎじゃないか」

「もちろんこれはこれからの会議の中で修二社長が決断することになるわけですが、もしそんな要請が出てくれれば、どうするかということをご相談しているのです。僕はそんな要請があれば引き受けたいと思うのですが」

「うーん。小西君は自分の能力のどの部分が役に立つと考えているの」

「私も社長の経験なしで経営コンサルタントをやってきました。経験は間接ですが、コンサルの先でいくつも失敗例や成功例を見てきました。それを一度試してみたいということと、今までの人脈、特にビジネス研修などで得た、ベンチャー企業に必要な人脈などは生きてくると思います。きっと何かのビジネスチャンスをつかめると思うのです」

「そこまで言うかね。ま、君の熱意は分かった。しかし、相談センターも始めたばかりだ。

こちらのほうも危ないものだ」

「杉山社長、相談センターのほうも一部兼務でやらせていただきたいと思っています。実際に経験してみる中で、本物の経営コンサルタントになれるのじゃないかと思うのですが」

小西は雄弁だった。この小西の決意表明の背後には、バイオエネルギー㈱に対する情熱よりも、智恵への思いのほうが強くあったのは事実だが。

智恵から電話があり、修二社長からの伝言で、翌日の夜、野地プラスチックの本社に集まってほしい、そのときに小西とできれば杉山社長にも同席してもらえないかということだった。

翌日、光一社長と杉山社長が入れ替わっていたが、一昨日のメンバーが野地プラスチックの会議室に集まった。

「あれから兄貴とは二人で話し合ったが、兄貴の発言は変わらず、俺は俺でやっていくからバイオエネルギーも野地プラスチックも任せる、の一点張りだった。兄貴との話し合いは終わったということで今後一切口は挟んでこないから、忌憚のない意見を言ってほしい。杉山社長にもわざわざご出席いただいて申し訳ありませんが、話の中で何かご助言いただけることがありましたら、遠慮なくおっしゃっていただきますようお願いします」

「問題は、バイオエネルギーを存続させるのかどうかということですね」

一瞬の沈黙の後、智恵が言った。

「うん、そうだ。そのためにはどんなやり方でやればいいのか、また株主の皆さんに納得してもらえる方針がたつのか。そこを詰めないといけないけれど」

北村専務が聞く。

「社長は、バイオ株式会社に今後の見通しが立つのであれば，会社を継続してもいいということは認めておられるのですね」

「そうです。バイオエネルギー株式会社が独立して経営できるのであれば、継続するに越したことはないと思っている。……小西さん、あなたには無理を言って、経営コンサルタントとしてのお立場と営業統括の仕事をしてもらってきました。そのご経験からも今後の経営の可能性についてご意見があるかと思いますが」

「私は、バイオを軌道に乗せるためには、大変な苦労があろうかと思いますが、基本的に低炭素化社会をめざして新エネルギーの開発に国を挙げて掛かろうとしているときですから、バイオの方向が時流に乗っているのは間違いないと思っています。ただ、その中で何に焦点を当てていくのかを選ぶ必要がありますが。それに、今回は大きな損失でしたが、幸いに出資金が大きいので、債務超過になっているわけではないのでしょう?」

「そうです。自己資金は三億円ほどでスタートしていますから、出資者のご理解が必要ですが、今すぐ資金に困る状態ではありません」

と、修二が答える。

「私はしばらく客先の営業活動をしてみて、たちまちご注文があるというわけではありませんが、皆さんの関心の深さには驚きました。石油に頼ってきた産業や生活習慣も変えていかなければならないことは、やむを得ないことだという認識はあるようでした。その意味からも私は、経営の継続はできると考えています」

「そうですか。実際に現場を見てこられた小西さんのご意見ですから、ありがたいことです。……杉山社長ご専門のお立場からいかがですか」

「専門と言われても、経営の専門は皆さんのほうですがね。私はマネジメントのご助言ができるだけですから。経営学というのは学問の立場をとっていますが、そこで述べられているのは、決して検証された間違いのない真理というものではありません。経営学の教えたとおりやれば誰でも企業が成功するというものではないことは、もう皆さんご承知のとおりです。ただ経営管理とか、経営を支える手法は必要なことは間違いありませんが。……そういう意味で、誰がリーダーシップを取るのか、そしてそのパートナーは、あるいはその下で働く実務に長けた社員はとか、今回のように資金的にも事業分野においても大丈夫であれば、あとは人材次第です。特に社長をやる人はリーダーとしての資質と、そして運の強い人でないといけないと思います」

杉山社長の発言には皆が頷いて聞いていた。その後、しばらく沈黙が続いた。

やがて、北村専務が落ち着いた口調で話し始める。

「私から申し上げるのは僭越かも知れませんが、私はこの新しく始めるバイオエネルギー株式会社の社長に最も相応しいのは小西マネージャーさんだと思うのですが。外部の中小企業相談センターに籍を置いておられる小西さんにはご無礼かもしれませんが、この際どうでしょうか。そもそも相談センターさんの経営方針を拝見していますと、経営者と志が合えば単なるコンサルタントの領域を超えて直接、役に立つお手伝いも行う、とありますね。この経営方針に感動しているものの一人として、私は思うのですが」

「私も人材次第で存続が決まるというのであれば、小西さんを置いてほかにないと思います」

修二社長が、はっきりと言い切った。

「いや、私のようなものでは、理屈では言えても実際の経営をするのは未経験ですし、ほかに適任の方がおられるのではないですか」

小西は恐縮したような表情をする。

「小西さんの立派な仕事ぶりは、智恵からも報告を受けて知っています。今までは営業の分野に限ってご指導いただいてきましたが、経営全般についても立派なお考えがあることは、私も相談センターのセミナーなどでよく承ってきました。特にこれからの新しい時代の経済の動きに合わせて経営の舵を取っていくのには多方面の情報が必要ですが、相談センターさんはその点の人脈、情報脈はしっかりお持ちですから大丈夫です。ね、杉山社長、そうではありませんか」

「小西を認めていただいて、ありがたく感謝しています。彼がどこまで本当にやれるのか、心配しないといえば嘘になりますが、皆様方のご信頼をいただいてのお話となれば、私も全力を挙げてバックアップさせていただきます」

杉山社長は、小西の決心を聞いていたので、異議を挟むこともなく承諾したような形になった。

「杉山社長、ありがとうございます。そんなお言葉をいただいて千人力です。小西さん、杉山社長もこのようにおっしゃっているのですから、受けていただけますね。ご苦労だとは思いますが」

修二社長が念を押してくる。

結局、小西はへりくだりながらも、二、三の言葉のやりとりの後、

「皆さんから、いろいろいただいたお言葉を肝に銘じて、頑張らせていただきます」

と引き受けた。もちろんその条件として、智恵、小山、藤田の現体制の維持の了解を取ったのはいうまでもない。

とりあえず筆頭株主は野地プラスチックの修二社長であるが、社外に五社ある株主の承認を取るために株主総会を開く必要がある。その準備として、取締役候補として今日の会議の出席メンバーが当たることになり、その新体制のスタートまでの準備は野地プラスチックの経営企画室の小林室長が当たることになった。

その会議の後、修二は智恵を呼び止めた。智恵はどうしても修二の前では小さくなってしまう。

「なんでしょうか」

「智恵と兄貴との間はどうなってるの」

「どうもなってません。社員の一人というだけです」

「今度は兄貴には付いて行かないのか」

「まったく、そんなふうな関係はありません。光一さんがこれからどうされるのか聞いてもいません」

「そうか……」

修二はちょっと言いよどみながら、

「……どうだ、やり直さないか、もう一度」

「えっ、……それは無理です。ありがたいお話ですが、それは……」

「いや、分かった。……また、何か困ったことがあったら相談してくれ。力になるから」

「ありがとうございます」

（……私には修二さんがいたのだ。修二さんが付いていていてくれるのだ）

智恵は社長室を出て廊下を歩くとき、涙がこみ上げてきた。


光一は長兄として親から相続していた家に母親と同居していたのだが、その家も、野地プラスチックの筆頭株主だった株券も、修二に売却した。その代金を持って光一は姿をくらませてしまっていた。修二は独身のまま兄と代わって母親と同居していた。

バイオエネルギー株式会社は、株主の了解を得て再スタートした。小西社長はエタノールの仕事は智恵に任せて、杉山社長に紹介された大手の建材専門商社と、住宅の外壁の下に使う屋内の結露防止用シートに特殊加工をしたアルミシートを重ねて多目的断熱壁材を共同開発して発売していた。その製造は野地プラスチックに発注している。

この住宅用断熱材は、エアコンなどの省エネルギーに役立つということで、自治体や環境団体に評価され、売上は右肩上がりで増えていった。一年経った今では社員数も十五名になり、東京営業所を出すまでになった。決算も期中利益はかなり出て、繰越赤字もすぐに消えそうである。

小西体制になってから初めての決算を終え、利益も出たことから小西社長と白井専務（智恵は専務になっていた）の役員報酬を上げることにした。初年度は利益が出るまで我慢しようと低く抑えてあったのだ。

そんなある日、小西は智恵を食事に誘った。近くにオープンしたリゾートホテルのレストランである。豪華なフランス料理のコースとワインに二人は幸福感に包まれていた。

「こんなご馳走いただいてもいいの？」

「いいんだよ。僕たちは高額所得者になったんだから」

「あら、そんなに？」

「言ってみただけだよ」

二人は笑った。

その後、すぐに小西は、

「智恵君、結婚しよう。もう環境も整っただろう。……誰にも文句は言わせないから」

「ありがとう。……うれしいわ。……でもちょっと考えさせて……結婚と愛してるということと違うのかな？　同じなのかな？　……よく分からない」

「夫婦で、ともに愛し合いながら、会社の発展に貢献する。バイオエネルギーはますますいい会社になる」

「何それ、会社ばかりでは駄目よ。愛の結晶とは、もっともっと大切なものよ」


結局、智恵は小西との結婚に踏み切れなかった。

別れた修二がすぐ側にいる。

（修二さんも私の力になると言ってくれた……二人を天秤には掛けられない。ずっとこのまま好意を持ってくれる人に囲まれていられたら最高なのだけど）

智恵には選択し決断する勇気が、とても持てなかった。

「ごめんなさい。本当にごめんなさい。でも、小西さんにはパートナーとしては付いて行きたいの。仕事でも、友達でも、ね、お願いします」

「そうか、……女の気持ちは分からないなぁ。ま、気が変わったら言ってくれよ。待てたら、待っているから」

小西は仕方なさそうに、笑ってくれた。

智恵が小西に結婚の申し入れを断ってしばらくしたある日、取引先の社長の母親が亡くなり、その葬儀が営まれたときのことである。小西が所用で参列できず、知恵専務が代理出席をした。

葬儀は電車で一時間ほど行った大都市近郊の葬儀場で行われた。喪主の企業の規模からも参列者も多く立派な葬儀であった。長い読経と焼香が終わり出棺の準備に掛かるとき、智恵はトイレに行くために席を外した。

葬儀会場から控え室や厨房などの前を通り、トイレに向かって歩いていくと、その奥の部屋から黒い礼服を着た背が高く恰幅のいい男性が出てきた。

（あっ！）

智恵の顔色が変わった、

（他人の空似よ、きっと……）

と、自分に言い聞かせようとしたが、その相手の男性も一瞬立ち止まり智恵の顔を見つめた。驚いているようである。

「光一さん！　もしかして」

「智恵か！」

光一はとっさに智恵の両肩に手を置いたが、慌てて引っ込めた。

「誰かの葬式で来たのか」

「取引先のお母さんが亡くなられて。……光一さん、このお仕事してるの」

「ああ、いろいろあったけど、ここの雇われ社長だ。どうもこんな仕事が俺には合ってるようだ。智恵はいま何をしてる?」

「バイオエネルギーの専務取締役。社長は小西社長」

「そうか、それは良かった。うまくやっているのか」

「住宅資材も取り扱って、なんとかやってます」

「そうか、修二もお袋も変わりないか」

「お元気です」

「そうか、じゃ、また機会があったら会おう。元気でな」

智恵の手を握って、光一は振り向きもせず会場の方に足早に行った。その後姿を見て、智恵はいつかの東京のホテルを思い出した。

(あの時は燃えていたのに……)

智恵にとって光一は、いつまでたってもセクシーで魅力のある男性に違いはなかった。

あとがき

私は今年七十七歳になる。この歳になって初めての小説集が出せることになり、正直のところ多少の不安はあるものの、多くのみなさんの励ましや支えがあって出来たことで、最高の喜びである。

私は高校生時代、小説に興味を持っていた。そのころ二、三作は書いた覚えもあるが、高校卒業と同時に紙問屋をしていた父親に言われて、丁稚奉公の修業に東京の繊維問屋へ住み込みで働きに行き、それ以来六十年余りを中小企業での体験一筋で過ごしてきた。

それが晩年になって脳梗塞を患い、経営の第一線を退いて会長職になった機会に、再び小説を書きたくなり「大阪文学学校　通信教育部」に一年間在籍することになった。そのとき直接担当として何作かの愚作を読んでいただき、ご指導と励ましをいただいたのは、朝比奈敦先生である。本当にありがとうございました。

そのご指導を心に置きながら数年間、何作かを書いてきた。その作品を発表する場所として投稿してきた「コスモス文学」が廃刊になり、どうしようかと悩んでいたときにサンライズ出版の岩根順子社長をはじめ仲間うちからもすすめられ、私の人生の記念碑としてありがたく決断をした次第だ。

生涯を通じて中小企業を体験し、見てきたつもりだったが、いざとなるとその現場や当事者の苦衷などほとんど知らないことに、ときには絶望しかけてしまう。それは私の加齢現象で忘却や想像力の欠落もあるのだろうが、なかなか難しいものである。

ただ社会の変革とともに対応を迫られる中小企業の、揺れ動く苦悩の一端でも書ければと願いつつ、今もパソコンを叩き続けている。

平成二十四年四月吉日

著者

■著者略歴

森　建司（もり けんじ）

1936年、滋賀県生まれ。現在、同県長浜市在住。

新江州㈱取締役会長。循環型社会システム研究所代表。「MOH 通信」代表。一般社団法人バイオビジネス創出研究会代表理事。NPO エコ村ネットワーキング理事。NPO EE ネット会長。

おもな著書に『吃音が治る』（遊タイム出版）、『循環型社会入門』（新風舎）、『中小企業にしかできない持続可能型社会の企業経営』（サンライズ出版）などがある。

中小企業相談センター事件簿

2012年5月15日　初版第1刷発行

著　者　森　建司
発行者　岩根順子
発行所　サンライズ出版
〒522-0004 滋賀県彦根市鳥居本町655-1
tel 0749-22-0627　fax 0749-23-7720

印刷・製本　P-NET 信州

ISBN978-4-88325-476-7
定価はカバーに表示しています

森 建司 著

中小企業にしかできない

持続可能型社会の企業経営

定価：本体900円＋税

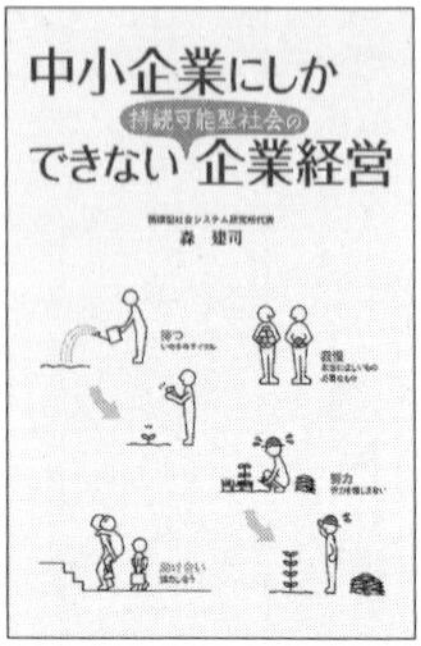

「経済至上主義社会」が揺るぎ、「持続可能型社会」に変わろうとするとき、生活者の生活や経済を支えるのは、商店街をはじめ中小零細企業である。従来の経済システムを否定し、人間と自然の共生、生産者と消費者の一体感を基本とした社会をめざすための一冊。

岸田眞代・香坂 玲 編著

中小企業の環境経営

地域と生物多様性

定価：本体1200円＋税

中小企業における社会的貢献と活動事例。CSR活動のスピード性、地域への広がりなど、環境経営は中小企業だからできるという強みも持ち合わせている。名古屋商工会議所作成の環境行動計画も付し、地域における循環・環境配慮型地域社会構築のヒントとなる一冊。